Anne Tyler

Eine gemeinsame Sache

Roman

Aus dem Amerikanischen
von Michaela Grabinger

KEIN & ABER
POCKET

Ebenfalls von Anne Tyler:
Verlorene Stunden
Abschied für Anfänger
Dinner im Restaurant Heimweh
Im Krieg und in der Liebe
Die Reisen des Mr Leary
Der leuchtend blaue Faden
Kleine Abschiede
Atemübungen
Launen der Zeit
Der Sinn des Ganzen

Die Originalausgabe erschien 2022
unter dem Titel *French Braid* bei Alfred A. Knopf,
a division of Penguin Random House LLC, New York,
a Penguin Random House Company

Cover: Hannes Aechter, Berlin
Satz: Dörlemann Satz, Lemförde
Druck und Bindung: CPI books GmbH, Leck
ISBN 978-3-0369-6171-2
Auch als eBook erhältlich

www.keinundaber.ch

I

Dies trug sich im März 2010 zu, als der Bahnhof von Philadelphia noch eine Anzeigetafel hatte, deren Plättchen bei jeder neuen Gate-Information laut ratterten. Serena Drew stand davor und starrte auf die Zeile, die den nächsten Zug nach Baltimore ankündigte. Warum dauerte es hier so lange, bis sie das Gate bekanntgaben? In Baltimore erfuhr man das viel früher.

Ihr Freund, der neben ihr stand, war entspannter. Nach einem kurzen Blick auf die Tafel hatte er sich in sein Handy vertieft. Jetzt schüttelte er angesichts einer Nachricht den Kopf und scrollte zur nächsten.

Serena und James kamen gerade vom Sonntagsbesuch bei James' Eltern, Serenas erstem Treffen mit den beiden. Zwei Wochen lang hatte sie sich mit der Frage beschäftigt, was sie anziehen sollte, und sich letztlich für Jeans und Rollkragenpulli entschieden (das Standardoutfit der Master-Studentinnen, das nicht übertrieben bemüht wirkte). Außerdem hatte sie sich überlegt, welche Gesprächsthemen infrage kämen. Es war ziemlich gut gelaufen, fand sie. Seine Eltern hatten sie herzlich begrüßt und ihr sofort das Du angeboten (»George«, »Dora«), und weil Dora wie ein Wasserfall geredet hatte, war der Smalltalk kein Problem gewesen. »Beim nächsten Mal musst du unbedingt die Schwestern von James und ihre Männer und Kinder kennenlernen«, hatte Dora nach dem Essen gesagt. »Wir wollten dich bei deinem ersten Besuch nicht gleich überfordern.«

Beim nächsten Mal. Bei deinem ersten Besuch. Es hatte viel versprechend geklungen.

Doch jetzt war Serena zu schlapp vor Erleichterung, um auch nur das leiseste Triumphgefühl aufzubringen. Sie fühlte sich völlig ausgelaugt.

James und sie hatten sich zu Beginn des neuen Studienjahrs kennengelernt. Er sah so gut aus, dass sie es kaum glauben konnte, als er sie nach dem Seminar auf einen Kaffee einlud. Er war groß und schlank, hatte einen braunen Wuschelkopf und einen kurzen Bart. (Während Serena fast pummelig war und sich ihr sandheller Pferdeschwanz kaum von ihrer blassen Haut abhob.) In den Seminaren saß er lässig zurückgelehnt da, machte sich nie Notizen und schien gar nicht zuzuhören, meldete sich aber plötzlich mit erstaunlich klugen Bemerkungen. Sie hatte befürchtet, er würde sie vergleichsweise dröge finden, doch außerhalb der Uni war er von Anfang an nett gewesen. Sie gingen oft ins Kino und in günstige Lokale, und Serenas Eltern, die in der Stadt wohnten, mochten ihn sehr und hatten James und sie schon mehrmals zum Abendessen eingeladen.

Der Bahnhof von Philadelphia machte mehr her als der von Baltimore. Er war riesig, und an der hohen Kassettendecke hingen längliche Lampen, die an umgedrehte Wolkenkratzer erinnerten. Auch die Reisenden wirkten einen Tick vornehmer als dic in Baltimore. Serena sah sogar eine Frau mit einem eigenen Gepäckträger, der ihr das Kofferset hinterherschob. Während sie das Gepäck bewunderte (dunkelbraunes, glänzendes Leder mit Messingbeschlägen), fiel ihr Blick auf einen jungen Mann im Anzug, der stehengeblieben war, um den Wagen vorbeizulassen. »Oh«, sagte sie.

James blickte von seinem Handy auf. »Hm?«

»Ich glaube, das ist mein Cousin«, sagte Serena kleinlaut.

»Wo?«

»Da drüben. Der im Anzug.«

»Du *glaubst*, er ist dein Cousin?«

»Ich bin mir nicht ganz sicher.«

Sie betrachteten den Mann. Er wirkte älter als James und Serena, wenn auch nicht wesentlich (vielleicht lag es am Anzug), und hatte Serenas helles Haar und ihren spitzen Amorbogen. Doch während ihre Augen das in der Familie Garrett typische Blau aufwiesen, waren seine von einem fast durchsichtigen Grau, das auch aus mehreren Metern Distanz auffiel. Der Gepäckwagen war inzwischen vorbeigerollt, doch der Mann ging nicht weiter, sondern hob den Blick zur Anzeigetafel.

»Ja, das könnte Nicholas sein«, sagte Serena.

»Vielleicht sieht er ihm nur ähnlich«, meinte James. »Wenn er es wirklich wäre, würdest du ihn mit Sicherheit erkennen.«

»Wir haben uns länger nicht gesehen. Er ist der Sohn von David, dem Bruder meiner Mutter. Sie wohnen hier in Philly.«

»Geh hin und frag ihn. Was ist schon dabei?«

»Und wenn ich mich geirrt habe, stehe ich blöd da.«

James kniff die Augen zusammen und sah sie verständnislos an.

»Jetzt ist es sowieso zu spät«, sagte Serena, denn der Mann, wer immer er war, hatte die benötigte Information offenbar gefunden. Er drehte sich um, zog den Tragegurt seiner Reisetasche ein Stück höher auf die Schulter und schlug den Weg zur anderen Seite des Bahnhofs ein. Serena sah noch einmal auf die Anzeigetafel. »An welchem Gate fährt der Zug normalerweise ab? Vielleicht riskieren wir es einfach und gehen schon mal hin.«

»Er fährt nicht gleich los, sobald das Gate bekannt ist«, erklärte James. »Man muss sich oben an der Treppe anstellen und warten.«

»Aber dann finden wir vielleicht keine Plätze nebeneinander.«

Er grinste auf die verschmitzte Art, die sie so liebte. »Typisch du«, sollte das heißen.

»Schon gut, ich mache mir mal wieder zu viele Gedanken.«

James wechselte das Thema. »Den eigenen Cousin erkennt man doch auch, wenn man ihn länger nicht gesehen hat!«

»Erkennst *du* alle deine Cousins und Cousinen, wenn sie unerwartet vor dir stehen?«

»Ja.«

»Sicher?«

»Na klar!«

Sie bemerkte, dass er das Interesse an der Sache schon wieder verloren hatte. Er sah zum Imbissbereich auf der anderen Seite und sagte: »Ich könnte eine Limo vertragen.«

»Kannst du dir im Zug kaufen.«

»Willst du auch was?«

»Ich warte, bis wir im Zug sind.«

James verstand nicht, worum es ihr ging, denn er sagte »Wenn sie das Gate bekanntgeben, bevor ich zurück bin, stellst du dich schon mal an« und zog unbeschwert los.

Sie waren noch nie zusammen weggefahren, nicht mal für einen kleinen Tagesausflug wie diesen. Serena war etwas enttäuscht, dass er ihre Reiseangst nicht teilte.

Kaum war sie allein, holte sie ihre Puderdose aus dem Rucksack und überprüfte ihre Zähne im Spiegel. Zum Nachtisch hatte es eine Art Obstcrumble mit gehackten Walnüssen gegeben, die sie noch immer im Mund spürte. Normalerweise wäre sie kurz in die Gästetoilette verschwunden, doch die Zeit war knapp geworden – »Oh, oh, euer Zug!«, hatte Dora gerufen –, und sie waren Hals über Kopf zum Bahnhof aufgebrochen. James' Vater hatte am Steuer gesessen, James daneben, Dora und Serena hinten. »Damit wir Frauen uns in Ruhe unterhalten können«, wie sich Dora ausgedrückt hatte. In dem Gespräch hatte Dora erwähnt, dass Serena unbedingt James' Schwestern kennenlernen müsse, und dann gefragt: »Wie viele Geschwister hast *du* eigentlich, meine Liebe?«

»Nur einen Bruder, aber der war bei meiner Geburt fast erwachsen. Ich habe mir immer Schwestern gewünscht.« Serena war rot geworden, weil es möglicherweise so geklungen hatte, als wäre sie darauf aus, in James' Familie einzuheiraten.

Dora hatte sie halbherzig angelächelt und ihr die Hand getätschelt.

Doch Serena hatte es wörtlich gemeint. In dem gemütlichen kleinen Zuhause bei ihren Eltern hatte sie ihre Schulfreundinnen immer um deren große, lebhafte Verwandtschaft beneidet, die aus dem Lachen nicht herauskam und um Raum und Aufmerksamkeit rivalisierte. Einige hatten sogar Halbgeschwister und Stiefmütter oder Stiefväter, die sie in Anspruch nahmen, solange es ihnen passte, und mit denen sie nichts mehr zu tun haben wollten, sobald es schlecht lief – so wie Kinder reicher Leute völlig annehmbares Essen wegwarfen, während die Hungerleidenden sehnsüchtig zusahen.

Warts ab, sagte sie sich. Wer weiß, wie deine *zukünftige* Familie mal aussieht!

Der Anzeigetafel zufolge hatte der Zug nach Baltimore fünf Minuten Verspätung, was wahrscheinlich eher fünfzehn bedeutete. Und das Gate fehlte noch immer. Serena drehte sich um und hielt Ausschau nach James. Da war er auch schon, Gott sei Dank. Er kam mit einem Trinkbecher in der Hand auf sie zu. Und neben ihm, einen halben Schritt hinterher, ging der Mann, von dem sie dachte, er könnte ihr Cousin sein. Sie blinzelte verwundert.

»Schau, wen ich mitgebracht habe!«, sagte James, als er bei ihr angekommen war.

»Serena?«, fragte der Mann.

»Nicholas?«

»Hey!« Er streckte ihr die Hand entgegen, überlegte es sich anders, beugte sich vor und schlang unbeholfen einen Arm um ihre Schulter. Er roch nach frisch gebügelter Baumwolle.

»Was machst du hier?«, fragte sie.

»Ich bin auf dem Weg nach New York.«

»Ach so.«

»Zu einem Meeting morgen früh.«

»Aha.« Wahrscheinlich ein Geschäftstermin. Sie hatte keine Ahnung, was er beruflich tat. »Wie gehts deinen Eltern?«

»Gut. Aber sie werden natürlich nicht jünger. Mein Dad braucht wahrscheinlich ein neues Hüftgelenk.«

»Mist.«

»Ich habe ihn am Zeitungskiosk entdeckt«, sagte James auf den Zehen wippend. »Ich bin einen Meter hinter ihm stehen geblieben und habe ganz leise ›Nicholas?‹ gesagt.« Er wirkte höchst zufrieden mit sich.

»Ich dachte zuerst, ich hätte es mir eingebildet, und habe zur Seite geschielt, ohne den Kopf zu bewegen –«

»Den eigenen Namen nimmt man eher wahr«, erklärte James. »Hätte ich beispielsweise ›Richard‹ gesagt, hättest du es wahrscheinlich gar nicht gehört.«

»Meine Mom hat auch Probleme mit der Hüfte«, sagte Serena zu Nicholas. »Ist vielleicht genetisch bedingt.«

»Deine Mutter ist … Alice?«

»Nein, Lily.«

»Ach ja, stimmt, entschuldige. Aber bei Großvater Garretts Begräbnis hab ich neben dir gesessen, oder?«

»Nein, neben Candle.«

»Ich habe eine Cousine, die Candle heißt?«

»Ihr seid wirklich unglaublich«, sagte James fassungslos.

»Sie heißt eigentlich Kendall«, fuhr Serena fort, ohne ihn zu beachten. »Aber als sie klein war, konnte sie ihren Namen nicht richtig aussprechen.«

»Du warst aber auch da, oder?«, fragte Nicholas.

»Beim Begräbnis? Ja klar.«

Sie war erst zwölf gewesen. Und er? Fünfzehn, sechzehn, damals ein Riesenunterschied. Sie hatte sich nicht getraut, mit ihm zu reden, sondern ihn nur von Weitem betrachtet, als hinterher alle vor dem Bestattungsunternehmen herumstanden – seine verschlossene Miene und seine blassgrauen Augen. Die hatte er von seiner Mutter Greta, an ihre Augen konnte sich Serena gut erinnern.

»Eigentlich sollten wir nach der Trauerfeier beim Mittagessen dabei sein«, sagte Nicholas, »aber Dad musste wegen einer Schulaufführung zurückfahren.«

»Apropos zurückfahren …« James unterbrach das Gespräch und deutete mit dem Daumen auf die Anzeigetafel über ihnen. »Wir müssen zu Gate fünf.«

»Ach ja, stimmt. Gut, dann lass uns gehen«, sagte Serena, und zu Nicholas: »Das war wirklich ein schöner Zufall.«

»Finde ich auch.« Er lächelte sie an, hob die Hand in James' Richtung und wandte sich zum Gehen.

»Sag deiner Familie schöne Grüße!«, rief Serena.

»Mach ich.«

Sie blickten ihm eine Weile nach, obwohl sich neben dem Schild vor Gate fünf bereits eine Schlange bildete.

»Eines muss man euch lassen«, sagte James. »Der Ausdruck ›entfernte Verwandte‹ erhält durch euch eine ganz neue Bedeutung.«

★

Der Zug war weniger voll als erwartet, und sie fanden problemlos zwei Plätze nebeneinander. Serena setzte sich ans Fenster, James auf den Sitz am Gang. Er klappte das Tablett herunter und stellte seinen Becher ab. »Willst du *jetzt* was trinken?«, fragte er. »Ich glaube, das Bordrestaurant ist geöffnet.«

»Nein, passt schon.«

Sie beobachtete die anderen Passagiere, die im Gang an ihnen vorbeikamen. Eine Frau schob zwei trödelnde Kleinkinder vor sich her, eine andere versuchte vergeblich, ihren Koffer auf die Ablage zu stemmen, bis James aufstand und ihr half.

»Ihr seid euch vom Typ her ähnlich, aber für einen Verwandten hätte ich ihn nie gehalten«, sagte er, als er wieder saß.

»Wie bitte? Ach so, Nicholas.«

»Hast du so wahnsinnig viele Cousins?«

»Nein, nur, äh … fünf Cousins und Cousinen«, antwortete sie, nachdem sie in Gedanken nachgezählt hatte. »Alles Garretts, mein Vater war Einzelkind.«

»Ich habe elf.«

»Du Glücklicher«, sagte sie frotzelnd.

»Trotzdem würde ich jeden von ihnen überall erkennen.«

»Gut, aber wir leben alle so weit verstreut. Onkel David wohnt hier in Philly, Tante Alice in Baltimore County …«

»Uuh, im County, gaanz weit weg!«, sagte James und stieß sie in die Rippen.

»Wir sehen uns eben nur auf Hochzeiten und Begräbnissen und so.« Serena dachte kurz nach. »Und nicht mal da sind alle dabei. Ich weiß auch nicht, warum.«

»Vielleicht hat deine Familie ein tiefes, dunkles Geheimnis.«

»Ja klar.«

»Vielleicht ist dein Onkel Republikaner. Oder deine Tante in einer Sekte.«

»Ach, hör auf!«, sagte Serena lachend.

Sie mochte es, so nah bei ihm zu sein. Die Armlehne zwischen ihnen war nach oben geklappt, sodass sie sich berührten. Obwohl sie schon acht Monate zusammenwaren, empfand sie ihn noch immer als wunderbar neu und überhaupt nicht selbstverständlich.

Der Zug machte einen Ruck nach vorn und die letzten Fahrgäste nahmen hastig ihre Plätze ein. »Guten Tag, meine Damen und Herren«, begrüßte der Schaffner über Lautsprecher. »Sie befinden sich in Zug Nummer …« Serena holte ihr Ticket aus dem

Rucksack. Vor dem Fenster glitt der dunkle Bahnsteig vorbei; sie fuhren ins Tageslicht und nahmen an Geschwindigkeit auf. Rechts und links verfallende Betonbauten, über und über mit Graffitis in schrillen Farben besprüht.

»Und? Was sagst du zu meinen Eltern?«, fragte James.

»Sie sind sehr, sehr nett.« Nach einer kleinen Pause fragte sie: »Glaubst du, sie finden *mich* nett?«

»Natürlich. Warum sollten sie dich nicht nett finden?«

Die Antwort stellte sie nicht ganz zufrieden. Nach kurzem Zögern fragte sie: »Was mochten sie an mir?«

»Hm?«

»Haben sie was gesagt?«

»Dazu hatten wir keine Gelegenheit. Aber ich habe es ihnen angesehen.«

Wieder blieb Serena eine Weile still.

»In Philly zugestiegen?« Der Schaffner war neben ihnen aufgetaucht.

»Ja, Sir.« James griff nach Serenas Ticket und reichte es ihm zusammen mit seinem.

»Meine Mom hat sich wahnsinnige Mühe mit dem Essen gegeben«, sagte er, als der Schaffner weitergegangen war. »Dieses Hähnchengericht ist ihr ganzer Stolz, das kocht sie nur für besondere Gäste.«

»Es hat toll geschmeckt.«

»Und im Auto hat Dad mich gefragt, ob ich glaube, dass du mir noch länger erhalten bleibst.«

»Erhalten … Ach so!«

»›Warten wirs ab‹, habe ich gesagt.«

Ein weiterer Rippenstoß und ein neckischer Seitenblick.

Beim Dessert hatte seine Mutter das Familienalbum geholt und Serena Kinderfotos von James gezeigt. (Er war ein richtig süßes Kerlchen gewesen.) James hatte sich mit einer Grimasse bei Serena entschuldigt, sich dann aber ebenfalls in das Album vertieft und alle Kommentare über ihn begierig aufgesogen. »Bis er zwölf oder dreizehn war, hat er nur weiße Sachen gegessen«, sagte seine Mutter.

»Du übertreibst!«, widersprach James.

»Ein Wunder, dass er nicht an Skorbut erkrankt ist.«

»*Jetzt* sieht er jedenfalls ziemlich gesund aus«, hatte Serena erwidert.

Und Dora und sie hatten ihn lächelnd betrachtet.

Der Zug flog durch Brachland voller struppiger gelber Sträucher. Überall lagen rostige Küchenspülen herum, Traktorreifen und unendlich viele blaue Plastiktüten. »Ein Ausländer, der gerade angekommen ist und mit dem Zug Richtung Süden fährt, würde garantiert denken ›Was, *das* ist Amerika? *Das* ist das Gelobte Land?‹«, bemerkte Serena.

»Das sagst ausgerechnet du! Als läge Baltimore mitten in einer paradiesischen Landschaft.«

»Nein, ich meine die ganze Amtrak-Strecke. Den ganzen Nordostkorridor.«

»Ah ja.«

»Mir war nicht bewusst, dass es da einen Wettbewerb gibt«, sagte sie scherzhaft.

»Ich weiß eben, wie arrogant ihr in Baltimore seid. Ihr stuft die Leute nach der Highschool ein, auf die sie gegangen sind, und später *heiratet* ihr sogar jemanden aus eurer Highschool.«

Serena drehte den Kopf übertrieben langsam nach links und rechts. »Sitzt hier neben mir irgendwer aus meiner Highschool?«

»Im Augenblick nicht«, gab er zu.

»Na also.«

Sie wartete gespannt auf die nächste Bemerkung, doch er verfolgte das Thema nicht weiter, und eine Zeit lang schwiegen sie. Eine Frau hinter ihnen telefonierte. »Aber wie geht es dir *wirklich*?«, fragte sie mit sanfter, einschmeichelnder Stimme, und nach einer Pause: »Bitte, Süßer, sag schon, was los ist. Ich spüre doch, dass irgendwas ist.«

»Der arme Nicholas«, sagte James unvermittelt. »Sein Dad zieht mit seiner Familie aus Baltimore weg, und schon redet die restliche Sippe nicht mehr mit ihnen.«

»Das geht nicht von *uns* aus, sondern von ihnen. Genauer gesagt von Onkel David. Meine Mom versteht es bis heute nicht, als kleines Kind war er total extrovertiert. Tante Alice war eher eine Spaßbremse, aber Onkel David war ein richtiger Sonnenschein, immer gut drauf. Und als Erwachsener haut er vorzeitig vom Begräbnis seines eigenen Vaters ab.«

Großvaters Begräbnis, hatte Nicholas gesagt. »Großvater Garretts Begräbnis.« Niemand hatte Pop-Pop je »Großvater« genannt. Warum wusste Nicholas das nicht?

»Und deine Tante«, sagte James. »Die ist nie weiter weggezogen als nach Baltimore County, aber nein, *oh* nein! Mit *der* reden wir nie wieder ein Wort!«

»So ein Quatsch. Wir reden ständig mit ihr«, erwiderte Serena. Es war nur leicht übertrieben.

Warum rechtfertigte sie sich andauernd? Wahrscheinlich weil sie gestresst war. Gestresst von der der ersten Begegnung mit seinen Eltern.

Ursprünglich hatten sie ein ganzes Wochenende bleiben wollen. James hatte ihr schon erzählt, wo man die besten Philly Cheesesteaks bekam, und gefragt, ob sie ins Museum of Art gehen wolle. »Das Gruselkabinett wird dir gefallen.«

»Welches Gruselkabinett?«

»So bezeichnen meine Eltern mein Zimmer.«

»Ach so. Ha, ha.«

»Die Wände zugepflastert mit Eagles-Postern und unterm Bett Sandwich-Rinden von 1998.«

»Aber nicht zum Übernachten, oder?«, hatte sie gefragt.

»Wie, nicht zum Übernachten?«

»Wir schlafen nicht im Gruselkabinett, oder?«

»Hey, das war nur Spaß. Zumindest das mit den

Sandwich-Rinden. Ich bin mir ziemlich sicher, dass meine Mom seit meinem Auszug mindestens ein Mal durchgesaugt hat.«

»Aber ich übernachte im Gästezimmer«, hatte sie gesagt. Es war als Frage gemeint gewesen.

»Du *willst* im Gästezimmer übernachten?«

»Ja, schon.«

»Du willst nicht mit mir in meinem Zimmer übernachten?«

»Nicht bei deinen Eltern.«

»Bei meinen …« Er war sich selbst ins Wort gefallen. »Meine Eltern gehen hundertprozentig davon aus, dass wir miteinander schlafen. Glaubst du, sie würden sich deswegen aufregen?«

»Ist mir egal, ob sie davon ausgehen oder nicht. Ich will einfach nicht, dass es so offensichtlich ist, wenn ich zum ersten Mal dort bin.«

James hatte sie kurz gemustert.

»Es gibt doch auch ein Gästezimmer, oder?«, hatte Serena gefragt.

»Ja.«

»Wo ist dann das Problem?«

»Ich finde es irgendwie … affig, sich oben an der Treppe Gute Nacht zu sagen und dann in verschiedene Zimmer zu gehen.«

»Tja, das tut mir leid«, hatte Serena pikiert erwidert.

»Außerdem würde ich dich vermissen. Und meine Eltern wären total verwirrt. ›Das darf nicht wahr sein‹, würden sie sagen. »Haben die jungen Leute noch nie was von Sex gehört?« »Sch!«, hatte Serena gemacht, denn sie saßen in der Bibliothek, wo jeder mithören konnte. Nach einem Blick durch den Raum hatte sie sich über den Tisch gebeugt und geflüstert: »Lass uns an einem Sonntag fahren.«

»Was würde das ändern?«

»Wir sagen, dass es samstags nicht geht und wir deshalb an einem Sonntag kommen, und weil ich am Montagmorgen ein Seminar habe, entfällt die Übernachtung.«

»Mensch, Serena! Sollen wir ernsthaft wegen ein paar lausiger Stunden die weite Strecke fahren, nur damit wir so tun können, als wären wir doch kein richtiges Paar?«

Genau so war es gekommen. Serena hatte sich durchgesetzt.

Sie hatte ihn enttäuscht. Wahrscheinlich hielt er sie für eine Heuchlerin. Trotzdem war sie zufrieden mit ihrer Entscheidung.

Sie näherten sich Wilmington. Vereinzelte, unbewohnt wirkende Häuser wichen nach und nach strahlend weißen Bürogebäuden. Der Schaffner schritt durch den Gang und zog die Reservierungskärtchen aus den Schlitzen über bestimmten Sitzplätzen.

»Zum Beispiel das, was deine Mutter über meinen Schwager gesagt hat«, brach es aus James heraus.

»Was? Wovon redest du?«

»Als ich zum ersten Mal zum Essen bei euch war, habe ich deiner Mutter erzählt, dass ein Schwager von mir aus Baltimore stammt, und sie sagte ›Ach, wirklich? Wie heißt er?‹, und als ich ›Jacob Rosenbaum, aber alle nennen ihn Jay‹ geantwortet habe, hat sie erwidert: ›Rosenbaum … Dann kommt er wahrscheinlich aus Pikesville. Da leben die meisten Juden.‹«

»Meine Mutter ist eben ein bisschen von gestern«, sagte Serena.

James warf ihr einen Blick zu.

»Was ist? Hältst du sie für eine Antisemitin?«

»Ich sage nur, dass viele Leute in Baltimore dieses Wir-und-die-anderen-Denken haben.«

»Reitest du noch *immer* auf Baltimore rum?«

»Ich wollte es nur erwähnt haben.«

»Warum sollte die Familie deines Schwagers nicht in Pikesville wohnen?«, sagte Serena. »Und genauso gut könnte sie in Cedarcroft wohnen, als Nachbarn meiner Eltern. Schließlich sind unsere Viertel nicht nur bestimmten Gruppen vorbehalten.«

»Schon klar«, erwiderte James hastig. »Ich wollte nur sagen, dass die Leute in Baltimore meiner Meinung nach andere gern in Schubladen stecken.«

»Das tun alle Menschen.«

»Stimmt …«

»Und was ist mit dem Spruch, den *deine* Mutter bei der Verabschiedung gebracht hat?«

»Hä?«

»›Beim nächsten Mal bleibt ihr übers Wochenende‹, hat sie gesagt. ›Am besten über Ostern. Da treffen wir uns alle, und du kannst miterleben, wie es in einer großen Familie zugeht.‹«

Serena hatte unbeabsichtigt einen schnippischen, schwatzhaften Ton angeschlagen, obwohl Dora überhaupt nicht so klang. James war das nicht entgangen, er sah sie scharf an. »Was ist daran so schlimm?«

»Ich fand das abschätzig – so nach dem Motto ›Du Arme! Wir sind eine *echte* Familie, während ihr nur eine kleine *Möchtegern*-Familie seid.‹«

»›Echte Familie‹ hat sie nicht gesagt, gerade hast du sie mit ›*große* Familie‹ zitiert.«

Serena bestritt das zwar nicht, zog die Mundwinkel aber trotzdem nach unten.

Wir sind die große, offene Familie, ihr seid die arme kleine, beschränkte Familie. Nichts anderes hatte Dora gesagt, aber darüber wollte Serena mit James nicht streiten.

Das Problem mit großen, offenen Familien war ihre Beschränktheit in Bezug auf *weniger* offene Familien.

Der Zug fuhr jetzt langsamer. »Wilmington!«, tönte es aus dem Lautsprecher. »Sehr geehrte Fahrgäste, bitte achten Sie beim Aussteigen auf die Lücke zwischen Zug und Bahnsteigkante und lassen Sie keine Gepäckstücke oder Wertgegenstände …« Vor dem Fenster glitt der sonnenhelle Bahnsteig in Serenas Blickfeld. Die Leute, die dort standen, strahlten eine solche Heiterkeit und Vorfreude aus, als bedeutete das Besteigen dieses Zugs die Erfüllung all ihrer Hoffnungen.

Serena dachte an das Weihnachtsgeschenk, das James von ihren Eltern bekommen hatte. Einen Tag bevor er über die Feiertage heimgefahren war, hatte er bei ihnen gegessen, und auf seinem leeren Teller hatte eine schmale, flache, in Geschenkpapier verpackte Schachtel gelegen. Serena war vor Scham innerlich zusammengezuckt. Bitte mach, dass es nichts allzu Persönliches ist, keine … Andeutung! Auch James hatte sich erkennbar unwohl gefühlt. »Für mich?«, fragte er. Doch als er die Schachtel ausgepackt hatte, war Serena erleichtert. Sie enthielt ein Paar Socken in leuchtendem Orange, jeweils mit einem schwarzen Bund, auf dem BALTIMORE ORIOLES stand. In der Mitte prangte das Orioles-Maskottchen.

»Du wohnst jetzt in Baltimore, und wir fanden, du solltest dich entsprechend kleiden«, erklärte Serenas Vater. »Und damit du keine Probleme mit deinen Leuten in Philly bekommst, haben wir ein Modell ausgesucht, das nichts verrät, solange du die Hosenbeine nicht hochkrempelst.«

»Gut durchdacht«, sagte James. Er bestand darauf, sie sofort anzuziehen, und stolzierte strumpfsockig durchs Zimmer, bis sie sich zum Essen setzten.

Dass Serenas Eltern beide keine Sportfans waren, hatte er natürlich nicht gewusst. Sie hätten vermutlich keinen einzigen Spieler der Orioles nennen können – übrigens auch keinen der Ravens. Allein die Mühe, die es sie gekostet haben musste, sich dieses Geschenk für ihn auszudenken, rührte Serena fast zu Tränen.

Neben ihr ertönte ein »Hey«.

Sie schwieg.

»Hey, Reenie.«

»Was?«

»Streiten wir uns jetzt wegen unserer Verwandten?«

»*Ich* streite mich nicht.«

Der Zug fuhr mit einem Ruck weiter. Ein verloren wirkender Mann mit Aktentasche kam den Gang herunter. Hinter ihnen sagte die Frau mit der schmeichlerischen Stimme: »Das besprechen wir am Dienstag mit dem Management, mein Schatz. Hörst du, Süßer?«

»Nicht zu fassen, jetzt telefoniert die noch immer«, murmelte Serena.

Nach ein paar Sekunden erwiderte James, ebenfalls im Flüsterton: »Nicht zu fassen, dass das Gespräch *geschäftlich* ist. Hättest du das gedacht?«

»Niemals.«

»Da soll nochmal einer behaupten, Frauen verhalten sich im Beruf genauso wie Männer.«

»Na, na – nicht sexistisch werden!«, sagte Serena lachend.

James nahm ihre Hand und verschränkte seine Finger mit ihren. »Ganz ehrlich: Wir waren beide gestresst. Eltern können wahnsinnig anstrengend sein.«

»Wem sagst du das.«

Eine Zeit lang herrschte friedliches Schweigen.

»Apropos abschätzig – hast du mitgekriegt, was meine Mom über meinen Bart gesagt hat?«, fragte James plötzlich.

»Nein, was hat sie gesagt?«

»Als sie dir das Album gezeigt hat. Bei den Fotos aus der Highschool-Zeit hat sie gesagt ›Das ist James bei der Abschlussfeier. Sieht er nicht gut aus? Da hatte er noch keinen Bart.‹ Ständig zieht sie über meinen Bart her, sie hasst ihn.«

»Sie ist eine Mutter. Alle Mütter hassen Bärte.«

»Als ich im ersten Collegejahr damit nach Hause kam, hat mir Dad zwanzig Dollar angeboten, damit ich ihn abrasiere. ›Du jetzt auch?‹, habe ich gesagt. ›Was soll das?‹ Und er: ›Ich persönlich habe nichts gegen Bärte, aber deiner Mutter tut es weh, dass sie dein hübsches Gesicht nicht mehr sieht.‹ ›Soll sie sich die alten Fotos von mir vornehmen, wenn sie unbedingt mein Gesicht sehen will‹, habe ich geantwortet.«

»Auf dem Abschlussfoto siehst du allerdings wirklich sehr gut aus«, sagte Serena.

»Du findest doch nicht etwa auch, dass ich ihn abrasieren soll?«

»Nein, mir gefällt dein Bart.« Sie drückte seine Hand. »Trotzdem bin ich froh, dich auch mal ohne gesehen zu haben.«

»Warum?«

»Weil ich jetzt weiß, wie dein Gesicht aussieht.«

»Du hattest Bedenken wegen meines Gesichts?«

»Bedenken nicht, aber … Ich habe mir immer vorgestellt, dass ich meinen späteren Mann, falls er Bartträger ist, bitten würde, sich vor der Hochzeit ein einziges Mal für mich zu rasieren.«

»Sich zu rasieren?«

»Nur ein einziges Mal, nur damit ich ganz kurz sein Gesicht sehen könnte. Danach dürfte er ihn wieder wachsen lassen.«

James ließ ihre Hand los, lehnte sich von ihr weg und musterte sie.

»Was?«, sagte Serena.

»Und wenn er sich weigert? Wenn er sagt: ›Ich trage nun mal einen Bart. Nimm mich so, wie ich bin, oder lass es bleiben.‹«

»Aber wenn er …«

Sie verstummte.

»Wenn er was?«

»Wenn er … Wenn sich rausstellt, dass er beispielsweise ein fliehendes Kinn hat …«

James musterte sie noch immer.

»Was weiß *ich* denn!«, sagte Serena. »Ich wüsste nur einfach gern, worauf ich mich einlasse.«

»Und wenn er ein fliehendes Kinn hat, sagst du ›Tut mir echt leid, ich kann dich doch nicht heiraten‹?«

»Ich sage nicht, dass ich ihn dann nicht heiraten würde. Ich würde die Ehe nur gern *informiert* eingehen. Ich würde wissen wollen, womit ich es zu tun habe.«

James starrte düster auf die Sitzlehne vor ihm und machte keine Anstalten, Serenas Hand wieder in seine zu nehmen.

»Ach, Ja-a-ames«, gurrte sie.

Keine Reaktion.

»James?«

Er wandte sich ihr so abrupt zu, als hätte er gerade eine Entscheidung getroffen. »Seit der Besuch bei meinen Eltern geplant war, hast du … hast du kleine Mauern hochgezogen, Grenzen gesetzt. Nicht zusammen im selben Zimmer schlafen, nur an einem Sonntag … Vier mickrige Stunden waren wir da! Wir haben fast mehr Zeit im Zug verbracht als dort. Ich sehe meine Eltern nicht so wahnsinnig oft! Im Gegensatz zu dir wohne ich nämlich nicht in derselben Stadt und praktisch im selben Viertel und kann nicht einfach mal so mit einer Ladung Schmutzwäsche vorbeischauen.«

»Das ist doch nicht *meine* Schuld.«

Er sprach weiter, als hätte sie nichts gesagt. »Weißt du, was ich auf der Fahrt nach Philly gedacht habe? Dass du bestimmt doch mit einer Übernachtung einverstanden sein wirst, wenn du meine Eltern erst kennengelernt hast. Dass du sagen würdest, James, deine Eltern sind wirklich in Ordnung – nehmen wir am Montag einen frühen Zug, dann schaffe ich es immer noch pünktlich ins Seminar.«

»Dass sie in Ordnung sind, wusste ich längst. Ich fand nur – außerdem hatte ich keine Zahnbürste dabei. Und kein Nachthemd.«

James verzog keine Miene.

»Das nächste Mal, ja?«, versprach sie nach einer kurzen Pause.

»Gut«, sagte er, zog sein Handy aus der Tasche und senkte den Blick auf das Display.

Sie fuhren durch einen Teil der Chesapeake Bay – eine weite, trotz des Sonnenscheins matt graue Wasserfläche mit da und dort herausragenden Pfählen, auf denen vereinzelt reglose Vögel saßen. Der Anblick stimmte Serena melancholisch. Sie bekam beinahe Heimweh.

Daran war einzig und allein ihr Cousin schuld. Die zufällige Begegnung war ihr wie ein Stich mitten in die Brust gefahren, wie ein Riss zwischen beide Teile ihrer Welt. Auf der einen Seite James' Mutter, nahbar und vertrauensvoll, auf der anderen Nicholas allein im Bahnhof. Als würde man eine Glasschüssel aus dem heißen Ofen holen und in Eiswasser tauchen: das Knacken, wenn das Glas birst.

»Gibt es bei uns nie ein Familientreffen?«, hatte Serena als Kind einmal gefragt.

»Hm? Ein Familientreffen?«, hatte ihre Mutter gesagt. »Ja, könnten wir machen. Aber es wäre kein besonders großes Treffen.«

»Würde Onkel Davids Familie kommen?«

»Onkel David? Ja, schon möglich.«

Die Antwort hatte alles andere als vielversprechend geklungen.

Ach, warum funktionieren manche Familien nicht?

Vielleicht war Onkel David adoptiert und wütend, weil es ihm niemand gesagt hatte. Oder man hatte ihn aus einem Testament gestrichen, in dem seine beiden Schwestern standen. (Serena hatte schon als Kind viele Romane gelesen.) Oder ein Familienstreit war außer Kontrolle geraten und hatte sich so hochgeschaukelt, dass schlimme, unverzeihliche Worte gefallen waren. Diese Möglichkeit erschien ihr am wahrscheinlichsten. An den Anlass des Streits erinnert sich später niemand mehr, und doch hat er alles für immer verändert.

»Na gut, aber wenigstens Tante Alice würde kommen, oder?«, hatte Serena ihre Mutter gefragt.

»Kann sein. Aber du weißt, wie Tante Alice ist. Wie sie mich immer zurechtweist, wenn wir uns sehen.«

Serena hatte aufgegeben.

Selbst wenn die Garretts zusammenkamen – der Funke sprang gewissermaßen nie über.

Ohne sich zu bewegen, schielte sie zu James. Er las einen Text, der das gesamte Display füllte. (James besaß die seltene Fähigkeit, ganze Bücher auf dem Handy lesen zu können.) Dabei kaute er geistesabwesend auf seiner Unterlippe.

In der Highschool hatte Serena einen besten

Freund gehabt, Marcellus Avery. Es war keine Liebesbeziehung gewesen, eher eine Notgemeinschaft. Marcellus hatte eine absurd weiße Haut und tiefschwarzes Haar, und alle machten sich über seinen Namen lustig. Serena wiederum wog ungefähr fünf Kilo zu viel und konnte beim besten Willen nicht mit Bällen umgehen, egal ob mit einem Baseball, Tennisball oder Fußball. Und das in einer Schule, in der Sport großgeschrieben wurde. In der Mittagspause saßen sie zusammen und unterhielten sich darüber, wie oberflächlich die anderen waren, und am Wochenende kam er zu ihr, und sie sahen sich im Fernsehzimmer ihrer Eltern ausländische Filme an. Einmal legte er seine Hand ganz beiläufig neben ihre auf die Couch, und als sie ihre nicht wegnahm, rutschte er ein winziges Stück näher und drückte ihr einen sanften, scheuen Kuss auf die Wange. Sie erinnerte sich bis heute daran, wie samtig sich sein Oberlippenflaum angefühlt hatte. Mehr war nicht passiert. Gleich darauf rückten sie wieder ein Stück auseinander und starrten weiter gebannt auf den Bildschirm, und damit war gut.

Seltsamerweise wurde ihr jetzt erst bewusst, wie unglaublich schön er gewesen war. Sein Kopf war perfekt geformt, wie der einer Marmorstatue. Und jedes Mal, wenn sie ihn sah, dachte sie aus irgendeinem Grund, wie sehr ihn seine Mutter lieben musste. Sie fragte sich, was wohl aus ihm geworden war. Wahrscheinlich hatte ihn sich irgendeine Frau geschnappt und geheiratet – eine, die klug genug war, um seinen Wert zu erkennen. Während Serena hier im Zug neben einem Jungen saß, der genau so war wie alle anderen in der Highschool.

Sie dachte nur noch daran, wann die Fahrt endlich zu Ende wäre und sie wieder allein sein könnte.

2

Bis 1959 hatte die Familie Garrett nie gemeinsam Urlaub gemacht. Robin Garrett, Alice' Vater, hatte immer behauptet, sie könnten sich keinen leisten. Außerdem weigerte er sich in den Anfangsjahren, das Geschäft in die Obhut einer Vertretung zu übergeben. Es war nämlich das Geschäft von Großvater Wellington – Sanitärhandel Wellington –, das dieser nach seinem ersten Herzinfarkt nur widerwillig und ohne großes Vertrauen an Robin übergeben hatte. Da musste Robin sich natürlich beweisen, arbeitete sechs Tage die Woche und nahm jeden Samstag die Bücher mit nach Hause, damit Alice' Mutter sie auf Fehler hin überprüfen konnte. Denn um ehrlich zu sein: Robin war nicht der geborene Geschäftsmann. Als ausgebildeter Klempner hatte er seine Teile immer bei Wellington gekauft, aber nur, um einen Blick auf die junge Mercy Wellington hinter der Theke werfen zu können. Mercy Wellington sei das hübscheste junge Ding gewesen, das er je gesehen habe, erzählte er seinen Kindern, alle Klempner in Baltimore seien verrückt nach ihr gewesen. Robin hatte nicht die geringste Chance gehabt. Doch Wunder geschehen, zumindest hin und wieder. Mercy erzählte den Kindern, er sei ein Gentleman gewesen, das habe ihr gefallen.

Als das Geschäft nach Großvater Wellingtons Tod Robins Geschäft geworden war – rechtlich betrachtet eigentlich Mercys Geschäft –, steckte er noch mehr Herzblut hinein und fühlte sich noch noch mehr in der Pflicht, alles bis zur letzten Schraube und Mutter im Blick zu behalten, weshalb sie immer noch keinen Urlaub machten. Dazu kam es erst, nachdem Robin einen stellvertretenden Geschäftsführer eingestellt hatte, den »jungen Pickford«, wie er ihn nannte, einen gutmütigen Kerl, nicht besonders hell im Kopf, aber die Zuverlässigkeit in Person. Da sagte Mercy: »Jetzt muss ich ein Machtwort sprechen, Robin! Wir fahren alle zusammen in den Urlaub!«

Sommer 1959. Eine Woche am Deep Creek Lake. Eine schlichte kleine Hütte in einer Reihe weiterer Hütten fußläufig zum See. Nicht direkt am Ufer, weil das laut Robin zu teuer gewesen wäre, aber nah genug; nah genug.

1959 war Alice siebzehn und damit weit über die Phase hinaus, in der ein Urlaub mit der Familie Begeisterung ausgelöst hätte. Ihre Schwester Lily war fünfzehn und unsterblich in Jump Watkins verliebt, ein Basketball-Ass, mit dem sie im folgenden Schuljahr die Highschool abschließen würde. Lily erklärte, sie könne unmöglich eine ganze Woche ohne Jump sein, und fragte, ob er zum See mitkommen dürfe, aber Robin sagte Nein. Er nannte nicht einmal einen Grund. Er sagte nur »Was? Nein«, und damit war der Fall erledigt.

Die beiden Mädchen freuten sich also nicht besonders auf den Urlaub, für sie kam er zu spät. Für ihren Bruder sah die Sache anders aus. David war erst sieben und damit im perfekten Alter für eine Woche am See. Er war überhaupt ein fröhliches Kind, das sich mit Wonne auf alles Neue, Ungewöhnliche stürzte. Sobald er von dem Urlaub erfahren hatte, zählte er die Tage am Kalender ab und überlegte, was er mitnehmen würde. Offenbar stellte er sich den See als eine überdimensionale Badewanne vor, denn er verkündete, er werde seine Plastikboote, das Holz-Segelboot und den kleinen Aufzieh-Taucher einpacken. Mercy musste ihm erklären, dass die Sachen in dem vielen Wasser wegtreiben würden. »Ich kaufe dir im Billigladen Eimer und Schaufel«, versprach sie. Daraufhin übertrieb er es in eine andere Richtung und sang Lieder über das Meer. »*My Bonnie lies over the ocean* …«, sang er mit seiner klaren kleinen Stimme und taufte seine Cowboypuppe in Bobby Shafto um. (Die Puppe, die er abends noch mit ins Bett nahm, bei Besuch von Freunden aber im Schrank versteckte, wurde ständig umgetauft.)

»*Bobby Shafto's gone to sea*«, sang er und ließ die Puppe wie einen Schwimmer horizontal über seinem Kopf schweben. »*Silver buckles at his knee …*«

An einem Samstagmorgen ging es los, nachdem sie ihren Hund Cap in die Tierpension gebracht hatten. Alice saß am Steuer. Sie hatte den Führerschein noch nicht lange und wollte so oft wie möglich fahren, was Robin ihr mit der Begründung, sie sei zu »ungestüm«, fast immer verwehrte. Doch heute erlaubte er es. Er saß neben ihr und wies sie auf Stoppschilder, Kurven und entgegenkommende Autos hin, die sie sehr gut selbst sah, also bitte! Mercy, David und Lily saßen hinten – David in der Mitte, weil er noch so klein war, dass ihn der Höcker im Boden nicht störte.

Blond waren sie alle, aber Mercy und David strahlend goldblond, mit heller, rosiger Haut (was für eine unglaubliche Verschwendung in Hinblick auf David), Robin und die Mädchen eine Nuance dunkler. Alle hatten blaue Augen, und alle waren eher klein, auch Robin. Alice wusste, dass ihn das störte, weil sie hin und wieder beobachtete, wie er die Schultern straffte und den Kopf höher hielt, wenn er im Laden mit größeren Männern sprach. Er stand dann praktisch auf den Zehenspitzen. Das machte sie jedes Mal traurig, obwohl sie nicht glaubte, dass er es bewusst tat.

Als die Stadt hinter ihnen lag, hatten sie eine halbe Tagesreise durch überwiegend ländliche Gegenden vor sich. David ließ sich noch durch den flüchtigen Anblick von Pferden und Kühen, Fohlen und Kälbern ablenken und spielte mit seiner Mutter Traktorzählen, doch Lily fläzte auf ihrem Sitz, starrte stur geradeaus und schmollte still vor sich hin. Kurz vor dem Ziel standen erste ZIMMER FREI-Schilder vor manchen Privathäusern. Einfache Verkaufsbuden für Fischköder tauchten auf und Kiesflächen mit Motorbooten, deren Preise mit Kreide an die Frontscheiben geschrieben waren. Da und dort standen Cafés, im Grunde bessere Schuppen, in denen man Backhähnchen, Hackbraten und Lunchtüten bekam. Obwohl die Garretts für das Mittagessen nach der Ankunft etwas von zu Hause mitgenommen hatten, hielten sie bei einem Obst- und Gemüsestand am Straßenrand an und kurz darauf vor einem Betonklotz, über dem ein zwei Etagen hohes Neonschild mit der Aufschrift FAT HARRY'S GROCERIES thronte. Lily weigerte sich hineinzugehen und blieb mit trotzig über der Brust verschränkten Armen im Wagen sitzen. »Pech gehabt«, sagte Alice, als sie zurückkamen. »Wir durften Eis kaufen und haben uns das mit Toffeestücken ausgesucht.« Lily hasste Toffee; sie fand, die Stückchen fühlten sich wie etwas an, das nicht in Eis gehörte. Doch sie verzog keine Miene, sondern starrte weiterhin geradeaus.

Mit dem Obst und Gemüse vom Stand und den Lebensmitteln aus dem Supermarkt wurde es auf den letzten acht Kilometern ziemlich unbequem im Auto. Weil der Kofferraum mit Gepäck, Bettwäsche und Mercys Mal-Utensilien vollgestopft war, mussten die Einkäufe im Wageninneren rings um die Insassen verteilt werden. Mercy und Lily verschwanden fast hinter den Tüten von Fat Harry's, und auf Davids Schoß lag eine gigantische Wassermelone, während die Papiertüten vom Straßenstand in den Fußraum vor Robins Sitz gepfercht worden waren, wo sie kaum Platz für seine Beine ließen.

Den Weg zu ihrer Hütte mussten sie mit Hilfe einer hektografierten Anweisung finden, die ihnen der Eigentümer per Post zugeschickt hatte. »Rechts in die Buck Smith Road einbiegen«, las Robin vor. »Dreieinhalb Kilometer geradeaus und beim Schild SLEEPY WOODS nach links.« Sleepy Woods entpuppte sich als eine Anlage aus sechs parallel zum Highway stehenden Holzhütten. Neben einigen parkten Anhänger mit Booten. Die Garretts waren in Nummer vier untergebracht. Der Bungalow bot zwar nicht viel Platz, aber die Räume waren geschickt aufgeteilt. Es gab ein Zimmer für die Mädchen und eines für die Eltern, in dem ein Klappbett für David aufgestellt war. Im Wohnraum mit Kochnische roch es nach Kaminfeuer, doch in den beiden Schlafzimmern stank es modrig, und Mercy riss die Fenster auf. Draußen duftete es nach Kiefern und Sonne. Die Bäume ragten über den Hütten auf, und die vielen braunen Nadeln machten den Boden weich und rutschig. Alice wurde klar, warum die

Anlage Sleepy Woods hieß. Sie würde hier sehr gut schlafen.

Weil alle wahnsinnig hungrig waren, setzten sie sich gleich an den Holztisch in der Küche und aßen zu Mittag. Es gab Thunfisch-Sandwiches und Karottenstifte und als Nachspeise Pfirsiche vom Straßenstand. Dann lud Robin die Sachen aus dem Kofferraum, Mercy schickte die Mädchen zum Bettenbeziehen und verstaute die Lebensmittel. David, der als Einziger nichts tun musste, ging raus und ließ Bobby Shafto Bäume hochklettern. Er schob ihn die Stämme hinauf, setzte ihn rittlings auf niedrige Äste und sang dabei »*He'll come back and marry me-ee …*«

Kaum war der Kofferraum geleert, zogen sich Robin und David um und gingen den See erkunden – Robin in schlabbriger roter Badehose, T-Shirt und seinen normalen Arbeitsschuhen mit schwarzen Socken, David in einem kurzen weißen, eigens für den Urlaub angeschafften Frottee-Bademantel und kleinen braunen Fischersandalen. Zum See gelangte man über eine Art Forstweg durch den Wald, zwei sandige Spurrillen, dazwischen ein Grasstreifen. Nachdem sie aufgebrochen waren, konnte man sie noch einige Minuten zwischen Sonnen- und Schattenflecken dahingehen sehen. Robin mit den Badetüchern um den Nacken und David mit seinem Eimer, den er hin und her schwenkte, sodass die Schaufel darin klapperte, was noch bis zur Hütte zu hören war.

Alice versuchte sich mit Lily zu unterhalten, während sie die Betten bezogen – »Also, ich will das am Fenster« und »Hoffentlich ist das Ding bequemer, als es aussieht« –, doch Lily reagierte nicht und blieb bei ihrem mürrischen Gesichtsausdruck. Als sie fertig waren, packte Alice ihre Sachen aus und legte sie in die Kommode (»Die beiden oberen Schubladen sind meine«), während Lily einen Schreibblock und einen Kugelschreiber aus ihrem Koffer holte, sich das Kissen auf ihrem Bett unter den Kopf schob und zu schreiben begann. Vermutlich an Jump, aber dazu äußerte sie sich nicht.

Alice gab auf. Sie zog ihren Badeanzug und ein weites Hemd an, nahm ihre Kamera – eine Brownie Starflash, die sie zu ihrem letzten Geburtstag bekommen hatte – und ging in die Küche, wo Mercy gerade nach einem Krug für den frisch gekochten Tee stöberte. »Ich suche, und du ziehst dich in der Zwischenzeit um«, schlug Alice vor, und Mercy sagte »Vielen Dank, mein Schatz« und verschwand im Elternschlafzimmer. Ein paar Minuten später kam sie in einem gerafften Latex-Badeanzug à la Esther Williams zurück. Darüber trug sie einen offenen pfirsichfarbenen Kimono und an den Füßen Sandalen mit Korksohlen und riesigen Pompons auf dem Zehenriemen. »Wo ist Lily?«, fragte sie. Alice verzog das Gesicht und sagte »Schreibt einen Brief.« Mercy lachte hell auf. Für sie war Lily offenbar eine Art Südstaatenschönheit aus *Vom Winde verweht*, um die

die jungen Männer nur so »scharwenzelten«, wie sie es nannte.

Sie verließen die Hütte und gingen denselben Weg hinunter, den Robin und David eingeschlagen hatten. Es war heiß, aber nicht unerträglich – gute fünf Grad kühler als in Baltimore, schätzte Alice. Im Schatten umschwirrten winzige Insekten ihre Köpfe, und Eichhörnchen flitzten die Bäume hinauf.

Der See war größer, als Alice erwartet hatte. Man sah zwar bis ans andere Ufer, aber es wirkte sehr fern, machte auf ihrer Seite eine Biegung nach links und verschwand hinter dichtem Gebüsch, wo noch mehr See zu vermuten war. Eine füllige Frau sonnte sich auf einem Badetuch, und am Ende eines marode wirkenden Stegs saß ein alter, vollständig bekleideter Mann auf einem Segeltuchstuhl und blickte Richtung See. Der Einzige im Wasser war Robin, der mit energischen Brustzügen und verbissener Miene parallel zum Ufer schwamm. David sah ihm vom Strand aus zu. Er hatte zwar den Bademantel ausgezogen, war aber vollkommen trocken und hatte offenbar nicht mal den großen Zeh ins Wasser getaucht. »Na, wie findest dus?«, fragte Mercy, während sie von hinten auf ihn zuging, und er drehte sich um und fragte: »Ertrinkt Daddy jetzt?«

»Nein, nein, nein, Daddy ist ein *sehr* guter Schwimmer«, versicherte sie ihm. David drehte sich wieder um und beobachtete weiter seinen Vater.

»Gehst du nicht rein?«, fragte Alice ihren Bruder.

»Doch. Gleich.«

»Soll ich mitkommen?«

»Nein danke.«

Sie zog das Hemd aus und warf es neben die Kamera auf den Sand. »Los gehts!«, sagte sie und watete hinein. Das Wasser war lauwarm, wurde aber mit jedem Schritt kühler, und als sie eintauchte, war es so kalt, dass ihr der Atem stockte.

Von hier draußen wirkte das Ufer so idyllisch und reglos wie eine Szene in dem Buch über französische Malerei, das ihre Mutter besaß – der alte Mann auf dem Steg im Schatten seines enorm großen Strohhuts, die Frau, die jetzt nur noch wie ein flacher Farbstreifen auf dem Sand aussah. David war in die Hocke gegangen und füllte den Eimer. Mercy machte zögerliche Schritte in den See hinein, bis sie, wesentlich eleganter als Robin, losschwamm. In ihrer Kindheit hatte Mercys Familie jeden Sommer Urlaub in Ocean City gemacht; sie war an Wasser gewöhnt. Doch schon nach wenigen Metern stellte sie sich hin. »Komm weiter raus!«, rief Robin, aber sie rief zurück: »Ich will nicht, dass meine Haare nass werden.« Ihr Haar brauchte endlos lange zum Trocknen, es war dick und gewellt, und aus dem Dutt hoch oben am Kopf hingen einzelne Löckchen. »Ich glaube, ich hole den Zeichenblock und gehe ein bisschen durch den Wald. Passt du auf David auf?«

»Klar«, rief Robin. »Ich könnte ihm Schwimmen beibringen, was meinst du?«

»Sehr gut«, sagte Mercy, drehte sich um und watete mit seitlich ausgestreckten Armen, die Hände angehoben wie zwei Vögelchen, zurück ans Ufer, während weit entfernt, oben am Waldrand, eine geschrumpfte Lily stand, die die Augen vor der Sonne beschirmte und das Ganze beobachtete. Doch sie kam keinen Schritt näher und trug auch keinen Badeanzug. Kurz darauf machte sie kehrt und verschwand.

Der Unterschied zwischen dieser Szene und den Szenen in den französischen Gemälden lag darin, dass die Menschen auf den Bildern bei gemeinsamen Unternehmungen dargestellt waren, bei Picknicks oder Bootsfahrten, während hier jeder für sich blieb, dachte Alice. Selbst ihr Vater, der nur wenige Meter von ihr entfernt war, schwamm jetzt wieder zum Ufer. Ein Passant hätte niemals gedacht, dass sich die Garretts überhaupt kannten, so allein und weit voneinander entfernt wirkten sie.

*

Alle drei Kinder, auch der kleine David, wussten, dass ihre Mutter Kochen hasste. Sie behauptete zwar, gerne zu kochen, doch das bezog sich nur auf Desserts. Ihre Süßspeisen waren ausgefallen – keine Kekse, kein Schokopudding, sondern zarte, mit

Sahne gefüllte Blätterteighörnchen und turmartige Baiser-Gebilde, verziert mit kandierten Veilchen. Desserts, die sie als junge Frau ihren Verehrern aufgetischt hatte, vermutete Alice. Wunderschön anzusehen, aber nicht das, was ihre Kinder gern aßen.

Was auch für Robin galt, der das aber nie zugab. Lieber kommentierte er jede neue filigrane Kreation mit den Worten »Also nein, Liebling, wie hast du *das* nur wieder hinbekommen!« Mehr als einen Löffel voll, zum Probieren, aß er allerdings nie.

Die Folge war, dass Alice in der Küche mehr Aufgaben übernahm als die meisten Mädchen ihres Alters. Anfangs hatte sie eine Dose Eintopf aufgemacht oder Würstchen gewärmt, doch nach und nach war sie zu einfachen Aufläufen übergegangen und schließlich zu Rezepten aus *Woman's Day* oder der Zeitung – zu Gerichten, in deren Namen *»espagnol«* oder *»à la française«* vorkam. Ihr Vater, der Arme, sagte jedes Mal »Nein, Schätzchen, hast *du* das gekocht?« Er bevorzugte Hausmannskost, aber sie wusste, dass er ihre Mithilfe zu schätzen wusste.

Für das erste Abendessen am See – Mercy war noch nicht vom Zeichnen zurück und David knatschig vor Hunger – wärmte sie Corned Beef aus der Dose und bestreute es mit geriebenem Cheddar und getrocknetem Schnittlauch, den sie im Schrank gefunden hatte. (Frühere Mieter hatten alle möglichen angebrochenen Sachen zurückgelassen – Marmelade, getrocknete Bohnen, Grillsaucen sowie diverse geheimnisvolle Konserven, auf deren Erkundung sie sich schon freute.) Dann schnitt sie mehrere Gurken vom Straßenstand in Scheiben und goss eine Mischung aus Öl und Apfelessig darüber. David bettelte um eine Kleinigkeit, weil er es angeblich nicht mehr aushielt. Cracker, Kekse – »Irgendwas!«, sagte er in dramatischem Ton, lehnte die Gurkenscheibe, die sie ihm anbot, allerdings ab.

»Wo ist deine Mutter?«, fragte ihr Vater. Seine Standardfrage: »Wo *ist* sie?«

»Noch immer draußen beim Zeichnen, wir fangen ohne sie an«, sagte Alice, knallte die Teller auf den Tisch, zählte das Besteck ab, suchte in der ganzen Hütte nach den Servietten und behalf sich schließlich mit Küchenpapier, als ihr klar geworden war, dass sie keine mitgenommen hatten.

Alice stellte sich oft vor, jemand würde ein Buch über ihr Leben schreiben. Eine allwissende männliche Erzählerstimme würde jede ihrer Handlungen in Worte fassen. Die Beobachtung »Alice seufzte« käme darin häufig vor. »Ruf Lily zum Essen«, sagte sie zu David, doch er erwiderte »Sie ist nicht da.« Alice fragte »Wo ist sie?«, und David sagte »Sie ist mit einem Jungen weg.«

»Alice seufzte tief auf«, sagte der Erzähler.

⋆

Es stimmte, Lily war mit einem Jungen weggegangen. Trent hieß er. Offenbar waren sie sich begegnet, als Lily zufällig am Seehaus seiner Eltern vorbeispazierte. Gegen Ende des Abendessens tauchte sie mit ihm auf. Mercy war inzwischen mit Kiefernnadeln in den Rockfalten vom Zeichnen zurückgekommen, und die vier machten sich bereits über das Toffee-Eis her. »Wo *warst* du?«, fragte Alice ihre Schwester, während sich ihre Mutter aufrechter hinsetzte und Trent ein besonders strahlendes Lächeln schenkte. Er war ein gutaussehender Junge mit leicht wulstiger Stirn in einem »U of Maryland«-Shirt und Alice' Vermutung nach einige Jahre älter als Lily. Lily sagte: »Das ist Trent, und wir gehen in ein Burgerlokal im Ort, deshalb brauche ich kein Abendessen.«

»Wie schön!«, sagte Mercy im selben Moment, in dem Robin fragte: »Wie kommt ihr dorthin?«

»Trent hat ein Auto«, erklärte Lily.

»Bist du ein sicherer Fahrer, Junge?«

Lily rief »Daddy!«, aber Alice fand die Frage berechtigt. Außerdem missfiel ihr Trents lässig hingeworfene Antwort »Ja, Sir, ein hervorragender.« Er hat etwas Schmieriges, dachte Alice. Doch Robin erwiderte »In Ordnung, aber bring sie nicht zu spät zurück.« Lily winkte kurz mit den Fingerspitzen, dann zogen sie ab.

Alice war es ein Rätsel, warum Lily immer Scharen von Jungs anzog. Gut, sie war hübsch mit ihrem runden Gesicht und den Grübchen, aber das erklärte nicht, warum es die Jungs derart in Alarmbereitschaft versetzte, wenn sie einen Raum betrat, als ginge ein nur für Männerohren wahrnehmbarer hoher Signalton von ihr aus. (Nicht nur Jungs reagierten auf sie, auch erwachsene Männer. Alice hatte diese erhöhte Aufmerksamkeit für Lily schon mehrmals bei Vätern von Freundinnen erlebt.) Alice selbst wurde nur ausgeführt, wenn es Anlässe dafür gab, zu offiziellen Veranstaltungen, Schulbällen etwa. Sie wusste, dass ihr die Anziehungskraft ihrer Schwester fehlte, war sich aber nicht sicher, ob sie mit ihr hätte tauschen wollen. (Dieser Trent gefiel ihr jedenfalls überhaupt nicht.)

»So viel zu Jump Watkins, he, he«, sagte Robin, als die beiden gegangen waren, und Mercy erwiderte »Sie ist eben ein geselliger Typ«. Dann widmeten sie sich wieder dem Eis.

Am nächsten Morgen kam von Lily nur Trent dies, Trent das. Er stammte aus D.C.; er spielte im Tennisteam seiner Uni und würde nächstes Jahr in den Sportwarenladen seines Vaters eintreten. »Wie alt ist er?«, fragte Alice, und Lily erwiderte beiläufig »Einundzwanzig, warum?« und begann sofort vom Haus seiner Eltern, ganz in der Nähe, direkt am See, zu erzählen. Es sei riesig, gehörte ihnen sogar, und über dem Kamin hing ein Hirschkopf. »Du warst drin?«, fragte Mercy. »Ja, und ich habe seine beiden Schwestern und ihre Freunde kennengelernt.« Sie entschuldigte sich und ging sich umziehen, weil

Trent und sie eine Runde mit dem Motorboot seiner Eltern drehen wollten.

Mercy verkündete, sie werde den ganzen Tag malen, was sie gestern skizziert hatte. Noch während Alice das Frühstücksgeschirr abräumte, legte Mercy ihr neues Acrylfarben-Reiseset und den Block Leinenpapier auf den Tisch, die einzige zur Verfügung stehende Arbeitsfläche. »Bist du bis zum Mittagessen fertig?«, fragte Alice, und Mercy antwortete »Ach, locker«, was Alice bezweifelte. Hatte sie einmal damit angefangen, verlor sich ihre Mutter gern beim Malen. Wenn es diesmal so wie fast jedes Mal lief, würden sie mittags mit Tellern auf dem Schoß im Wohnzimmer sitzen.

Alice ging schwimmen und nahm David mit. Robin wollte nachkommen – »Der See muss ausgenutzt werden!« –, sich aber zuvor das klappernde Fliegengitter im Elternschlafzimmer ansehen. Die viele Freizeit machte ihn sichtlich unruhig.

Heute hatte David eine ganze Spielzeugsammlung dabei – in seinem Eimerchen schepperten fünf oder sechs kleine Plastik-G.I.s, die er allerdings als »Veterinäre« bezeichnete. Zuerst dachte Alice an eine Verwechslung mit »Veteranen«, aber nein. Am See schüttete er alle Plastiksoldaten auf den Sand und erklärte: »Der da heißt Herman, der verarztet die großen Tiere, die Kühe und die Pferde. Und das ist Don, der verarztet die Hunde und die Katzen.«

»Wo sind die Patienten?«, fragte Alice.

»Die sind noch nicht dran. Erst müssen die Veterinäre miteinander reden. ›Also, Don‹, sagte er mit tiefer, brummiger Stimme, ›ich fahre jetzt zur Rennbahn in Pimlico und kümmere mich um das Pferd mit dem gebrochenen Bein. Und was hast du heute vor?‹« Dann, mit etwas höherer Stimme: ›Die Katzenmutter, die man uns gebracht hat, kriegt bald ihre Jungen, und ich helfe ihr bei der Geburt.‹«

Alice verstand den Reiz des Spiels nicht. Abgesehen davon, dass David den jeweils gerade sprechenden Soldaten ein paar Zentimeter vom Boden hüpfen ließ, passierte rein gar nichts. Aber immerhin war er beschäftigt. Die tiermedizinischen Fälle wurden zunehmend detailreich und entwickelten sich zu richtigen Geschichten. (Beispielsweise sollte ein Hund eingeschläfert werden, weil er einen kleinen Jungen gebissen hatte, doch dann wies der Veterinär dem Jungen nach, gelogen zu haben. Damit war das Leben des Hundes gerettet, und der Veterinär nahm ihn zu sich.) Alice schmierte sich mit der selbst gemachten Mixtur aus Babyöl und Jod ein, die angeblich den Bräunungsprozess beschleunigte, denn hier war die Sonne viel schwächer als in Ocean City. Dann streckte sie sich auf ihrem Strandtuch aus und blätterte in einer Ausgabe der *Mademoiselle*, um sich darüber zu informieren, was junge Frauen in diesem Herbst im College tragen würden.

Kurz darauf erschienen die Arbeitsschuhe und schwarzen Socken ihres Vaters in ihrem Sichtfeld.

Sie blickte auf und sah, dass er auf sie hinunterstarrte. »Warum bist du nicht im Wasser?«.

»Ich warte, bis ich mich aufgewärmt habe.«

»David? Kommst du mit?«

»Ich kann nicht«, antwortete David. »Ich habe hier gerade einen Notfall.«

Robin schwieg eine Weile, wie um sich einen Reim auf all das zu machen. Schließlich zog er sein T-Shirt aus, ließ es auf Alice' Strandtuch fallen und sagte: »Also, *ich* gehe rein.«

Alice setzte sich auf und sah ihm nach. An diesem Vormittag waren mehrere Leute im Wasser – ein junges Paar, ein Mann mit einem Kleinkind und eine nicht identifizierbare Person weit draußen. Erst am Wasser bückte sich Robin, um seine Schuhe und Socken auszuziehen, stellte die Schuhe nebeneinander auf den Sand, beobachtete aber noch eine Weile die anderen Badenden, bevor er hineinwatete.

Er ist kein geborener Urlauber, dachte Alice. Bei ihm wirkte alles irgendwie angestrengt. Er hielt die Ellbogen über dem Wasser, und seine Schulterblätter ragten wie frittierte Hähnchenflügel hervor.

Auch am Strand selbst war heute mehr los. Die füllige Frau war wieder da, lag auf ihrem gestreiften Tuch, als wäre sie nie weggewesen. Unter einem riesigen Sonnenschirm saß ein Paar mit Baby, und um ein weiteres Paar wuselte eine wilde Kinderhorde. Der einzige Junge war etwa zwölf Jahre alt – viel älter als David, aber Alice versuchte es trotzdem. »Willst du nicht mal zu dem Jungen da drüben gehen und mit ihm reden?«, fragte sie ihren Bruder. David warf nur einen flüchtigen Blick auf den Jungen, der gerade ins Wasser ging, und sagte: »Nein, der ist zu alt.«

»Er sieht aber sehr nett aus.«

Doch David war schon wieder mit seinen Veterinären zugange. Er hielt einen von ihnen über seinem Kopf, damit der dem Motorboot zusehen konnte, das in der Ferne vorbeifuhr, und sang *»I saw three ships a-sailing by, a-sailing by, a-sailing by …«*

Alice nahm ihre Brownie Starflash, hob sie ans Gesicht und kniff die Augen zusammen. Sie hätte gern gewusst, ob Trent und Lily in dem Boot saßen, doch das war von ihrem Platz aus nicht zu erkennen.

*

So begeistert, wie Mercy von ihrem Buch mit den verschwommenen französischen Gemälden war, hätte man annehmen können, ihre eigenen wären ebenso verschwommen – weniger Landschaft als vielmehr eine Abstraktion davon. Waren sie aber nicht, zumindest nicht ganz. Zum Beispiel dasjenige, an dem sie arbeitete, als die drei in die Hütte zurückkehrten: Mercys Kiefern waren undeutliche grüne Pyramiden und ihr Waldboden eine verwaschene braune Fläche, doch ihre abgestreiften Pompon-Sandalen links vorn hatte sie so deutlich wie unter der Lupe betrachtet gemalt. Die Nähte an den Riemchen, die Poren in den Korksohlen, sogar die winzige Biene, die sich auf einem der Pompons niedergelassen hatte – nichts blieb der Fantasie überlassen. Alice befremdete dieser Kontrast, der abrupte Wechsel von schemenhaft zu konkret strengte ihre Augen an. Sollten die Sandalen eine Botschaft sein? Ein Hinweis auf etwas? Ein Symbol? Sie kapierte es einfach nicht!

Aber sie kapierte es bei keinem Bild und sagte auch diesmal »Schön, Mama«. Dann ging sie sich umziehen und hörte noch, wie David hinter ihr fragte »Kommen deine Bilder mal ins Museum?« und ihre Mutter glockenhell auflachend »Nein, nein, bestimmt nicht« antwortete. »Ich male nur für mich«, sagte sie und schickte ihn seine Badehose ausziehen.

⋆

Trent habe bestimmt keine feste Freundin, behauptete Lily, schließlich sei die Schnalle hinten an seiner Khakihose nicht geschlossen. »Könnte reiner Zufall sein«, meinte Alice. »Vielleicht ist er einfach schlampig.«

»Bist du noch ganz bei Trost? Die Schnalle hat was zu *bedeuten*, das weiß wirklich jeder.«

»Frag ihn doch einfach, ob er mit jemandem geht.«

Lily warf ihr nur einen Blick zu.

Es war der vierte Tag ihres Aufenthalts, und sie hatte jeden einzelnen Tag mit Trent verbracht. Allem Anschein nach hingen sie die meiste Zeit im Haus seiner Eltern am See herum. »Und was macht ihr da?«, wollte Alice wissen, und Lily sagte »Schwimmen und so.« Trent ließ sich bei den Garretts nur blicken, wenn er Lily am Vormittag abholte. (Er kam mit dem Auto, obwohl es nur ein Katzensprung war.) Er begrüßte Lily mit »Hey, meine Hübsche«, und zu Robin und Mercy sagte er: »Hey, Mr Garrett. Sie sehen heute wieder toll aus, Mrs Garrett!«

Robin, der bedächtig seine dritte Tasse Kaffee trank, brummte nur etwas, doch Mercy erwiderte: »Danke, Trent! Wie geht es dir?«

»Sehr gut, danke.«

Alice beachtete er so gut wie gar nicht, hob nur die Hand ein paar Zentimeter in ihre Richtung und ließ sie wieder sinken. Und zu David sagte er nur: »Hey, Kleiner.«

»Hey«, erwiderte David, ohne aufzublicken.

An diesem Vormittag verkündete David, als Trent und Lily weg waren: »Trent sagt Sachen, die nicht wahr sind.«

Alice machte »Mm-hm«.

Doch Mercy fragte: »Wie meinst du das, mein Schatz? Was hat er denn Unwahres gesagt?«

»Weiß nicht. Aber jedenfalls ist es nicht wahr.«

»Ach komm, ich finde ihn süß«, sagte Mercy.

Merkwürdig, dachte Alice, dass ein siebenjähriger Junge klarer sah als eine erwachsene Frau. Andererseits besaß David eine fast schon unheimlich gute Menschenkenntnis.

Robin meinte nur: »Immerhin ist er höflich, das muss man ihm lassen.«

Eine Weile herrschte Schweigen.

»Alice liebte ihren Vater sehr«, sagte ihr Erzähler, »doch manchmal brachte er sie zur Verzweiflung.«

Später fuhr Robin zur Esso-Tankstelle, um die Reifen aufzupumpen, und Mercy ging durch die Hütte und sammelte ihr Zeichenzeug zusammen. David, der mit einem Malbuch auf dem Teppich saß, sagte zu Alice: »Ich mag Jump Watkins lieber als Trent. Du auch?«

»Na ja, Trent geht schon aufs College, ein richtiger Mann«, antwortete Alice.

»Er ist kein *Mann*«, sagte David.

Bevor ihm Alice erklären konnte, dass das sarkastisch gemeint war, gab ihre Mutter aus der Küche ihren Senf dazu. »*Du* siehst das vielleicht anders, Schatz, aber ich weiß, was Alice meint: Er hat viel mehr Niveau als Jump Watkins.«

David und Alice tauschten einen Blick, ohne etwas zu erwidern.

In dieser Nacht kam Lily so spät zurück, dass alle außer Alice schon schlafen gegangen waren. Alice hörte im Wohnzimmer Radio. (In der Hütte gab es keinen Fernseher, sie wurde fast wahnsinnig vor Langeweile.) Die Sendung hatte sie zufällig entdeckt, eine Art Wunschkonzert. Der Moderator las Briefe von Zuhörern vor und spielte die gewünschten Songs. »Der hier ist für Jerry von Kate, sie vermisst ihn sehr.« Dann setzte *Man in a Raincoat* ein. Das fand Alice interessant. (Was für ein Mensch war dieser Jerry, wenn Kate bei »*Taken my money and skipped out of town*« an ihn dachte?) Plötzlich schwenkten zwei Scheinwerferstrahlen durch den spärlich beleuchteten Raum, und kurz danach waren Schritte auf der Veranda zu hören und Lily trat durch die Tür. »Du bist noch wach?«, sagte sie zu Alice. »Wie spät ist es?«

»Das fragst du *mich*?«, erwiderte Alice. Doch als sie ihren eigenen Tonfall hörte, der eher nach Mutter als nach Schwester klang, überdeckte sie ihn schnell mit der Frage »Einen schönen Abend gehabt?«

»Einen wunderschönen Abend«, antwortete Lily und plumpste neben Alice auf die Couch. Sie roch nach Zigaretten – wahrscheinlich nach denen von Trent, denn bei ihrem einzigen Versuch, eine zu rauchen, hatte sie sich übergeben. »Ich habe indirekt nach der Sache mit der festen Freundin gefragt«, berichtete sie. »Er hat mir ein wirklich süßes Kompliment gemacht, das verrate ich aber nicht. Dann habe ich gesagt ›Das bekommt dein Mädchen zu Hause bestimmt auch zu hören‹, und er hat gesagt »Welches Mädchen zu Hause?‹, und ich habe gesagt ›Ich weiß genau, dass du mit jemandem gehst‹, und er hat gesagt ›Warum sitze ich dann deiner Meinung nach mit dir hier?‹ Na bitte!«

»Na bitte«, sagte Alice.

Lilys Lippen waren leicht geschwollen, ihre Wangen gerötet. Sie wirkte übertrieben lebhaft und begeistert, irgendwie aufgesetzt. »Tust du mir einen Gefallen?«

»Was?«, fragte Alice misstrauisch.

»Angenommen, Trent kommt auf die Idee … Also, angenommen er kommt auf die Idee, mir einen Heiratsantrag zu machen.«

»Einen Heiratsantrag?!«

»Ach, ich weiß ja auch nicht. Es könnte sein. Das mit uns ist keine Kindergartenschwärmerei, sondern was Ernstes. Ich sage es nur, falls du irgendwas mitbekommst … Dass er dich nach meiner Ringgröße fragt oder so.«

»Lily –«

»Lass mich ausreden! Wenn er dir gegenüber etwas in dieser Richtung erwähnt, sagst du ihm dann bitte, dass er mir den Antrag unbedingt in einem Pavillon machen muss?«

»*Was?*«

Lily neigte sich zu Alice hinüber und presste die Hände im Schoß fest aneinander. »Ich habe mir schon als kleines Mädchen immer vorgestellt, wie mich ein junger Mann in einem Pavillon fragt, ob ich ihn heiraten will. Klingt albern, ich weiß … Aber ob du es glaubst oder nicht – neben dem Haus von Trents Eltern steht ein noch größeres Haus, und im Garten ist ein süßer kleiner Pavillon. Ich konnte es nicht fassen! Ich habe ihn zufällig entdeckt, als wir auf der Terrasse saßen, und ich konnte es einfach nicht glauben.«

»Trent macht dir keinen Heiratsantrag, Lily«, sagte Alice.

»Woher willst du das wissen?«

»Du bist fünfzehn. Nicht mal alt genug zum Auto fahren. Ihr kennt euch seit *vier* Tagen. Und davon abgesehen … Du solltest Trent nicht trauen.«

»Du kennst ihn doch gar nicht!«

»Ich kenne ihn gut genug, um zu wissen, dass er auf Abenteuer aus ist. Er hockt hier bei seinen Eltern ohne einen einzigen Freund in der Nähe. Und da entdeckt er dieses kleine minderjährige Mädchen, das arglos in der Gegend rumläuft, und sagt sich ›Na, na, na, was haben wir denn *da*!‹«

»Das ist so was von gemein«, sagte Lily. »Du hockst doch selbst bei deinen Eltern! Du bist nur neidisch, weil du niemand hast, deshalb machst du mir alles kaputt.«

Sie sprang auf, rannte in ihr gemeinsames Zimmer und knallte die Tür zu.

Halb erwartete Alice, dass ihre Eltern den Lärm

gehört hatten. Sie *wünschte*, dass sie ihn gehört hatten. Hoffnungsvoll blickte sie zur Tür, doch die blieb geschlossen, und kein Laut drang heraus.

*

»Versuch deinen Sohn ins Wasser zu kriegen«, sagte Robin am nächsten Morgen beim Frühstück zu Mercy. »Er will offenbar auf dem Trockenen bleiben und den See aus der Ferne bewundern.«

Mercy richtete den Blick auf David, der seine Cheerios mit ganzen Löffelladungen Kakao bestreute. Experimente dieser Art nannte er »kochen«. »Stimmt das?«, fragte sie ihn. »Du willst nicht ins Wasser?«

»Der Boden ist so matschig.«

»Woher willst du das überhaupt wissen?«, fragte Robin. Es brach explosionsartig aus ihm heraus. »Du hast noch keinen Fuß hineingesetzt!«

»Doch, hab ich«, erwiderte David, während er emsig in seiner Schüssel rührte.

»Meistens zieht er nicht mal die Sandalen aus«, sagte Robin zu Mercy. »Er geht mit seiner so genannten Angel auf den Steg – ein Stock mit einer Küchenschnur dran. Da hängt noch nicht mal ein Haken am anderen Ende. Und dann sitzt er da, mit den Füßen gute fünfzehn Zentimeter über dem

Wasser, und singt seine Lieder, während *Charlie*, der Sohn von Bentley …«

Bentley war Robins neuer Freund – der Vater der wilden Kinder, die Alice und David am zweiten Tag unten am See gesehen hatten. Die beiden Männer waren miteinander ins Gespräch gekommen und hatten zahlreiche Gemeinsamkeiten entdeckt. Bentley war Inhaber eines Bauunternehmens und hatte die Installationsarbeiten im neuen Anbau seines Hauses eigenhändig durchgeführt. Alice wunderte sich, dass ihr Vater überhaupt mitbekommen hatte, ob David ins Wasser ging oder nicht, denn Bentley und er standen die meiste Zeit mit verschränkten Armen bis zur Hüfte im Wasser und fachsimpelten über Abwasser und Ähnliches. Gelegentlich pflügte Charlie im australischen Kraulstil angeberisch an ihnen vorbei, wobei das Wasser nach allen Seiten spritzte, doch Robin und Bentley wischten sich nur zerstreut das Gesicht an den Schultern ab und unterhielten sich weiter.

»Vielleicht könnte Charlie ihm das Schwimmen beibringen«, sagte Mercy.

David hörte auf zu rühren und sagte: »Charlie ist zu alt.«

»Ach so.«

»Was redest du? Er ist höchstens zehn oder elf«, sagte Robin.

»Zwölf, glaube ich«, erwiderte David.

»Elf, zwölf … Wenigstens hat er keine Angst vorm Nasswerden!«

»Lass gut sein, Robin«, sagte Mercy. »Er wird Schwimmen lernen, wenn er so weit ist, genau wie die Mädchen damals.«

»Die Mädchen konnten *viel* früher schwimmen, Alice schon mit vier.«

In Wahrheit war sie acht gewesen. Doch um sie hatte sich ihr Vater keine Sorgen gemacht.

Es hatte Vorteile, ein Mädchen zu sein und nicht allzu vielen Erwartungen gerecht werden zu müssen.

Noch so ein Vorteil war, dass ihre Mutter nach dem Frühstück verkündete, sie wolle mit den Mädchen in die nahe gelegene Kleinstadt fahren. (Alice liebte Einkaufsbummel.) Lily lag noch im Bett, und als Mercy und Alice sie weckten und sie erklärte, sie könne nicht mitkommen, weil Trent sie gleich abholen werde, ließ Mercy das völlig kalt. »Na und? Dann wartet er eben«, sagte sie. »Mach dich rar, sei ein Star.«

Vielleicht, fügte sie hinzu, finde sich ja ein neuer Badeanzug für Lily, man könne nie wissen. Lily beklagte sich ständig, ihr aktueller Badeanzug sei »babyhaft«. »Ein Bikini?«, fragte sie.

»Warten wirs ab … Auf jeden Fall ein Zweiteiler.«

»Ich will nicht einfach nur einen Zweiteiler, nur Mütter tragen Zweiteiler.«

»Mal sehen«, sagte Mercy.

»Juhu!«

»Mal *sehen*, habe ich gesagt.«

»Daddy, wenn Trent kommt und ich noch nicht zurück bin, sag ihm, dass er auf mich warten soll.«

»Geht nicht, Schätzchen. Dann bin ich unten am See und bringe deinem Bruder Schwimmen bei.«

»Schreib ihm eine Nachricht und steck sie in die Fliegengittertür«, schlug Mercy vor.

Lily wirkte nicht glücklich mit der Idee, sagte jedoch nichts mehr. Offenbar wurden die Unannehmlichkeiten, die sie Trent bereiten musste, durch den Bikini aufgewogen.

Alice fuhr, ihre Mutter saß daneben und Lily hinten, allerdings so tief im Sitz versunken, dass Alice sie im Rückspiegel nicht sehen konnte. Sie bogen auf den schmalen Highway ein, auf dem sie gekommen waren, und fuhren in derselben Richtung weiter, vorbei an kleinen, dicht an der Straße stehenden Häusern, vor denen urige Holzschilder mit eingeritzten Namen wie HAUS ANGLERGLÜCK und HAUS LEBENSABEND standen. Mercy plapperte auf der Fahrt bestens gelaunt vor sich hin. »Als ich klein war, habe ich mir immer vorgestellt, wie ich später mit meiner Tochter einkaufen gehe«, erzählte sie. »Ich konnte ja nicht ahnen, dass es *zwei* sein würden! Ich habe mir ausgemalt, wie wir Kleider anprobieren, mit verschiedenen Lippenstiftfarben experimentieren und die Sachen zu Hause vor ihrem Vater verstecken.«

»Gibt es in Dunnville überhaupt solche Geschäfte?«, fragte Lily. »Haben die nicht nur Läden für Bauern?«

»Nein, wir finden bestimmt auch ein paar nette

Geschäfte. Hierher kommen viele Touristen, reiche Leute.«

Doch Lilys Bedenken erwiesen sich als berechtigt. Die Main Street entpuppte sich als die Straße, auf der sie bereits waren, nur mit Gehwegen. Es gab eine Eisenwarenhandlung und einen Drugstore, ein schmuddelig wirkendes Café sowie einen Laden, der sich Hi-Fashion nannte. Die einzige Puppe im Schaufenster hatte onduliertes Haar aus Gips – eine Frisur aus den Vierzigerjahren – und trug ein spießiges grün kariertes Kleid. Sie gingen trotzdem hinein. Die Ladenglocke klingelte. »Führen Sie Badeanzüge?«, fragte Mercy die Verkäuferin hinter der Ladentheke, und die Frau, eine Dame mit nettem Gesicht und gewaltigem Vorbau, wurde ganz aufgeregt und rief »Aber ja, natürlich haben wir Badeanzüge, gleich an dem Ständer da drüben!« Dort hingen aber nur Einteiler, viele mit Röckchen. »Der hier ist eigentlich ganz süß«, sagte Mercy hoffnungsvoll zu Lily und zog einen aus rosa gestreiftem Seersucker mit Beinansatz heraus.

Lily sagte nur »Also bitte«, und Mercy drängte nicht weiter.

Sie dankten der Frau, verließen den Laden und gingen in den Drugstore. Die Lippenstifte lagen in einer verschlossenen Vitrine, und es war ihnen zu mühsam, den jungen Mann an der Kasse zu bitten, sie aufzusperren. »Diese Haarreife sind doch recht hübsch«, sagte Mercy. Es waren mit Stoffen in unterschiedlichen Farben bezogene breite Reife, nichts Besonderes, aber ein schwarzer aus grob geripptem Stoff stach Alice ins Auge. Sie fand, dass er gut passen würde, wenn sie sich mal fein machen wollte, und nahm ihn vom Gestell. »Alice warf ihr langes Haar lässig über die Schulter«, sagte ihr Erzähler. Andererseits hatte sie schon einen aus schwarzem Samt, der ihr eleganter erschien. Sie legte den Reif zurück und ging zur Tür. Mercy und Lily folgten.

Auf dem Gehweg blieben sie stehen und sahen zur anderen Straßenseite hinüber. Eine Anwaltskanzlei, ein Chiropraktiker, ein Schuhgeschäft, in dessen Auslage Arbeitsschuhe für Männer standen. Ein kleines, düsteres Lebensmittelgeschäft namens Robinson's mit einer einsamen Messingwaage im Schaufenster. »O weh«, sagte Mercy resigniert. »Manchmal frage ich mich, wars das?«

Ihre Töchter wandten sich zu ihr und sahen sie an. *Manchmal* fragte sie sich das? Nicht nur in dieser einen Situation?

Doch dann schüttelte sie kurz die Schultern und sagte: »Na ja, vielleicht finden wir in diesem schicken Lebensmittelladen etwas Leckeres.«

Sie überquerten die Straße und betraten den Laden, der tatsächlich edle Sachen wie importierte Marmeladen, Gewürze und Essig in verkorkten Flaschen zu bieten hatte. »Wie wäre es mit Pralinen zum Nachtisch heute Abend?«, fragte Mercy, und während sie sich mit Lily beriet, ging Alice ein bisschen herum. In der Obst- und Gemüseabteilung lag jede Frucht in einem eigenen kleinen Nest aus grünem Papier. Obwohl alles sehr teuer war und sie noch genug Gemüse vom Straßenstand hatten, nahm sie sich eine Avocadobirne, denn die gab es nicht oft in Baltimore. Als sie die Frucht neben Mercys und Lilys Pralinen auf die Theke legte, sagte Lily »Im Ernst?«, und Alice zögerte kurz. Doch dann griff die Kundin vor ihnen danach – eine ältere Frau, die eine kleine, in Goldpapier eingeschlagene Konservendose kaufen wollte – und betrachtete sie lange. Da packte Alice die Besitzgier. Sie sagte »Ja, im Ernst. Wenn du sie nicht probieren willst, bleibt mehr für uns.« Lily erwiderte nichts.

Nachdem Mercy gezahlt hatte – die Kassiererin mit dem strengen Blick hatte kein Wort mit ihnen gewechselt –, traten sie hinaus in die Sonne. Mercy trug die Einkäufe in einer winzigen tannengrünen Robinson's-Tüte. »Wir fahren jetzt nach Hause, ja?«, fragte Mercy. Die Mädchen ersparten sich eine Antwort und folgten ihr.

Im Auto drehte sich Mercy um und sagte zu Lily: »Weißt du, was? Wenn wir wieder in Baltimore sind, kaufe ich dir bei Hutzler's einen Badeanzug. Na, was meinst du?«

»Einen Bikini?«, fragte Lily.

»Also … Ja, gut, warum nicht.«

Mercy drehte sich wieder nach vorn, und Alice warf einen Blick in den Rückspiegel. Sie fand, dass

Lily selbstzufrieden und geheimnistuerisch dreinsah.

Auf dem Parkplatz neben der Hütte stand Trents roter Chevy. »Mist«, sagte Lily und rüttelte schon am Türgriff, bevor sie hinter Trents Wagen stehen geblieben waren. »Er *wartet* auf mich!«

»Umso besser! Zeig ihm, dass du es wert bist!«, sagte Mercy. Sie hätte sich die Bemerkung sparen können, denn Lily war schon ausgestiegen und lief die Stufen zur Veranda hinauf.

Als Mercy und Alice ihrerseits vor den Stufen angekommen waren, erschien Robin in der Tür. Etwas an ihm war seltsam. Er trug weder Schuhe noch Socken, nur seine Badehose und ein T-Shirt – beide erkennbar nass, denn sie klebten an ihm –, doch seine platten, wulstigen, weißen Füße waren nackt, und er schaute ein bisschen belämmert drein, als wäre ihm etwas peinlich. »Hey, Liebling«, sagte er fröhlich zu Mercy.

Auf der obersten Stufe blieb Mercy abrupt stehen und sagte argwöhnisch »Robin?«

»Wie war euer Einkaufsbummel?«

»Was ist los?«, fragte sie.

»Was soll los sein? Nichts ist los.«

»Was soll dieser Aufzug?«

»Ach, ich wollte nur, wir waren gerade unten am See, und, naja, es gab einen kleinen Vorfall mit David.«

»Einen Vorfall?«

»Er ist in Panik geraten und dachte, er würde ertrinken.«

»*Was?*«

Sie stürmte an ihm vorbei und lief, gefolgt von Alice und Lily, ins Haus. Robin machte ihnen Platz und ging dann selbst hinein, nicht ohne zuvor die Fliegengittertür sehr leise geschlossen zu haben.

Im Wohnzimmer fläzte Trent auf der Couch, ein Bein lässig hochgelegt, das andere baumelnd. Auf seinem Schoß lag Alice' *Mademoiselle*. Er streckte Lily den Zeigefinger entgegen und sagte: »Hey, Babe.«

»Hi, Trent!«

»Wo ist er?«, fragte Mercy ihren Mann.

Robin deutete wortlos in Richtung Elternschlafzimmer.

Die Tür war zu, obwohl sie sonst tagsüber immer offenstand. Mercy riss sie auf, lief hinein und rief: »Ist alles in Ordnung, mein Liebling?«

David antwortete so leise, dass Alice nichts verstand. In der Zwischenzeit fragte Lily Trent »Hast du lange gewartet?«, und er erwiderte: »Sagen wir so: Weniger lang wäre mir lieber gewesen.«

Alice spähte ins Zimmer. David hatte sich nur mit seiner Badehose bekleidet auf dem Klappbett zusammengerollt, die Cowboypuppe an die Brust gepresst. Mercy setzte sich auf die Kante und streichelte ihm den Rücken. »Hast du dich ein bisschen erschreckt?«, fragte sie.

Er nickte und schniefte.

»Komm, wir gehen ins Wohnzimmer.«

David drückte die Cowboypuppe noch fester an sich.

»Willst du nicht mitkommen und bei mir auf dem Schoß sitzen? Und eine von den Pralinen probieren, die deine Schwestern und ich in der Stadt gekauft haben?«

Er schüttelte den Kopf.

Mercy setzte sich aufrechter hin und betrachtete ihn. Dann erhob sie sich, ging ins Wohnzimmer und fragte Robin: »Was zum Teufel ist passiert?«

»Also, Bentley und ich standen da und hatten ein Auge auf ihn –«

»Hast du ihn reingeworfen?«

»Was?«

»Hast du ihn ins Wasser geworfen?«

»Nein, ich habe ihn nicht ins Wasser geworfen! Warum auch?«

»Damit er entweder schwimmt oder untergeht? War das so eine Männersache zwischen Bentley und dir?«

»Was *redest* du da?«

Mercy ging zum Schaukelstuhl und ließ sich hineinfallen. Trent war von der Couch aufgestanden und wartete an der Eingangstür, während Lily ihren Badeanzug in ein Handtuch einrollte. »Ich gehe zu Trent«, sagte sie zu Mercy, doch Mercy sah sie nur ausdruckslos an.

»Er war zu keiner Zeit in Gefahr, das schwöre

ich«, beteuerte Robin. »Bentley und ich standen am Ende des Stegs. Ich musste nur reinspringen und ihn über Wasser heben, und alles war in Ordnung. Nur meine Schuhe sind jetzt durchgeweicht.«

»Bis später, Mama«, sagte Lily und ging mit Trent hinaus. Alice fragte »Soll ich etwas fürs Mittagessen aus dem Kühlschrank holen?«, doch Mercy ließ nur die Einkaufstüte zu Boden gleiten und wippte auf ihrem Stuhl nach hinten.

⋆

Nach einer Weile kam David doch heraus, als Alice und ihre Eltern gerade beim Mittagessen saßen. Er schlich sich schweigend in die Küche, kletterte auf seinen Stuhl und angelte sich eine Scheibe Fleischwurst von der Platte. Er trug noch immer die Badehose, hatte sich aber einen Pullover übergezogen. Die Cowboypuppe hatte er auch dabei und legte sie mit dem Gesicht nach unten auf seinen Schoß. Selbst Mercy war klug genug, keinen Wirbel zu machen. Sie schob nur den Brotkorb etwas näher an seinen Teller heran und fuhr mit ihrem Bericht über den Ausflug nach Dunnville fort. »Dummville wäre der bessere Name für dieses Kaff«, sagte sie. »Ich dachte bisher, die wären auf Touristen ausgerichtet, aber von wegen.«

»Die lassen sich einiges durch die Lappen gehen«, sagte Robin. »Jemand mit Unternehmergeist könnte da richtig abkassieren.«

»Na, früher oder später werden sie – Pass auf, mein Schatz« – sie unterbrach sich und sagte zu David: »Du kleckerst Senf auf Bobby Shafto.«

»Bascomb«, berichtigte David. Bascomb hatte die Cowboypuppe geheißen, bevor sie Bobby Shafto geworden war. (Der Postbote der Garretts hieß Bascomb.)

»Oh, Entschuldigung«, sagte Mercy zu der Puppe. David nahm Bascomb vom Schoß, legte ihn neben sich auf den Stuhl und fuhr fort, sein Brot mit Senf zu bestreichen.

»Ich habe in der Stadt eine Avocadobirne gekauft«, erzählte ihm Alice. »Die könnten wir am Freitag zum Abschiedsmahl essen. Wie findest du das?«

»Okay«, sagte David.

Es schien ihn nicht sonderlich zu interessieren.

»Avocadobirne – ich habe das nie begriffen«, sagte Robin. »Inwiefern soll das eine Birne sein? Ist das überhaupt ein Obst oder nicht eher ein Gemüse?« Er sah David an. »Was sagst *du* dazu, mein Junge?«

David zuckte kaum merklich mit den Schultern und schraubte das Senfglas zu.

Danach ließen sie ihn in Ruhe. Er würde sich schon wieder von der Aufregung erholen. Nach dem Mittagessen lief Robin zu Bentleys Hütte hinüber, um ihm bei einem kleinen Elektro-Problem zu helfen, Mercy legte ihre Farben auf dem Küchentisch aus, und Alice schlüpfte in ihren Badeanzug und ging zum See hinunter. Sie fragte David, ob er mitkommen wolle, doch er antwortete nicht, und sie ließ es gut sein. Als sie loszog, lag er eingerollt mit Bascomb auf der Couch, und als sie eine Stunde später zurückkam, schlief er tief und fest. Mercy erzählte, er habe die ganze Zeit geschlafen. »Das ist eine Art Heilungsprozess«, sagte sie. »Da wird gerade eine schlimme Erinnerung im Gehirn abgebaut. Wenn er aufwacht, ist er wieder der alte.« Sie lächelte Alice an und rührte in der Farbe auf der weißen Porzellanpalette.

Seit einigen Tagen malte sie verschiedene Ausschnitte der Hütte. Die angedeutete rosa gesprenkelte Tapete im Zimmer der Mädchen, davor die Facetten eines Kommodengriffs aus geschliffenem Glas, minuziös konturiert mit einem Pinsel fein wie eine Nadelspitze. Eine Sockelleiste im Wohnzimmer, die mit den Dielen verschmolz, und ringsum verstreute Körnchen, die Alice für Sand hielt, bis Robin sagte, das Zeug stamme wohl eher von Riesenameisen.

»Ich glaube, Innenräume liegen mir mehr als Landschaften«, sagte Mercy zu Alice. »Ich dachte, dieser Urlaub würde meinen Blick erweitern, aber als ich im Wald war, hat mich alles so überwältigt. Als würde ich durchs Weltall schweben.«

»Die Bilder von der Hütte finde ich am besten«, sagte Alice.

Plötzlich hatte sie das merkwürdige Gefühl, älter als ihre Mutter zu sein – älter als ihre zarte, durchs Weltall schwebende Mutter. Denn die grausame Wahrheit war, dass ihr kein einziges von Mercys Bildern gefiel. Aber sie wäre nie so gemein gewesen, ihr das zu sagen.

*

Am nächsten Morgen regnete es. Robin empörte sich am meisten darüber. »Diese eine Woche kostet uns eine Stange Geld, und jetzt geht ein ganzer Tag verloren!«

»Verloren würde ich nicht sagen«, wandte Mercy ein. »Wir sind ja trotzdem noch im Urlaub und verbringen als Familie Zeit miteinander.«

Robin grummelte etwas Unverständliches.

»Außerdem tut es dir ganz gut, einen Tag nicht in der Sonne zu sein.«

Tatsächlich war Robins Gesicht etwas gerötet. (Das viele Herumstehen im See mit Bentley.) Wenn er so weitermachte, wäre er der Einzige, dem man den Urlaub zu Hause ansehen würde, denn Alice' Babyöl-Jod-Mixtur hatte kaum etwas bewirkt, und Mercy und David waren nicht oft genug draußen gewesen. Was Lily betraf, so fragte sich Alice, welchen Anteil der Zeit bei Trent sie tatsächlich mit Schwimmen verbracht hatten, denn Lily war nach wie vor blass. Als sie an diesem Morgen – wie üblich zu spät – zum Frühstück erschien, sagte Mercy: »Heute kannst du nicht raus. Was wirst du machen?«

»Warum kann ich nicht raus?«

»Weil es regnet.«

»Wirklich?« Sie warf einen Blick durchs Küchenfenster. »Mist!«

»Du könntest heute ausnahmsweise hierbleiben und mit uns Brettspiele spielen. Hier liegen alle möglichen herum. Monopoly, Parcheesi … Du solltest mal in meinen Schrank sehen!«

»Trent und mir fällt schon irgendwas ein«, erwiderte Lily leichthin und griff nach der Erdbeermarmelade.

Mercy musterte sie und fragte: »Hast du etwas von Jump gehört, seit wir hier sind?«

»Wie soll ich was von ihm gehört haben?«, gab Lily zurück. »Er hat die Adresse nicht.«

»Du wolltest dich erkundigen, wie das hier mit der Post funktioniert, und ihm dann schreiben.«

»Hab ich aber nicht. Und selbst wenn ich ihm geschrieben hätte, wäre ihm vor unserer Rückkehr kaum Zeit für eine Antwort geblieben.«

Sie bestrich ihren Toast mit Marmelade. Mercy zog die Brauen hoch, warf Alice einen Blick zu und trank einen Schluck Kaffee.

Nach dem Frühstück fuhr Robin in die Stadt, um sich in der Eisenwarenhandlung umzusehen. David beschäftigte sich mit seinen Veterinären, und Mercy räumte das Elternschlafzimmer auf, während die Mädchen das Frühstücksgeschirr spülten. »Morgen darf es auf keinen Fall regnen«, sagte Lily zu Alice, während sie einen Teller abtrocknete.

»Wieso? Was ist morgen?«

»Unser letzter Tag, Dummkopf. Den verbringe ich nur mit Trent. Wir setzen uns auf seine Terrasse, ich habe schon alles geplant. Gleich neben du-weißt-schon. Dem Pavillon.«

Alice tauchte eine Pfanne in die Spüle. »Erwarte lieber nicht zu viel. Ich habe das Thema Pavillon Trent gegenüber nie erwähnt.«

»Macht nichts. Da kommt er ganz von selbst drauf. Wir sitzen da, er wundert sich, wo ich die ganze Zeit hinsehe, dreht den Kopf, und da ist der Pavillon …«

Plötzlich sah Alice Lily vor sich, wie sie den Blick bedeutungsvoll zwischen Trent und dem Pavillon hin und her wandern ließ, so wie Cap immer zwischen den Menschen am Tisch und dem Roastbeef auf der Anrichte hin und her schaute, und sie prustete.

»Was ist daran so lustig?«, fragte Lily. »Glaubst du mir nicht? Wir haben genau die gleichen Gedanken. Er ist genauso romantisch wie ich.«

»*Das* wage ich zu bezweifeln.«

»Ich meine es ernst, Alice. Wenn mir Trent keinen Antrag macht, bevor wir zurückfahren, sterbe ich. Dann sterbe ich einfach, das schwöre ich.«

»Dazu wird es nicht kommen, Lily.«

»Doch, wird es, weil es nämlich dazu kommen muss, und mehr sage ich dazu nicht.«

Sie warf das Geschirrtuch auf das Abtropfbrett und stolzierte hinaus, obwohl es noch eine Menge zu spülen gab.

David wollte nur Go Fish spielen, nichts anderes. Mercy war das recht, Alice weniger, weil sich Go Fish manchmal so lange hinzog. Diesmal war es wieder so weit. Sie hatten den Kartenstapel bestimmt schon fünf-, sechsmal umgedreht und spielten noch immer, als Trent auftauchte. »Komm, mach mit, Trent!«, sagte Mercy. Sie glaubte sich offenbar in die gute alte Zeit zurückversetzt, als sich ein Verehrer auf Besuch zu so etwas noch bereiterklärt hätte. Trent überhörte die Aufforderung taktvoll, sagte »Fertig, Baby?« zu Lily, und sie nickte und folgte ihm zur Tür. Das Strandtuch mit dem darin eingerollten Badeanzug nahm sie mit, als wäre sie überzeugt, dass sich das Wetter noch ändern würde.

Alice wartete, bis David mit Kartenziehen beschäftigt war. Dann fragte sie ihre Mutter: »Werden die zwei in Trents Haus eigentlich von jemandem beaufsichtigt?«

»Beaufsichtigt!«, rief ihre Mutter so amüsiert, als wäre Alice diejenige, die noch in der guten alten

Zeit lebte. »Seine ganze Familie sitzt da herum. An Gesellschaft dürfte es ihnen nicht mangeln.«

Alice gab auf. Sie war ohnehin an der Reihe.

*

Am Freitag schien wieder die Sonne. Alle atmeten auf. Lily fuhr mit Trent weg, Alice und Robin gingen schwimmen, und Mercy saß mit David auf ihrem Strandtuch. Alice schlug Robin vor, zum anderen Ufer zu schwimmen, aber das war ihm zu weit. Insgeheim war sie erleichtert.

Als wenig später Bentley erschien, überließ sie den beiden Männern den See und schwamm zurück ans Ufer. David und Mercy hatten mit dem Bau einer Sandburg begonnen. Alice legte ihr Tuch daneben, setzte sich und trug ihre Bräunungsmixtur auf.

Normalerweise war der Sand am See zu trocken, um Burgen zu bauen, doch heute ließ er sich wegen des Regens am Vortag mühelos in Davids Eimer packen und zu runden Türmen formen. Kaum hatte Mercy das entdeckt, ging sie los und holte in der Hütte weitere Utensilien – Tassen, leere Wackelpudding-Förmchen und quadratische Vorratsbehälter aus Glas –, damit sie eine ganze Stadt bauen konnten. Mercy stürzte sich gern in solche Projekte. Sie sammelte kleine Äste mit Zweigen, die David als Bäume verwenden konnte, und errichtete eine Stadtmauer aus Kieselsteinen. Ihr Gesicht glänzte vor Schweiß und Sonnencreme, und ihr Haar rutschte aus dem Knoten oben am Kopf, ohne dass sie es bemerkte.

Der Rest von Bentleys Familie traf ein, seine Frau und die Kinderhorde. Tania, die Frau, breitete ihre Strandtücher nahe bei Mercy und David aus; ihre Kinder gingen derweil zum Spielen ins Wasser. Die kleineren blieben im seichten Bereich, doch Charlie stürzte sich natürlich sofort hinein, schwamm an den beiden Männern vorbei und machte mächtig Wirbel.

In diesem Moment fiel Robin offenbar ein, dass David noch immer nicht schwimmen konnte. »David?«, rief er vom Wasser aus. Dann legte er die Hände um den Mund und rief: »Davy? Komm her, mein Junge!« Doch David drehte sich nicht mal um, sondern pflanzte weiter seine Zweige. »Sag deinem Sohn, dass er herkommen soll!«, rief Robin seiner Frau zu.

»Dein Vater fragt nach dir«, sagte Mercy zu David.

»Ich will zurück zur Hütte.« David stand auf und wischte sich den Sand von den Händen.

»Jetzt?«, fragte Mercy überrascht. Sie blickte kurz Richtung See, wo Robin und Bentley sich wieder unterhielten.

»Er ist ein bisschen rot«, bemerkte die nah bei ihnen sitzende Tania. »Haben Sie keinen Sonnenhut für ihn dabei?«

»Äh, nein, ich –«

»Ich glaube, ich habe noch einen. Irgendwo hier muss er sein …«

Tania kramte in ihrer Tasche. David drehte sich um und blickte flehend zu Alice. »Ich bring dich hin«, sagte sie.

Sie stand auf und nahm ihn an die Hand. Mercy ließ sich auf die Fersen zurückfallen. Sie hielt noch einen Kiesel zwischen den Fingern und fragte: »Willst du deine Stadt nicht fertigbauen?«

»Nein danke«, sagte David.

»Na gut, dann baue ich sie für dich zu Ende.«

Sie beugte sich vor und setzte den Stein in die Stadtmauer. David und Alice gingen.

*

Für das Mittagessen stellte Alice alles auf den Tisch, was vor der Heimfahrt aufgebraucht werden musste. Eine halbe Packung Fleischwurst, einen halben Behälter Krautsalat, einen Hamburger, der vom Abendessen übriggeblieben war und den sie in der Pfanne kurz aufgewärmt hatte … Den Burger aß Robin. »Die waren ziemlich gut, findest du nicht?«, sagte er zu Mercy, denn er hatte die Burger selbst im Garten gegrillt und mit einem Stück Pappe vor dem Regen geschützt.

Mercy, Alice und er aßen ihr Mittagessen in Badekleidung. David hingegen hatte sich sofort umgezogen und trug Shorts und ein T-Shirt. Dass er nicht wieder zum See gehen würde, war offensichtlich und konnte seiner Mutter nicht entgangen sein, doch sie tat so, als hätte sie nichts bemerkt. »Du wirst staunen, wenn du unsere Stadt siehst«, sagt sie. »Nach dem Essen zeige ich dir, was ich noch alles gemacht habe. Ein Meisterwerk!«

»Das ist schön, Mama«, erwiderte David leise.

Mercy neigte den Kopf und sah ihn an, doch sie sagte nichts mehr.

»Aber beim nächsten Mal warte ich länger, bevor ich das Fleisch auflege. Wenn ich heute Abend unsere … Was grille ich heute Abend?«

»Schweinekoteletts«, sagte Alice.

»Also, wenn ich heute Abend unsere Schweinekoteletts grille, warte ich, bis die Kohle richtig grau ist, durch und durch grau, ohne dass man noch etwas glühen sieht.«

»Ich habe sie schon mariniert«, sagte Alice.

»Mariniert?«

»In einer Marinade aus allen möglichen Sachen, die ich im Küchenschrank gefunden habe. Ist zwar meine Erfindung, aber es schmeckt bestimmt köstlich.«

Robin runzelte die Stirn.

»Du bist eine so kreative Köchin, mein Schatz«, sagte Mercy.

»Ich habe sogar Wein gefunden, Rotwein. Nur einen kleinen Rest am Flaschenboden, aber zusammen mit den anderen Sachen hat es gereicht.«

»Wie alt war der Wein?«, fragte Robin misstrauisch.

»Wein wird nicht *alt*, Daddy. Das heißt, alt wird er schon, aber für Marinaden ist das gerade gut. Steht in allen Zeitschriften.«

Robin wirkte noch immer skeptisch. »Das mit der Aubergine habe ich nicht vergessen.«

Alice hatte einmal eine Parmigiana gemacht. Nach dem ersten Bissen hatte ihr Vater aufgehört zu kauen und gefragt: »Was ist das? Das Glitschige?«

»Auberginen«, hatte Alice geantwortet.

»Lieber Gott«, hatte Robin gesagt und die Gabel aus der Hand gelegt.

Vielleicht weil auch sie sich daran erinnerte, sagte Mercy: »Marinaden verstärken den ursprünglichen Geschmack des Fleischs, das ist das Schöne daran. Sie fügen nicht ihren eigenen Geschmack hinzu, sondern heben den Fleischgeschmack hervor.«

Alice war sich nicht so sicher. In ihrer Marinade steckten so ungewöhnliche Zutaten wie schwarzes Sesamöl und mehrere süße kleine Paprika aus dem Glas, die einen langen italienischen Namen hatten. Trotzdem sagte sie zu ihrem Vater: »Es schmeckt dir bestimmt.«

»Okay …«, sagte er matt.

Mercy tätschelte ihm die Hand.

Nach dem Mittagessen gingen Mercy und Robin wieder zum See – Mercy hatte sich bereit erklärt, mit ihm zu schwimmen, immerhin war es der letzte Tag. Alice sagte, sie komme mit David nach, sobald sie die Küche aufgeräumt habe. Sie sah David dabei nicht an, und David widersprach nicht.

Als ihre Eltern weg waren, warf Alice die nicht gegessenen Reste in den Müll und spülte das Geschirr. Anschließend spielten David und sie mehrere Runden Mau-Mau. David wollte, dass sie die Punkte zählten und so lange spielten, bis einer bei hundert angekommen war. Normalerweise zählten sie die Punkte nie, sondern hörten einfach auf, wenn einer keine Karten mehr hatte. Er wollte den Gang zum See hinausschieben, das war klar. »Weißt du, was?«, sagte Alice und legte die Karten beiseite. »Wir könnten uns überlegen, was wir mit der Avocado machen.«

»Ja!«, rief er, als hätte ihn die Frage schon seit Langem umgetrieben.

»Ich dachte an einen Salat. Was meinst du?«

»Salat? Lecker!«

»Was könnten wir alles hineintun?«

»Ähm … Kopfsalat, Bananen …«

»Bananen?!«

»Oder … Ich weiß nicht …«

»Tomaten vielleicht?«

»Ja, Tomaten.«

Alice stand auf, ging zum Kühlschrank und sah im Gemüsefach nach. »Einen Salatkopf haben wir noch, aber keine Tomaten«, sagte sie. »Wir müssten welche besorgen.«

Der Einkauf war kein Vorwand; sie hatte die Beilagen wirklich nicht gut geplant. Doch eigentlich war es ihr ganz recht, nicht mehr schwimmen gehen zu können. »Ich ziehe nur schnell meinen Badeanzug aus, dann fahren wir in die Stadt«, sagte sie zu David.

»Okay!«

Sie zog sich im Zimmer um, nahm ihre Handtasche aus der Kommodenschublade und die Autoschlüssel ihres Vaters vom Kaminsims. Dann ging es los.

Nach dem Regen am Tag zuvor sah das Grün am Straßenrand wie frisch gewaschen aus. Viele Urlauber waren auf Fahrrädern unterwegs, und Alice hielt extra viel Abstand.

»Ich vermisse mein Rad«, sagte David.

»Morgen sind wir ja wieder zu Hause.«

»Und ich vermisse Cap, und Jimmy von nebenan und meine Planwagen-Lampe.«

»Das siehst du alles bald wieder.«

Sie warf ihm einen Seitenblick zu. Er saß neben ihr auf dem Beifahrersitz und sah aus dem Fenster, sodass er ihr den Nacken zukehrte, der spindeldürr war und irgendwie traurig aussah.

Auf den Gehwegen der Stadt herrschte gähnende

Leere, garantiert war heute für viele der letzte Tag. Alice konnte direkt vor Robinson's parken, und im Geschäft waren sie die einzigen Kunden. Alice führte David in die Obst- und Gemüseabteilung und ließ ihn zwei Tomaten aussuchen. Nicht mehr, ermahnte sie ihn, sie seien wahnsinnig teuer. »Der reinste Nepp!«, flüsterte sie David zu. (Ein Lieblingsausdruck ihres Vaters.)

»Haben wir genug Geld?«, fragte David.

»Ja, es müsste reichen.«

Mit David erschien ihr der Laden ganz anders. Die streng blickende Kassiererin strahlte bei seinem Anblick, hielt ihm ein Glas mit Lutschern hin und sagte: »Du kannst dir zwei nehmen.« Obwohl David Bonbons nicht mochte – er behauptete, davon ein pelziges Gefühl an den Zähnen zu bekommen –, nahm er sich einen roten und einen grünen und sagte »Danke, Ma'am.« Alice hatte keine Ahnung, woher das »Ma'am« kam. In ihrer Gegend wurde das den Kindern nicht beigebracht.

Auf der Rückfahrt zur Hütte fragte er: »Mag ich Avocados?«

»Du bist ganz verrückt danach.«

»Wann habe ich schon mal eine gegessen?«

»Weiß ich nicht. Aber du wirst bestimmt ganz verrückt danach sein, weil du ein abenteuerlustiger Mensch bist.«

Er ließ den Kopf nach hinten an die Rückenlehne fallen, sah zu Alice hinüber und grinste.

Trents Chevy parkte vor der Hütte, alle Wagenfenster waren heruntergekurbelt. »Hm. So viel zum Pavillon«, sagte Alice.

»Was?«

»Ach, nichts.«

Sie stiegen aus und gingen hinein, doch Trent und Lily waren nirgends zu sehen. Sie mussten zum See gegangen sein. Alice stellte die Robinson's-Tüte auf der Küchenzeile ab. »Da«, sagte David und gab ihr die Lutscher. Sie legte sie in den Schrank zu den Dosen und Gläsern, für die Mieter nach ihnen. Dann nahm sie ihre Handtasche, um sie in ihr Zimmer zu bringen.

Doch die Tür war geschlossen und ließ sich nicht öffnen, als Alice den Knauf drehen wollte. Sie warf sich mit der Schulter dagegen und drehte noch einmal am Knauf. Nichts geschah.

Von drinnen war etwas zu hören – Getrippel, Gemurmel. Als sie es noch einmal mit dem Knauf vesuchte, packte ihn jemand von innen und riss ihn heftig herum. Die Tür sprang auf, und Trent kam heraus. Er stopfte sich im Gehen das Hemd in die Hose.

Alice wich einen Schritt zurück. Trent durchquerte den Wohnraum und sagte »Hi, Kleiner« zu David.

»Hi«, erwiderte David.

Trent verschwand durch den Eingang und ließ die Fliegengittertür hinter sich zuschlagen.

Alice spähte ins Zimmer. Lily saß ganz vorn an der Bettkante und knöpfte sich die Bluse zu, ohne aufzusehen. In Windeseile drehte Alice sich um und lief Trent hinterher. Als sie die Veranda erreichte, stieg er gerade ins Auto, doch sie war bei ihm, bevor er die Fahrertür schließen konnte. »Stopp«, sagte sie.

Er erstarrte.

»Du fährst jetzt weg und kommst nicht wieder«, sagte sie. »Du wirst Lily nie wiedersehen. Mein Onkel ist Polizist, und wenn wir dich noch ein Mal in ihrer Nähe erwischen, lassen wir dich verhaften.«

Erst später fiel ihr ein, dass sie besser gesagt hätte, ihr Onkel sei Richter. Richter hatten mehr Macht. Doch Trent wirkte auch so ziemlich mitgenommen. »Okay, bin schon weg«, sagte er. Dann knallte er die Wagentür zu und startete den Motor schneller, als sie es für möglich gehalten hätte. Der Wagen tat einen Satz nach hinten, einen nach vorn und schlitterte auf die Straße.

Alice kehrte in die Hütte zurück. Sie zitterte. Die Schlafzimmertür war wieder geschlossen, doch sie versuchte nicht, sie zu öffnen, sondern ging in die Küche und stellte ihre Handtasche auf den Tisch.

»Wir haben keine Salatsoße gekauft«, sagte David.

»Die machen wir selbst.«

Ihre Stimme klang dünn und zittrig, doch sie glaubte nicht, dass David das mitbekam.

*

Die marinierten Schweinekoteletts schmeckten hervorragend, das fand sogar Robin. Beim ersten Anblick hatte er den Mund verzogen, so feucht und tintenschwarz wie sie waren, obendrein mit Gewürzen bestreut, doch durch das Grillen hatten sie eine schöne braune Kruste bekommen, und nach dem ersten Bissen sagte er: »Also …«

»Gut, oder?«, fragte Alice.

»Ja, muss ich zugeben«, sagte er, und Mercy stimmte bei: »Einfach köstlich!« David, der Fleisch eher misstrauisch gegenüberstand, schnitt ein winziges Stück ab und kaute es vorsichtig, nur mit den Vorderzähnen, doch als er sich kurz darauf einen zweiten Bissen nahm, wusste Alice, dass er es zumindest in Ordnung fand. Und von seinem Salat aß er eine große Portion.

Lily saß nicht mit am Tisch. Sie war in ihrem Zimmer und hatte die Tür geschlossen. Zweimal hatten sie sie gerufen; dann war Mercy aufgestanden und hatte angeklopft. Keine Reaktion. Sie hatte die Tür geöffnet, den Kopf hineingesteckt und »Süße?« gesagt. Dann hörten sie Lilys Stimme. Nach kurzem Schweigen meinte Mercy »Gut, wie du willst«, schloss die Tür und kehrte an den Tisch zurück. Sie wirkte eher belustigt als besorgt. »Junge Liebe«, bemerkte sie lakonisch und griff nach ihrer Gabel.

»Was? Du erlaubst ihr, das Abendessen auszulassen?«, sagte Robin.

»Sie wirds überleben«, erwiderte Mercy und spießte ein Stück Tomate auf.

»Warum lässt du ihr das durchgehen, Mercy? Heute ist unser letzter Urlaubsabend, und wir essen etwas ganz Besonderes! Sie hat rauszukommen und sich wie ein zivilisierter Mensch zu ihrer Familie zu setzen!«

»Ich bitte dich, Robin, sie hat Liebeskummer. Du weißt doch noch, wie sich das anfühlt.«

»Nein, weiß ich nicht. Sie ist fünfzehn. In ein paar Tagen verguckt sie sich in den Nächsten, das garantiere ich dir.«

»Sie sagt, keiner versteht sie, und sie würde am liebsten sterben«, erwiderte Mercy. Dann fragte sie: »Kann ich den Rest von deinem Salat haben?«

Sie meinte die drei einsam auf Robins Teller liegenden Avocadowürfel, die seine Gabel ebenso geschickt gemieden hatte wie Caps Schnauze jedes Stück Gemüse im Napf. »Bedien dich«, sagte er und lehnte sich zurück, damit sie die Würfel mit ihrer Gabel durchbohren konnte.

Lily war vergessen, und wahrscheinlich war es sogar besser so. Sie hätte ohnehin nur schmollend und verheult dagesessen und die Stimmung vermiest, die wirklich fröhlich war. Mercy neckte Robin mit dem Avocadostück auf ihrer Gabel, und Robin wich gespielt panisch zurück. David sah grinsend zu.

»Alice aß ein weiteres Stück Schweinefleisch«, sagte ihr Erzähler, »und ließ sich die dezente Würze auf der Zunge zergehen.«

3

Am Morgen des 6. September 1970 – es war ein klarer, kühler, aber noch ganz unherbstlicher Sonntag – fuhren Robin und Mercy Garrett ihren Sohn nach Islington, Pennsylvania, wo David sein Collegestudium beginnen sollte. Sie quartierten ihn in sein Zimmer ein, stellten sich seinem Mitbewohner vor (einem allem Anschein nach netten Jungen, wenn auch nicht halb so nett wie *ihr* Junge, fand Mercy), verabschiedeten sich und fuhren zurück.

Sie schwiegen fast die gesamte Fahrt über. Nur gelegentlich fiel eine Bemerkung wie »Wenn du mich fragst, hätte den Wänden ein neuer Anstrich nicht geschadet« (Robin) oder »Bestimmt vergisst David wieder *alles*, was ich ihm übers Wäschewaschen gesagt habe« (Mercy). Ansonsten verharrten sie in einem Schweigen, in dem unausgesprochene Gedanken mitschwangen – komplizierte, widersprüchliche Gedanken, die die Luft im Wagen stickig machen.

Auf dem Baltimore Beltway, eine Viertelstunde von zu Hause entfernt, sagte Robin plötzlich: »Jetzt, wo wir nur noch zu zweit sind, sollten wir heute Abend richtig auf den Putz hauen. Schick essen gehen oder so oder es wild auf dem Boden im Wohnzimmer treiben« – an dieser Stelle lachte er kurz und trocken –, »irgend so was. Ich fühle mich ehrlich gesagt ein bisschen im Stich gelassen.«

»Ist doch klar«, erwiderte Mercy. »Wir haben das letzte Küken verloren, das noch im Nest war. Natürlich geht es uns schlecht.«

Und es ging ihr wirklich schlecht, keine Frage. Zu David hatte sie in vieler Hinsicht das engste Verhältnis, obwohl sie erwartet hatte, dass ihr die Mädchen näher sein würden. Nach dem Auszug von Alice und Lily waren sie nur noch zu dritt gewesen, das Chaos hatte sich gelegt, und hin und wieder hatte Mercy tatsächlich kurze Gespräche mit ihm führen können. Davon abgesehen war Alice immer so herrisch und selbstbewusst gewesen und Lilly so, na ja, durch den Wind, während David etwas Ruhiges, Aufmerksames ausstrahlte und ein guter Zuhörer war; das hatte sie in den letzten Jahren zu schätzen gelernt.

Wie auch immer – Mercy hatte einen Plan, und unter all den Gefühlen, die sie auf der Rückfahrt empfand, war die Vorfreude das stärkste.

*

Kaum war Robin am Montagmorgen zur Arbeit gefahren, ging Mercy an ihren Schrank und zog einen gefalteten Sunkist-Karton heraus, den sie im Supermarkt mitgenommen hatte. Sie baute ihn auf, verstärkte den Boden mit Paketband und begann, Kleider hineinzupacken.

Nicht *all* ihre Kleider, nein. Wer einen Blick in die geplünderten Schubladen ihrer Kommode geworfen hätte, wäre nie auf die Idee gekommen, dass etwas fehlte. Da lagen noch Strickoberteile, wenn auch nur selten getragene – die ausgebleichten, die unkleidsamen. Da lagen noch Unterhosen, aber nur die mit ausgeleiertem Gummi. Der Karton war nicht übermäßig groß – sie musste ihn mehrere Häuserblocks weit tragen können –, deshalb stopfte sie ihn nicht zu voll. In ihrem Schrank hingen noch viele Sachen, die sie noch nicht einmal durchgesehen hatte.

Aber dafür blieb jede Menge Zeit.

Sie verschloss den Karton, hob ihn sich an die Hüfte, trug ihn in die Küche und ging zur Hintertür hinaus.

Es war Feiertag, Labor Day. Robin war zwar wie immer zur Arbeit gefahren, doch viele Nachbarn schliefen noch. In ihrer Straße begegnete sie überhaupt niemandem, und in der Belvedere kamen ihr nur Fremde entgegen, die sie nicht weiter beachteten.

Sie bog in die Perth Road ein und beim dritten Haus – einem weißen Schindelhaus mit einem fleckigen kleinen Rasenstück als Vorgarten – rechts ab und folgte einem ausgetretenen Pfad zur Garage hinter dem Haus. An einer Seite führte eine marode wirkende Holztreppe nach oben. Mercy stieg hinauf und öffnete die Tür ihres Ateliers.

Das Atelier war ursprünglich nicht zum Wohnen gedacht gewesen. Irgendwer hatte es irgendwann als Hobbyraum für einen Ehemann hergerichtet oder für einen Sohn, der unbedingt von daheim ausziehen wollte. Abgesehen von dem winzigen Bad, das man einer Ecke im hinteren Teil abgetrotzt hatte, war das Ganze ein einziger offener, quadratischer Raum mit einem Fenster über der Terrasse. Die Küchenzeile bestand nur aus einer mit Linoleum bezogenen Arbeitsfläche mit Spülbecken und einer darauf abgestellten Kochplatte nebst Mini-Kühlschrank. Außerdem gab es einen kleinen Resopaltisch und einen Stuhl, auf dem Mercy nie saß, weil sie lieber im Stehen malte. Der Tisch war überhäuft mit Acrylfarben in Tuben, Pinselgläsern und Leinenpapier in unterschiedlich großen Blöcken – die einzige Unordnung, die sich Mercy erlaubte. Der Schonbezug der Couch, einer Schlafcouch, war aus verblichenem braunem Cordsamt, und auf der Kommode daneben stand eine mit Troddeln verzierte Lampe, in die man nur Glühbirnen bis zu vierzig Watt schrauben konnte. Auch der Bodenbelag war aus Linoleum, aber anders gemustert als die Arbeitsfläche in der Küche. Keine Vorhänge, nur ein vergilbtes Papierrollo. Kein Teppich, kein Schrank.

Mercy liebte es.

Robin hatte sich zunächst gegen ihren Vorschlag gewehrt, den Raum zu mieten. Das war drei Jahre her, Alice und Lily waren längst aus dem Haus gewesen. »Du kannst im Zimmer der Mädchen malen, das steht leer«, hatte er gesagt.

»Das Zimmer der Mädchen ist unser Gästezimmer«, hatte sie entgegnet.

Die Garretts hatten nie Gäste, die über Nacht blieben. Mercys überschaubare Verwandtschaft wohnte in der Nähe, die von Robin war größtenteils tot, und Bekannte außerhalb von Baltimore gab es nicht. Doch obwohl Robin der Alleinverdiener der Familie war, konnte er nicht weiter Einspruch erheben, denn das Geschäft gehörte Mercy, und sie hatte bei den Finanzen einiges mitzureden. Wie das Gespräch andernfalls geendet hätte, wollte sie sich gar nicht ausmalen. Er war zwar stolz auf seine künstlerisch tätige Ehefrau, betrachtete ihre Malerei aber vermutlich nur als Hobby wie Häkeln oder Sticken.

Das würde sich grundlegend ändern, wenn es nach Mercy ging.

Sie nahm die wenigen Sachen aus der Kommode – zusätzliche Mal-Utensilien, ein altes *Life*-Magazin – und legte die mitgebrachten Kleidungsstücke hinein. Sie hatte auch eine Zahnbürste und Zahnpasta dabei, eine Duschhaube, einen Kamm und eine Flasche Shampoo. Das alles deponierte sie im Bad, dessen Ausstattung bisher nur aus einem Stück Seife und einem Handtuch bestanden hatte. Dann setzte sie sich auf die Schlafcouch und starrte aus dem Fenster. Genau das war ihr Plan: dasitzen und nachdenken, und zwar allein. Oder auch *nicht* nachdenken. Den Kopf freibekommen. Und malen natürlich.

Von ihrem Platz aus sah sie nur den Wipfel der Eiche im Garten der Motts. Der noch dicht belaubte Baum verbarg den Blick auf den Himmel dahinter. Seine Blätter hatten sich noch nicht ansatzweise verfärbt; sie waren satt grün und vermittelten ihr ein Gefühl tiefer Ruhe.

Nach einiger Zeit stand Mercy auf, nahm den leeren Karton und ging nach Hause.

*

Am Dienstag brachte sie ein Handtuch, einen Waschlappen, ein Set Bettwäsche und eine Flanelldecke ins Atelier. Sie nahm den Schonbezug von der Couch, machte das Bett, brachte den Bezug wieder an und ließ die Kopfkissenhülle auf der Kommode liegen. Sie hatte vergessen, dass es hier außer ein paar an die Wand gelehnter Cordsamtkissen keine Kissen gab. Am Samstag, wenn sie das Auto hätte, würde sie eines kaufen.

Und sollte Robin am Samstag unten in seiner

Kellerwerkstatt sein, könnte sie vielleicht sogar einige schwerere Sachen einpacken – ein bisschen Geschirr, ein, zwei Kochtöpfe, den Radiowecker aus dem Zimmer der Mädchen – und auf ihrer Besorgungsroute ins Atelier fahren.

Beim Gedanken daran tat sie innerlich einen Sprung. Sie spürte eine Begeisterung wie seit Jahren nicht mehr.

Ein Brief von David war frühestens am Mittwoch zu erwarten, falls Post aus Pennsylvania nur einen Tag brauchte. Da das College im Westen des Bundesstaats lag, würde es wahrscheinlich länger dauern. Außerdem war nicht sicher, dass er schon so bald schreiben würde. Sie hatte ihn darum gebeten, ihn förmlich angebettelt – »Schreib uns ein paar Zeilen, sobald du dich ein bisschen eingewöhnt hast – nur, dass es dir gut geht« –, und Robin hatte hinzugefügt: »Deine Mutter macht sich immer Sorgen, das kennst du ja.« Doch bei David wusste man nie.

Jedenfalls blieb sie an diesem Vormittag zu Hause und wartete auf die Post. Ganz umsonst, wie sich herausstellen sollte. Robin meldete sich sogar aus dem Geschäft, um sich zu erkundigen, was bewies, dass sie nicht die Einzige war, die sich sorgte. »Wenn wir ihn nur anrufen könnten«, sagte sie. »Also, die Nummer des Wohnheims habe ich mir notiert.«

Doch Robin sagte: »Ach, und mitanhören, wie das Geld durchläuft, während sie ihn suchen?«

»Ja, ich weiß. Du hast recht.«

Stattdessen rief sie die Mädchen an. Alice war inzwischen Hausfrau und Mutter – Kevin und sie hatten ein neun Monate altes Baby. Sie war leicht zu erreichen, aber schwer am Apparat zu halten. »Was erwartest du? David ist ein *Junge*«, sagte sie. »Du kannst von Glück reden, wenn er sich – nein, Robby! Nimm das sofort aus dem Mund!« (Sie hatten ihrem Kind den Namen Robin gegeben, obwohl es ein Mädchen war.) »Gib das deiner Mommy, Schätzchen. Mom, ich muss auflegen, sie isst das Trockenfutter aus dem Hundenapf.«

Lily war schwerer zu erreichen. Eigentlich erstaunlich, denn sie war gerade auf Jobsuche. (Wie Mercys Eindruck nach sehr oft.) Aber vielleicht hatte sie etwas Neues gefunden. Jedenfalls hob sie ewig nicht ab, und Mercy legte schließlich auf und ging doch ins Atelier.

Heute packte sie mehrere Röcke ein, Hosen waren nie ihr Fall gewesen. Sie trug Röcke oder Kleider. Doch für Kleider brauchte man Bügel, und im Atelier stand kein Schrank. Röcke konnte man dagegen notfalls falten und liegend verstauen. Sie hatte sich alles genau überlegt und in der langen Kommodenschublade ganz unten extra Platz gelassen.

Seit gestern roch es im Atelier anders, leicht blumig, und ihr wurde bewusst, dass das *ihr* Geruch war. Oder zumindest der ihres Waschmittels.

Während sie dort war, versuchte sie es vom Küchentelefon aus nochmal bei Lily, und diesmal ging sie dran. »Hallo?«, sagte sie leicht argwöhnisch, als befürchtete sie eine schlechte Nachricht.

»Hi, mein Schatz«, begrüßte Mercy sie fröhlich. »Wie gehts dir?«

Lily schwieg. Dann antwortete sie: »Ich sags dir am besten gleich – ich bin in anderen Umständen.«

»Oh!« Mercy stutzte. »In anderen Umständen … heißt das schwanger?«

Lily lachte schnaubend auf.

»Wie schön!«, rief Mercy. Lily hatte zwar immer behauptet, B.J. und sie wollten keine Kinder, aber jeder durfte seine Meinung ändern.

»Eigentlich hatte ich vor, es beim Abschiedsessen für David zu verkünden, aber dann war ich doch zu feige.«

»Da wird sich B.J. sicherlich freuen«, sagte Mercy vorsichtig.

»Es ist nicht von ihm.«

Mercy ließ die Nachricht auf sich wirken.

»Ich wusste, dass du so reagieren würdest«, sagte Lily.

»Wie bitte? Ich reagiere doch gar nicht! Ich muss das erst mal verdauen. Und was machst du jetzt?«

»Was soll ich schon machen?«

»Weiß er es?«, fragte Mercy.

»Nein.«

»Weiß er nicht, dass du schwanger bist, oder dass es nicht von ihm ist?«

»Er weiß beides nicht.«

»Kein Wunder, dass du es uns nicht in seinem Beisein erzählen wolltest«, sagte Mercy trocken.

»Genau deshalb *wollte* ich es erzählen. Ihr wärt dann eine Art Pufferzone gewesen.«

»Du glaubst, er könnte handgreiflich werden?«

»B. J.? Niemals.«

Mercy fand es erstaunlich, dass sich Lily so sicher war. B. J. war Motorradmechaniker und trug vorzugsweise schwarze Lederjacken und Lederstiefel mit Ketten. Trotzdem sagte sie: »Immerhin, das ist schon mal beruhigend.«

»Du kapierst einfach nie, wirklich nie, worum es geht!«

»Ach, ich kapiere nichts? Worum geht es denn? Du erzählst mir, dass du schwanger bist, da mache ich mir natürlich Gedanken über die mögliche Reaktion des Vaters –« Sie unterbracht sich. »Des *Ersatz*vaters, meine ich.«

»B. J. ist weder der Vater noch der Ersatzvater.«

»Okay. Und wer ist es?«

Es freute sie, dass sie so unerschütterlich klang. Lily wirkte allerdings wenig beeindruckt. »Ach, so ein Typ bei Dodd«, sagte sie leichthin.

»Einer aus … aus dieser Immobilienagentur?«, fragte Mercy. Das war der letzte Job, den Lily aufgegeben hatte oder aus dem sie gefeuert worden war – Empfangsdame bei Dodd, Goldman.

»Genau. Er arbeitet dort als Makler.«

»Aha«, erwiderte Mercy, aber sie war perplex.

Immobilienmakler klang überhaupt nicht nach Lily. »Wie heißt er?«

»*Mom!*«

»Wieso? Er ist der Vater meines Enkelkinds! Ich werde wohl noch wissen dürfen, wie er heißt!«

»Oh Gott«, sagte Lily und begann zu weinen.

»Lily, Schätzchen, Lily. Hör auf. Wir müssen jetzt nachdenken, ganz ruhig und mit kühlem Kopf nachdenken. Hast du *ihm* von dem Baby erzählt?«

»Er ist verheiratet.«

Zwischen den Schluchzern klang es wie »beheimatet«.

Jetzt war es Mercy, die »Oh Gott« sagte.

»War ja klar, dass du dich aufregen würdest.«

Mercy nahm die Bemerkung hin, ohne zu widersprechen, und wartete, bis Lily sich die Nase geputzt hatte. Dann sagte sie: »So. Betrachten wir die Sache aus jeder möglichen Perspektive. Muss B.J. unbedingt erfahren, dass er nicht der Vater ist?«

»Was? Ich soll ihn belügen?«

Mercy spürte, dass sie rot wurde. »Nein, nicht belügen. Einfach nicht die Wahrheit sagen. Vielleicht würdest du ihm damit einen Gefallen tun.«

»Sowas tut man nicht!«

»Ach so, ja. Entschuldige, aber ich –«

»Außerdem müsste es eine unbefleckte Empfängnis gewesen sein, wenn B.J. der Vater wäre.«

»Aha.«

»Wir haben uns auseinandergelebt.«

Mercy fragte sich, warum ihr das nicht aufgefallen war. Die Familie bekam die beiden zwar kaum zu sehen – in Lilys zweitem Jahr am Community College, an dem B.J. nicht einmal eingeschrieben gewesen war, waren die beiden miteinander durchgebrannt und lebten in einer kleinen Wohnung im Zentrum –, doch Mercy hatte sie immer für glücklich gehalten.

Lily sagte: »Wenn ich nur eine Weile von hier wegkommen könnte. Irgendwohin, wo ich nachdenken kann. Auf eine Kreuzfahrt oder so.«

»Eine Kreuzfahrt?« Der Gedanke war so absurd, dass Mercy kurz glaubte, sie hätte sich verhört.

»Oder zumindest weg von den beiden, von B.J. und Morris, bis ich wieder klar denken kann.«

Morris. Mercy speicherte den Namen in ihrem Gedächtnis ab. Sobald man Kinder hatte, drängten sich so viele wildfremde Menschen ins eigene Leben.

»Gestern Abend habe ich mir überlegt, ob ich nicht eine Zeit lang in deinem Atelier kampieren könnte«, sagte Lily. »Auf der Couch schlafen und auf der Kochplatte Dosensuppe heiß machen …«

Mercy wurde unruhig. »Euer Mädchenzimmer wäre besser geeignet. Da stehen echte Betten drin und so weiter.«

»*Mein* Zimmer? Weißt du, welche Niederlage das für mich wäre, wieder in mein Kinderzimmer zu ziehen?«

»Du musst jetzt nichts vorschnell entscheiden. Am besten gehst du erst mal zum Arzt und lässt untersuchen, ob du wirklich schwanger bist. Vielleicht hat sich deine Periode verspätet.«

»Um *drei* Monate?«

»Ach so.«

Blitzschnell ließ Mercy die letzten Gelegenheiten Revue passieren, bei denen sie Lily gesehen hatte – einmal war sie kurz vorbeigekommen, um sich den Mixer auszuleihen, und zu Davids Abschiedsessen war sie auch aufgetaucht. Hatte sie da etwas besonders Weites getragen? Allerdings hatte sie schon immer saloppe Kleidung bevorzugt. »Du solltest trotzdem zum Arzt. Wie geht es dir überhaupt?«

»Gut«, sagte Lily. »Habt ihr was von David gehört?«

Mercy schaltete gedanklich zum eigentlichen Grund ihres Anrufs. »Kein Wort. Ich dachte, heute würde ein Brief von ihm kommen, aber der Postbote war schon da und hat nichts gebracht.«

»Ich würde nicht zu viel erwarten«, sagte Lily.

»Na ja …«

»Versprich mir, dass du Daddy nichts davon erzählst, du weißt schon. Warte, bis ich eine Entscheidung getroffen habe.«

»Gut, mein Schatz. Du machst das schon.«

Sie verabschiedeten sich und legten auf.

Das war viel auf einmal, dachte Mercy. Nicht nur Lilys Schwangerschaft, sondern auch der desaströse

Zustand ihrer Ehe und das plötzliche Auftauchen dieses – wie hieß er noch gleich?

Morris.

Sie gab es nicht gern zu, doch ihre Hauptsorge war, wie sie Lily davon abbringen könnte, ins Atelier zu ziehen.

*

Als sie auch am Donnerstag nichts von David hörten, schickte Mercy ihm eine Karte aus ihrem Stapel Kunstpostkarten – einen Seurat. *Wir vermissen dich!*, schrieb sie. *Bitte schreib uns, damit wir wissen, ob es dir gut geht!* Von zu Hause berichtete sie nichts; er sollte neugierig werden. Davon abgesehen gab es ohnehin nichts Mitteilenswertes. Lilys Zustand war nach wie vor ein Geheimnis, und von ihrem Umzug ins Atelier musste Robin als Erster erfahren.

Davor fürchtete sie sich ein bisschen.

Auf dem Weg zum Atelier warf sie die Postkarte in den Briefkasten an der Ecke. Heute hatte sie Schuhe dabei. Der Sunkist-Karton war mittlerweile gegen eine Segeltuchtasche ausgetauscht worden, in die sie ein Paar Ausgehschuhe, Sandalen und ihre Hausschuhe packte. Allerdings hatte Mercy nicht bedacht, wo sie die Schuhe unterbringen sollte. Sie ließ den Blick durch den Raum schweifen, der noch immer schön leer war. Es war ihr wichtig, dass nichts mehr dazukam. Schließlich ließ sie alles in der tiefsten Schublade unter der Arbeitsfläche verschwinden; sie hatte sowieso nicht vor, hier groß zu kochen. Eine Schublade konnte sie durchaus opfern.

Zum ersten Mal in dieser Woche ging sie zum Tisch und betrachtete das Bild, das an einem Pinselglas lehnte. Sie würde nicht mehr daran arbeiten, es war fertig. Das Bild zeigte ihr Haus, genauer gesagt das Esszimmer. Ein Schimmer deutete den Tisch an, ein verschwommener Fleck den Teppich, mehrere stangenartige Gebilde erweckten den Eindruck von Stuhlbeinen. Einer der Stühle war der Hochstuhl, in dem ihre Kinder früher gesessen hatten, und seine Beine waren in mikroskopischer Deutlichkeit ausgeführt, jeder Knubbel und jede Vertiefung ebenso detailliert dargestellt wie der Plüschhase in Latzhose, das Stofftier der kleinen Robby, der, von ihr hinuntergeworfen, mit dem Gesicht nach unten auf dem Teppich gelandet war.

Neben dem Gemälde lag ein Stapel Postkarten mit dem gleichen Bild im Miniaturformat. Auf dem weißen Rand an der Unterkante standen Mercys Name, die Telefonnummer des Ateliers und der Hinweis »Lassen Sie Ihr Haus von einer professionellen Malerin porträtieren«.

Sie war doch so etwas wie eine professionelle Malerin, oder nicht? Oder hätte sie »ausgebildete« Malerin schreiben sollen? Auch nach einigem Hin-

und-her-Überlegen wusste sie nicht, ob ihre Entscheidung richtig gewesen war.

Mercy hatte das Malen in der LaSalle School in der 26th Street gelernt, eineinhalb Jahre lang, und davon geträumt, eines Tages in Paris zu studieren. Heute konnte sie sich nicht mehr erklären, wie sie jemals darauf gekommen war. Ihr Vater war kein reicher Mann gewesen. Hatte sie auf ein Stipendium gehofft? Oder geplant, sich bei einem berühmten französischen Maler als Schülerin zu verdingen? Sie erinnerte sich nur noch an das Fantasiebild der Mansarde, in der sie gern gewohnt hätte, an die sehr schräge Decke und das schmale Fenster mit Blick über die Dächer von Paris.

Immerhin hatte die La Salle School einen hervorragenden Ruf.

Sie würde die Karten in Supermärkten verteilen, an Pinnwände in Waschsalons hängen und neben der Kasse des Sanitärhandels Wellington auslegen. Aber erst wenn sie es Robin erzählt hatte.

*

Am Freitag bekamen sie eine Nachricht von David. Endlich! Er hatte auf ein Blatt liniertes Papier geschrieben und es in einem der Kuverts abgeschickt, die Mercy für ihn frankiert und adressiert in die

Vortasche seines Koffers gesteckt hatte. *Liebe Mom, lieber Dad,* schrieb er. *Es gefällt mir sehr gut hier, aber ich muss in den Förderkurs Mathematik, was mich nicht gerade freut. Alles Liebe, David.*

Sie rief Robin im Geschäft an und las ihm den Brief vor. »Ha! Jetzt bereut er es, dass er in Mathe nicht richtig aufgepasst hat«, sagte Robin.

»Natürlich hat er aufgepasst«, entgegnete Mercy. »Was kann er dafür, dass er mathematisch nicht begabt ist.«

»Ha!«

Robin war noch immer unglücklich über Davids Entscheidung, Englische Literatur als Hauptfach zu belegen. (David wollte Bühnenautor werden.) Robin zufolge war Englische Literatur das nutzloseste Studienfach überhaupt. (Vom Stückeschreiben ganz zu schweigen.)

Als Nächstes rief sie Lily an. Das Gute an Davids Brief war nicht zuletzt, dass er den Grund für ein weiteres Gespräch mit Lily lieferte. »So, und wie geht es dir, Schätzchen?«, fragte sie, nachdem sie den Brief vorgelesen hatte.

»Gut.«

»Ich meine –«

»Ja, ich weiß, was du meinst.«

»Und? Bist du … Hast du darüber nachgedacht, ob du –«

»Hör auf, mich zu drängen, Mom! Okay? Ich kriege das hin.«

»Ja klar kriegst du das hin, aber –«

»Ich bereue schon, dass ich es dir erzählt habe.«

Wenigstens weinte sie nicht mehr, das war schon mal eine Verbesserung. Mercy räusperte sich, dann sagte sie behutsam: »Könntest du nicht ein langes, gutes Gespräch mit B.J. führen, in dem du offen die Wahrheit sagst und ihn fragst, ob ihr nicht ganz neu beginnen könntet.«

»Mom, du hast nicht die leiseste Ahnung, was sich hier abspielt.«

»Stimmt, hab ich nicht. Aber du brauchst jetzt Beistand, mein Schatz. Und eines weiß ich: Jede Ehe hat ihre Phasen. Man könnte fast sagen, jede Ehe besteht aus mehreren Leben. Du kannst eine gute Ehe führen oder eine schlechte Ehe führen, und beide Male ist es dieselbe, nur zu unterschiedlichen Zeiten.«

»Meine ist schlecht und zu anderen Zeiten noch schlechter«, erwiderte Lily.

»Das kann gar nicht sein!«

»Wir haben absolut nichts gemeinsam.«

»Viele Ehepaare haben nichts gemeinsam.«

»*Dir* mag das genügen, Mom, aber ich finde mich damit nicht ab.«

»Abfinden?«, rief Mercy getroffen. »*Du* brauchst natürlich wieder eine Extrawurst!«

Klick. Lily hatte aufgelegt.

Umso besser, dachte Mercy, stapfte eine Weile buchstäblich zischend vor Wut durchs Haus und ersann andere, heftigere Dinge, die sie Lily hätte an den Kopf werfen können.

*

Seit sich Robin einen Mitarbeiter leisten konnte, nahm er sich samstags frei. Das war Mercys Idee gewesen. Sie fand, er solle mehr Zeit mit seinen Kindern verbringen. Allerdings stellte sich bald heraus, dass die Zeit seiner Kinder bereits mit deren eigenen Aktivitäten ausgefüllt war, weshalb er sich jeden Samstag in den Keller zurückzog und munter herumwerkelte, während Mercy den Wagen nahm und Besorgungen machte. Abends aßen sie gemeinsam etwas Schönes, gelegentlich auch in einem Lokal, doch meistens zu Hause. Für Robin waren die ständigen Preiserhöhungen in den Lokalen der reinste Nepp.

An diesem Samstag blieben sie daheim. Mercy servierte Würstchen mit Kartoffelpuffern, ein Lieblingsgericht von Robin, und öffnete ihm eine Dose Natty Boh, ohne dass er darum bitten musste. Sie selbst trank ein Glas Chianti. Sie legte Frank Sinatra auf und trug das Kleid mit dem V-Ausschnitt, das er so gern mochte. Außerdem hatte sie sich geschminkt, aber nur sehr dezent, damit er nicht sagen konnte, »natürlich« gefalle sie ihm besser. Er bemerkte, dass sie sich Mühe gegeben hatte. »Ah, herrlich!«, sagte er, als sie sich setzten. »Sogar Blumen!«

»Unser erster Samstagabend als *altes* Ehepaar«, sagte sie scherzhaft. »Das muss gefeiert werden.«

»Ich bitte dich, Liebling, du wirst nie alt aussehen.«

Sie entfaltete ihre Serviette und legte sie sich auf den Schoß. »Apropos alt – jetzt, wo ich niemanden mehr umsorgen muss, werde ich nur noch Däumchen drehen.«

»*Mich* musst du umsorgen!«

»Ja, aber … Also, ich dachte, ich könnte das Malen etwas intensivieren.«

»*Sehr* gute Idee!«, sagte Robin und nahm sich Senf.

»Wenn möglich sogar ein bisschen Geld verdienen.«

Er stellte das Senfglas ab. »Wir haben keine finanziellen Sorgen, Mercy. Du musst wirklich nicht arbeiten gehen.«

»Ich meine nicht arbeiten gehen. Ich dachte, ich könnte meine Bilder an Kunden verkaufen.«

Robin runzelte die Stirn. »Ja, gut, aber ich bin mir nicht sicher, ob –«

»Pass auf«, sagte Mercy. »Du weißt, wie stolz manche Leute auf ihr Zuhause sind, wir beide ja auch. Ich freue mich jedes Mal, wenn unser Blauregen links an der Veranda zu blühen beginnt und Leute stehen bleiben und sagen, wie schön er ist.«

»Ja, aber …«

»Hausporträts! Verstehst du? Ein Porträt vom eigenen Haus. Ich würde natürlich Werbung machen – ungefähr so: ›Malerin kommt zu Ihnen ins Haus und erspürt seine Aura.‹«

»Erspürt seine was?«

»Seinen ureigenen, einzigartigen Charakter. Verstehst du? Wenn ich zum Beispiel unser Haus malen sollte, würde ich mich auf den Blauregen konzentrieren. Oder erinnerst du dich an das Bild, das ich vor einiger Zeit gemalt habe, das mit Robbys Hochstuhl im Esszimmer?«

Robin legte den Kopf schief.

»Das Esszimmer an sich ist im Grunde nur angedeutet. Die Aufmerksamkeit gilt fast ausschließlich dem Hochstuhl und seinen Beinen, die so nach außen und innen gehen, geschnitzt irgendwie.«

»Gedrechselt«, sagte Robin.

»Ja, gedrechselt, und darunter liegt Robbys Plüschhase.«

»Ich weiß, welches Bild du meinst«, sagte Robin, doch seine Stirn blieb gerunzelt.

»Das würde ich den Leuten zeigen und sagen ›Welche Besonderheit gibt es in *Ihrem* Haus? Es wäre doch schön, wenn ich sie malen würde.‹ Und ich glaube, sie hätten mehr davon, wenn *ich* die Besonderheit aussuche. Ich würde ihr Haus *lesen,* so wie man Handlinien oder ein Horoskop liest, und dann würde ich sagen: ›Das ist die Seele Ihres Hauses, das ist das, was es ausmacht. Seine Essenz.‹«

»Okay«, sagte Robin. Seine Stirn glättete sich wieder. Er nickte. »Ja, klingt gut, Liebling. Mach das.«

Dann nahm er seine Gabel und vermischte die Wurststückchen mit dem Senf.

»Das würde aber leider auch mehr Zeit im Atelier bedeuten«, sagte Mercy.

»Zeit hast du ja jetzt.«

»Vielleicht müsste ich hin und wieder sogar dort übernachten.«

»Du müsstest was?« Er legte die Gabel aus der Hand.

Jetzt kam der schwierige Teil.

»Na ja«, sagte sie, »ich würde mich in jedes neue Projekt stürzen, ganz darin aufgehen, alles ringsum vergessen …«

»Hä?«

»Wenn ich eine Decke im Atelier hätte, könnte ich mich auf die Couch legen und ein bisschen schlafen, anstatt allein im Dunkeln nach Hause zu gehen.«

Abgesehen von Frank Sinatras *Strangers in the Night* herrschte Schweigen.

»Mercy«, sagte Robin. »Verlässt du mich?«

»Aber nein!« Sie griff über den Tisch und legte ihm die Hand aufs Handgelenk. »Nein, Liebster, ich würde dich nie verlassen! Wie kommst du darauf!«

»Du hast gerade gesagt, dass du nicht mehr mit mir im selben Bett schlafen willst.«

»Es wäre doch nur hin und wieder. Kurz vor einem Abgabetermin beispielsweise.«

Robin erwiderte nichts, sondern musterte sie nur mit leicht geöffnetem Mund. Er wirkte fertig. Mercy empfand Mitleid. Sie packte sein Handgelenk fester und sagte: »Mein Liebling, du bist mein Mann! Wie könnte ich dich jemals verlassen?«

»Aber für ein *Bild* setzt dir doch niemand eine Abgabefrist!«

Schlagartig tat er ihr nicht mehr so leid. Sie ließ sein Handgelenk los. »Natürlich gibt es Abgabetermine für Bilder.«

»Das sagst du nur, um dich von mir zu trennen.«

»Nein, das sage ich, um mir ein bisschen Unabhängigkeit zu verschaffen.«

»Du möchtest *unabhängig* sein?« Er stieß das Wort gewissermaßen von sich weg, als fände er es eklig.

»Hör mir zu, Robin. Erinnerst du dich daran, wie Alice vor ihrer Hochzeit die Gästeliste zusammengestellt hat? Weißt du, was sie damals zu mir gesagt hat? ›Die neue Frau von Kevins Dad ist offenbar nicht die Allerhellste. Könntest du dich beim Empfang ein bisschen um sie kümmern und mit ihr über Hausfrauenthemen reden?‹«

»Okay …«

»Als ob ich auch nicht die Allerhellste wäre, verstehst du?«

»Das hat sie nicht so –«

»Sie hatte alle anderen Lehrer, sogar die Direktorin

eingeladen. Nur gut, dass *ich* da wäre, sollte das heißen, denn ich bin ja nur Hausfrau.«

»Das ist nur ein Wort, keine Beleidigung«, widersprach Robin. »Ich bin nur Klempner – na und? Jeder wird ständig in irgendwelche Schubladen gesteckt. Das ist eine Art Kürzel, mehr nicht.«

»Ja, das Kürzel für ›ein Niemand sein‹, verstehst du?«

Dieses »Verstehst du?« sollte sie sich sparen, denn das Problem war, dass er nichts, überhaupt nichts verstand. Er hatte keinen blassen Schimmer.

»Ich würde es nicht ertragen, wenn du mich verlässt, Mercy«, sagte Robin.

»Ich verlasse dich nicht. Das verspreche ich dir.«

»Klingt mir aber ganz danach.«

»*Du-bi-du-bi-du*«, sang Frank Sinatra.

Dieser Trottel.

⋆

Eine Zeit lang schlief Mercy weiterhin zu Hause. Morgens stand sie auf, bereitete das Frühstück für Robin und machte ein bisschen Ordnung oder erledigte anderes im Haus, bis er zur Arbeit fuhr. (Geh! Geh endlich!, bat sie ihn insgeheim. Wie lange brauchte er denn noch?). Kaum hatte er das Haus verlassen, machte sie sich auf den Weg ins Atelier.

Viel zu tragen gab es nicht mehr. Alles Wichtige war inzwischen dort, und selbst das Wenige erschien ihr zu viel, denn ursprünglich hatte sie sich künftig in einem leeren Raum leben sehen. Es ärgerte sie beinahe, dass sich eine bestimmte Menge Zeug wie von allein hineingeschlichen hatte: der Teekessel auf der Kochplatte, das über den Spülbeckenrand gebreitete Geschirrtuch.

Sie hatte inzwischen ziemlich viele Karten verteilt und sogar schon eine Reaktion erhalten. Nicht telefonisch, persönlich. In der Reinigung hatte eine Kundin sie zufällig beim Anheften einer Karte beobachtet. »Sie malen Porträts von Häusern?«, sagte die Frau, und Mercy antwortete: »Ja. Hätten Sie Interesse?«

»Ich frage, weil mein Mann und ich gerade ein Haus in Guilford gekauft haben.«

»Ich könnte es malen!«, sagte Mercy. »Ich könnte hinfahren und mir alles ansehen, ein Gefühl für die Persönlichkeit Ihres Hauses bekommen …«

»Ist nur so eine Idee.«

»Nehmen Sie eine mit«, sagte Mercy und drückte ihr eine Karte in die Hand. »Das ist die Nummer meines Ateliers. Sie können mich dort unter der Woche fast immer erreichen. Und falls nicht, versuchen Sie es einfach nochmal.«

Dann ging sie, denn sie wollte nicht aufdringlich sein. Zwei Tage später rief die Frau tatsächlich an und sagte, sobald das Haus genau so eingerichtet sei, wie sie es wollten, werde sie Mercy bitten zu kommen, und Mercy war ganz ihrer Ansicht. Das Haus brauche Zeit, um seinen eigenen Charakter zu entwickeln. »Seinen eigenen Charakter«, wiederholte die Frau, und ihr zustimmender Ton machte Mercy Hoffnung.

David schrieb wieder nicht. Mercy schickte ihm mehrere Briefe mit konkreten Fragen – »Wie ist der Mathekurs? Verstehst du dich mit deinem Zimmergenossen?« –, erhielt jedoch keine Antwort. »Typisch,« sagte Robin. »Der Junge kennt uns nicht mehr. Das war mir von Anfang an klar.«

»Wie kannst du das sagen, Robin? Wir waren uns immer so nahe.«

»Er steht uns schon seit der Grundschule nicht mehr nahe«, erwiderte Robin, und Mercy ließ das Thema fallen, denn in Bezug auf David würden sie nie einer Meinung sein.

Auch Alice und Lily hatten nichts von ihm gehört, machten sich aber weniger Sorgen. Sie schlugen sich mit ihren eigenen Problemen herum. Die kleine Robby bekam das Dreitagefieber und hielt Alice die entsprechende Anzahl an Nächten auf Trab. Lily war praktisch nicht zu erreichen, und wenn sie doch mal abhob, hieß es nur, nein, David habe sich nicht gemeldet, und nein, sie habe noch nichts entschieden. Auf Wiederhören.

An einem Freitagabend Ende des Monats klingelte sie plötzlich, als sich Mercy und Robin gerade die Lokalnachrichten ansahen. (Lily klingelte sonst nie, sondern kam einfach rein.) Robin öffnete die Tür, und Mercy hörte ihn erst »Lily!« und dann verwirrenderweise »Hallo?« sagen.

Mercy erhob sich von der Couch und ging zu ihnen. Lily stellte ihrem Vater gerade einen anzugtragenden Mann um die vierzig vor. »Dad, das ist – Hi, Mom! Also, das ist Morris Drew.«

»Hallo, Morris«, sagte Robin in fragendem Tonfall, doch es war Mercy, die dem Mann die Hand entgegenstreckte, nachdem sie sich an Robin vorbeigezwängt hatte. »Guten Tag, Morris, kommen Sie doch herein!«

Morris' Händedruck war fest und geschäftsmäßig. Alles an ihm war durchschnittlich – mittlere Größe, untersetzter Körperbau, dicke runde Brillengläser –, und Mercy wusste sofort, dass sie sich dieses Gesicht nur schwer würde merken können. »Sehr erfreut, Mrs Garrett«, erwiderte er mit dem akzentfreien Englisch eines Radiosprechers.

Lily und Morris gingen hinein, wobei sich Morris flüchtig die Schuhe an der Fußmatte abstreifte, obwohl es an diesem Abend nicht regnete. Mercy schaltete den Fernseher aus. (Im Druid Hill Park war ein Mann gesehen worden, der allem Anschein nach einen Wolf an der Leine spazieren führte.) Robin rieb sich die Hände und sagte: »Tja!« Lily und Morris setzten sich auf die Couch, Robin entschied sich für seinen Fernsehsessel, kippte ihn jedoch nicht nach hinten, sondern blieb aufrecht sitzen – wachsam, wie für Ungemach gewappnet. Mercy nahm auf dem Schaukelstuhl Platz.

»Morris und ich möchten euch etwas sagen«, verkündete Lily ohne Umschweife. »Wir heiraten.«

Robin sagte: »Was –?«

Was ist mit ihrer bereits bestehenden Ehe?, dachte er wahrscheinlich. Nur Mercy wusste genug, um sich zu fragen, was mit der bereits bestehenden Ehe von *Morris* war. Es gab zweifellos viel zu erklären, viel Umstellungs- und Gewöhnungsbedarf, doch Lily hatte die einfachste Vorgangsweise gewählt und ging einfach darüber hinweg. »Noch nicht gleich«, sagte sie, »aber ich dachte, ich warne euch besser vor. Morris hält schon Ausschau nach einem passenden Haus.«

Robin wirkte benommen.

Mercy sprang für ihn ein. »Wenn ihr etwas gefunden habt, was euch gefällt, komme ich und male das Haus. Das ist dann unser Hochzeitsgeschenk.«

»Was? Aha«, sagte Lily, hakte jedoch nicht nach. »Dank dir, Mom.«

Und Morris sagte: »Danke, Mrs Garrett.«

*

Lilys Vorgangsweise hatte offenbar funktioniert. All die lästigen Stolpersteine waren im Handumdrehen verschwunden.

Zumindest oberflächlich betrachtet. Robin blieb fast die ganze restliche Zeit hindurch still und überließ Mercy das Plaudern, und als Lily ihn beim Abschied auf die linke Wange küsste, stand er stumm da und ließ es geschehen. In Wahrheit war er fassungslos und empört, und kaum hatte sich die Tür hinter den beiden geschlossen, fuhr er Mercy an, als wäre alles ihre Schuld. »Was ist da los?«, rief er wütend. »Wie kann es sein, dass eine verheiratete Frau bei ihren Eltern auftaucht und ihren neuen Verlobten vorstellt, und wir zucken nicht mit der Wimper?«

»Bitte, Liebling«, sagte Mercy. »Niemand sieht von außen in eine Ehe hinein, das weißt du selbst.«

»Gar nichts weiß ich«, erwiderte Robin.

Und woher sollte er es auch wissen? Seine Ehe mit Mercy war klar wie Glas, ein offenes Buch, exakt das, was sie zu sein schien. Davon abgesehen, dass Mercy inzwischen mehrere Nächte ohne ihn verbracht hatte.

In der ersten Nacht hatte sie ihm gesagt, es könnte spät werden, weil sie an einem kniffligen Bild arbeite. In der zweiten, etwa eine Woche später, sagte sie ihm ganz bewusst das Gleiche. Er sollte sich nach und nach daran gewöhnen. Und es klappte, denn als sie in der dritten Nacht ohne Ankündigung wegblieb, rief er weder an, um zu fragen, wo sie sei, noch stürmte er ins Atelier hinüber, um sie zur Rede zu stellen. Was nicht hieß, dass er sich darüber freute. Er war mürrisch und eingeschnappt und überhaupt schwierig. Nach diesen Nächten warf er ihr morgens Blicke aus dem Augenwinkel zu, öffnete den Mund, um etwas zu sagen, ließ es dann aber doch bleiben.

Morgens war sie immer da. Es war ihr wichtig, zurück zu sein, bevor er aufwachte, und wenn er die Treppe hinunterkam, stand das Frühstück auf dem Tisch.

Damit würde sie irgendwann aufhören, doch so weit war es noch nicht.

Am Tag nach Morris' Antrittsbesuch, rief Alice Mercy an. »Also?« Sie wartete. »Lily war bei euch, stimmts?«

Alice und Lily hatten nie ein enges Verhältnis gehabt. Sie waren zu unterschiedlich, vermutete Mercy. Über ihre Eltern tauschten sie sich aber allem Anschein nach gelegentlich aus – auf die für Geschwister typische verstohlene, mit viel Kopfschütteln verbundene Art –, denn es war klar, dass Lily ihre Schwester gebeten hatte, die Stimmung für sie zu sondieren. Doch Mercy reagierte zugeknöpft und sagte nur »Mhm.«

»Und? Wie findest du Morris?«

»Nett«, sagte Mercy in neutralem Ton. »Seid ihr euch schon mal begegnet?«

»Ja.«

Wie oft? Bei welcher Gelegenheit? Fand sie ihn sympathisch? Vertrauenerweckend? Wie schätzte sie die Situation ein?

Mercy stellte keine dieser Fragen, sondern sagte: »Vielleicht lade ich ihn mit der ganzen Familie zum Essen ein.«

»Okay …« Alice wartete hörbar auf mehr.

»Hättet ihr nächsten Sonntag Zeit, Kevin und du?«

»Da fahren wir zu seiner Mutter.«

»Und den Sonntag darauf?«

»Der nächste Sonntag würde passen.«

»Gut, ich rede mit Lily.« Mercy beendete das Telefonat, ohne ein einziges Urteil über Morris abgegeben zu haben.

Irgendwie hatte sie das Gespräch genossen.

Doch dann machte ihr Robin einen Strich durch die Rechnung. »Moment mal – was? Du lädst den Galan unserer Tochter in unser Haus ein?«

»Den Galan!« Sie wunderte sich, dass er das Wort überhaupt kannte. »Liebling, er ist ihr Verlobter. Wir müssen ihn in die Familie aufnehmen.«

»Wie kann sie einen Verlobten haben, wenn sie schon einen Mann hat, frage ich mich. Was ist mit B.J.?«

Robin hatte B.J. von Anfang an nicht gemocht und ihn hinter dessen Rücken Elvis genannt. Als B.J. und Lily gemeinsam durchgebrannt waren, hatte er gemeint, sie seien dazu bestimmt »gezwungen«

gewesen, und wirkte dann fast enttäuscht, als kein Baby kam.

Apropos …

Hätte Mercy ihm doch nur erzählen dürfen, dass Lily schwanger war – er hätte vielleicht mehr Verständnis gezeigt!

Vielleicht wäre er aber auch erst recht ausgeflippt.

Eher wegen dieser Gefahr als aufgrund des Versprechens, das sie Lily gegeben hatte, verriet sie ihm nichts.

Sie rief Alice zurück und teilte ihr mit, das Essen müsse verschoben werden. »Aha«, sagte Alice und wartete auf die Begründung.

»Ich weiß leider nicht, *wann* es stattfinden wird«, sagte Mercy. Dann fragte sie hastig, wie gut sich Robby schon hochziehen könne. Die Kleine konnte inzwischen zwar aufstehen, schaffte es aber nicht, sich wieder hinzusetzen, und stand schreiend und erschöpft in ihrem Laufstall, bis Alice ihr die Knie bog und sie nach unten gleiten ließ. Woraufhin sie sofort wieder aufstand. Darüber gab es so viel zu erzählen, dass Alice die Sache mit dem Essen vergaß.

*

Evelyn Shepard, die Frau, die Mercy in der Reinigung kennengelernt hatte, rief Mitte Oktober an und lud sie zu einer Hausbesichtigung ein. »Wir sind so weit fertig, und ich bin gespannt, wie Sie das Haus malen würden.«

»Ich komme gern und sehe es mir an.«

»Am besten, wenn mein Mann auch da ist …«

»Kein Problem.«

»Könnten Sie Arbeitsproben mitbringen? Ich habe ihm zwar das Bild auf der Karte gezeigt, aber –«

»Selbstverständlich. Ich bringe meine Mappe mit.«

Mercy nahm sich vor, die noch aus der Zeit an der LaSalle School stammende Ledermappe aus der Schreibtischschublade herauszusuchen.

Sie verabredeten sich für einen Samstagvormittag, da hatte Mercy das Auto. Sie parkte ein Stück vor dem Haus der Shepards, um sich auf dem Weg dorthin einen Gesamteindruck zu verschaffen. Um gewissermaßen gewappnet zu sein. Die Shepards bewohnten ein gewöhnliches zweistöckiges Haus im Kolonialstil aus rotem Backstein mit tannengrünen Fensterläden. Egal, sagte sie sich. Normalerweise spielte das Innere eines Hauses für sie sowieso eine größere Rolle als das Äußere. Mercy drückte auf den Klingelknopf und betrachtete ihn genau. Ihr Blick war schärfer geworden; sie registrierte noch das kleinste Detail. Es war aber ein ganz gewöhnlicher Klingelknopf, weißer Gummi, umgeben von einem protzigen Messingschild.

Evelyn Shepard öffnete und sagte: »Guten Morgen, Mrs Garrett!«

»Bitte nennen Sie mich Mercy.«

»Und ich bin Evelyn. Bitte kommen Sie rein.«

Evelyn trug Absatzschuhe – an einem Samstag, in ihrem eigenen Haus. Keine hohen Absätze, aber trotzdem. Sie war etwas jünger als Mercy, hatte jedoch mit ihrem sorgsam in Locken gelegten Haar und dem eleganten, eng gegürteten Blümchenkleid bereits etwas Matronenhaftes. »Clarence!«, rief sie. »Die Malerin ist da.« Sie führte Mercy durch den Eingangsbereich – Perserteppich, Kristallleuchter – und in das sehr große, sehr unpersönlich wirkende Wohnzimmer, an dessen hinterem Ende ein Flügel stand. Mercys Augen machten klick, klick, klick und nahmen möglichst viel in sich auf. »Sie haben es wirklich schön hier«, sagte sie höflich und setzte sich auf das Sofa mit dem rutschigen Satinbezug, das Evelyn ihr zugewiesen hatte. Als Clarence hereinkam, erhob sie sich sofort wieder. »Oh! Clarence!«, rief seine Frau, als wäre er überraschend aufgetaucht. »Das ist Mercy Garrett, die Malerin.«

Clarence war älter als seine Frau. Ein grauhaariger Mann mit Schnurrbart und einem Herrenhalstuch im offenen Hemdkragen. Mercy hatte noch nie ein Herrenhalstuch gesehen, außer in englischen Filmen. Der Anblick stimmte sie optimistisch. Blitzschnell hatte sie die beiden eingeordnet: erst seit Kurzem in einem Haus, das Eindruck machen sollte, bekleidet mit teuren Sachen, die nur gekauft worden waren, um den Ansprüchen zu genügen, die dieses Haus ihrer Vermutung nach an sie stellte. »Ein wunderschönes Heim«, sagte Mercy, diesmal mit festerer Stimme und freundlich lächelnd.

Danach lief alles wie am Schnürchen. Die Shepards setzten sich rechts und links von ihr auf die Couch, und sie legte die Bilder aus ihrer Mappe vor – eine verglaste Veranda, eine Essecke und ein »Musikzimmer«. (Es war kein Musikzimmer, sondern das Wohnzimmer von Alice und Kevin, aber sie passte ihr Vokabular instinktiv den Umständen an.) Immer wenn der detailliert gemalte Gegenstand auf einem Bild aus der verschwommenen Umgebung hervortrat, sagte Evelyn »Ah!«, während Clarence schwieg. »Das da mit dem Foto auf dem Beistelltisch«, sagte Evelyn und deutete auf das angebliche Musikzimmer, »ist bestimmt ein Foto des ersten Hausbesitzers, habe ich recht?«

Sie sprach von einem Foto, das in einem silbernen, mit kleinen Silberperlen verzierten Rahmen neben einer Muschel stand. Es zeigte Kevins Vater oder Onkel oder was auch immer, der mit einer Army-Feldmütze auf dem Kopf angriffslustig in die Kamera starrte. »Ja, ein Vorfahr des Ehemannes«, erklärte Mercy und ging weiter zum nächsten Bild, auf dem das Schlafzimmer von Robin und ihr zu sehen war. Ein Rechteck als Bett, schräge Bodendielen und dann ein Teil eines Schaukelstuhls, über dessen Armlehne ein Nachthemd hing, das bis in die kleinste Falte und die winzigste Naht akribisch ausgeführt war.

»Das Wesen dieses Hauses ist ein *Nachthemd*?«, fragte Clarence.

»Sch, Clarence!«, sagte Evelyn.

»Und hier die Kinderstube meiner Enkeltochter«, sagte Mercy. (Kinderstube! Das gefiel ihr.) Robbys Bettchen war nur als eine Reihe skizzenhafter senkrechter Striche dargestellt, doch der Flickenteppich, auf dem es stand, war so detailliert gemalt, dass man in einem der Stoffstreifen das Rosenmuster von Mercys altem Sommerkleid erkennen konnte.

»Ihre Bilder sind wirklich ungewöhnlich«, sagte Evelyn fast seufzend.

»Haben Sie schon mal versucht, das ganze Bild in allen Einzelheiten zu malen statt nur einen bestimmten Teil?«, fragte Clarence.

»Ja, natürlich, aber das kann jeder. Mir geht es um etwas Tieferes. Ich konzentriere mich auf ein einzelnes Merkmal, das die Seele des Hauses enthüllt.«

Plötzlich wirkte Clarence besorgt. »Und wenn Sie die Seele des Hauses in der Toilette entdecken?«

Mercy lachte. »Ich kann Sie beruhigen – das ist sehr unwahrscheinlich.« Allerdings war auf einem Bild, das sie noch nicht gezeigt hatte, die grüne Spundbretterwand in Robins Kellerwerkstatt zu sehen, hinter der sich die kleine Toilette verbarg. Sie schlug die Mappe mit leisem Knall zu und schenkte Clarence ein weiteres Lächeln. »Nachdem Sie meine Arbeiten jetzt gesehen haben, können Sie natürlich jederzeit Nein sagen. Sie haben ein Vetorecht.«

Evelyn setzte sich aufrechter hin, verschränkte die Hände und sah Clarence erwartungsvoll an.

»Äh … Darf ich fragen, wie viel Sie berechnen?«, sagte er.

Beim Anblick des Flügels hatte sie überlegt, den Preis von hundert Dollar zu verdoppeln, doch mittlerweile war ihr klar geworden, dass Clarence nicht besonders viel von ihrer Arbeit hielt. »Hundert Dollar«, sagte sie kleinlaut.

Er warf Evelyn einen Blick zu. »Gut. In Ordnung.«

»Ja!«, hauchte seine Frau.

»Aber nur, wenn es uns gefällt«, sagte Clarence.

»Selbstverständlich«, erwiderte Mercy.

*

Am ersten November, einem Sonntag, rief Mercy David an. Sie hatte sich für den frühen Nachmittag entschieden, weil er um diese Zeit an ehesten im Wohnheim war. Trotzdem dauerte es lange, bis der Student, der an den Apparat gegangen war, David aufgespürt hatte. »Garrett?«, hörte sie ihn rufen und dann, etwas ferner, »Hey Garrett! Mann, wo warst du?«

Sie benutzte das Telefon in der Küche und setzte sich an den Tisch, während sie wartete. Dass der Junge ihren Sohn mit »Mann« angesprochen hatte, wertete sie als ein gutes Zeichen, offenbar waren sie Freunde. Sie sah zu Robin hinüber, um ihm das mitzuteilen, doch er stand mit dem Rücken zu ihr vor dem offenen Kühlschrank, als wäre er nur in die Küche gegangen, um sich einen Snack zu holen. Trotzig änderte sie ihre Absicht und sagte nichts.

In die Verbindung schlichen sich Gesprächsfetzen anderer Telefonate ein. Mercy hörte ein kurzes Lachen, ein leises »*Was?*« So viele glückliche, sorglose Leben spielten sich anderswo ab.

»Hallo?«, sagte David.

»Hi, mein Schatz!«

»Hi, Mom.«

»Wie geht es dir?«

»Gut. Ist alles in Ordnung?«

»Ja. Außer dass wir nichts von dir hören.«

»Tut mir leid, ich habe einfach wahnsinnig viel zu tun.«

»Müsst ihr viel lernen?«

»Ja, aber bis jetzt komme ich ganz gut mit.«

»Das ist schön.«

»Und wie gehts euch?«

»Sehr gut! Möchtest du mit Dad sprechen?«

»Klar.«

»Robin?« Mercy hielt ihm den Hörer hin, und Robin wandte sich mit gespieltem Erstaunen vom Kühlschrank ab. »Dein Sohn«, sagte sie.

Er schloss die Kühlschranktür und ging langsam auf sie zu – scheinbar widerwillig, was sie genervt aufstöhnen ließ. Er nahm den Hörer, sagte »Hallo?« und dann: »Oh, hi, mein Junge.«

David stellte eine Frage, was Mercy an der Intonation erkannte, und Robin antwortete: »Uns gehts gut. Und dir?«

Gemurmel von David.

»Frag ihn wegen Thanksgiving«, zischte Mercy.

»Äh … was? Deine Mom möchte wissen, wie das jetzt mit Thanksgiving ist.«

Wieder Gemurmel von David.

»Keine Ahnung. Wahrscheinlich, ob du heimkommst«, sagte Robin. Mercy stöhnte nochmals auf und nahm den Hörer an sich. »David? Am Mittwoch vor Thanksgiving organisiert das College Busse von dort zur Greyhound-Station …«

»Ja, aber die Strecke ist ganz schön lang für die paar Tage«, erwiderte David.

»Das sind nicht ein paar Tage, das ist Mittwoch, Donnerstag, Freitag –«

»In der Zeit könnte ich meine Geschichts-Hausarbeit schreiben.«

»Kannst du die nicht in Baltimore schreiben?«

Robin musterte ihr Gesicht.

»Hier habe ich die Bibliothek und das alles.«

»Ach so.«

»Was macht Robby? Kann sie schon laufen?«

»Laufen? Weiß ich nicht. Sie ist kurz davor.« Das Gespräch erschien Mercy wie Schwerstarbeit. »Ich gebe dir jetzt wieder Dad.« Sie hielt ihrem Mann den Hörer hin, doch Robin wich zurück und fuchtelte verneinend mit den Händen durch die Luft. Mercy hob den Hörer wieder ans Ohr und sagte: »Er hat alles gesagt, glaube ich.«

»Okay. Bis bald mal wieder, Mom.«

»Auf Wiedersehen, mein Schatz.«

Sie legte auf.

»Er kommt nicht?«, sagte Robin.

Mercy schüttelte den Kopf.

»Na ja, eigentlich ganz normal. Im College hat er seine Freunde, sein Studium …«

»Das weiß ich«, erwiderte sie.

»Eigentlich ein gutes Zeichen.«

»Ich weiß.«

*

Dafür erschien Morris Drew an Thanksgiving.

An einem Werktagmorgen tauchte Lily im Atelier auf und kam zur Sache, kaum dass sie auf der Schlafcouch saß. »Mom«, sagte sie, »ich komme an Thanksgiving nur, wenn ich Morris mitbringen darf.«

Das war nicht wirklich überraschend. Mercy und Lily hatten in den vergangenen Wochen natürlich mehrfach miteinander telefoniert – nicht ganz so oft, wie Mercy es sich gewünscht hätte, doch immerhin war sie darüber informiert, dass sich Lily und Morris nach wie vor sehr gut verstanden, B. J. fast achselzuckend in die Scheidung eingewilligt hatte und die von Morris und seiner Frau bereits eingeleitet war. Lily erzählte, dass sie in Cedarcroft ein Haus mit drei Schlafzimmern gekauft hätten und einziehen würden, sobald das Dach neu gedeckt sei. »Deshalb war es so günstig«, erklärte sie. »Morris hat den Preis unglaublich runtergehandelt. Mit so was kennt er sich aus.«

Und Morris' Frau, die Arme? Und wo war eigentlich B. J.? Und wie ging es dem Baby?

Die Frage nach dem Baby war die einzige, die Mercy zu stellen wagte.

Lily tat sie mit einem »Alles in Ordnung« ab. (Die Schwangerschaft war ihr noch immer nicht anzusehen. Allerdings trug sie die Bluse über dem Rock, sodass man es schwer erkennen konnte.) Sie holte ein Polaroid aus der Tasche, auf dem ein gewöhnliches weißes Haus mit einer Markise über dem Eingang zu sehen war. »Nächstes Jahr um diese Zeit könnt ihr an Thanksgiving zu *uns* kommen, ist das nicht toll?«, sagte sie.

»Ja.«

»Dieses Jahr können wir leider noch keine Gäste

empfangen.« Sie steckte das Foto in die Tasche zurück. »Ich weiß, was du jetzt sagen wirst. Ich weiß, dass Dad beleidigt ist. Gestern Abend hat er mir am Telefon eröffnet, dass ich nur B.J. an Thanksgiving mitbringen darf. Als ob das zur Debatte stünde! B.J. ist nach Fells Point gezogen.«

»Du hast mit Dad telefoniert?«

»Ja. Er hat gesagt, du würdest noch arbeiten. Hat er dir nicht von meinem Anruf erzählt?«

»Dazu hatte er keine Gelegenheit.« (Mercy hatte im Atelier übernachtet und war an diesem Morgen erstmals nicht zum Frühstück nach Hause gegangen.)

»Aber du kannst ihn überreden, du schaffst das, Mom, du kriegst ihn rum. Dabei hat er B.J. immer als verantwortungslos bezeichnet, weißt du noch? Aber Morris ist total verantwortungsbewusst. Er wird uns bestimmt gut versorgen und ein guter Vater sein – übrigens: Er wollte schon immer Kinder. Bringst du Dad dazu, dass er uns beide an Thanksgiving kommen lässt?«

»Sicher«, erwiderte Mercy zuversichtlich. Dass Robin den Kontakt zu seiner Tochter mutwillig aufgeben würde, war ausgeschlossen. Für ihn stand die Familie an erster Stelle – gerade weil er selbst als junger Mensch so lange keine gehabt hatte.

»Morris müsste das alles nur ein bisschen genauer erklären«, sagte sie zu Lily. »Ihr habt deinen Dad ja richtiggehend überrumpelt. Pass auf: Ihr kommt heute Abend zu uns, wir zwei bereiten einen kleinen Imbiss zu und lassen die Männer im Wohnzimmer allein. Dann kann Morris deinem Dad klarmachen, dass ihm bewusst ist, welchen Schock er ausgelöst hat, dass das alles nie beabsichtigt war, er sich aber eben auf den ersten Blick in dich verliebt hat. Und danach könnte er die Sache mit dem Baby verkünden. Er könnte sagen, dass es zwar nicht der günstigste Zeitpunkt ist, dass er sich aber trotzdem unheimlich freut, dich total respektiert und voll und ganz zu dir steht … Du verstehst schon.«

Lily nickte heftig. »Ja, das kann er. Mit so was ist er richtig gut.«

Mercy bezweifelte das keine Sekunde. Wenn sie sich nur erinnern könnte, wie der Mann aussah …

Letztlich klappte alles. Robin trug zwar zunächst eine versteinerte Miene zur Schau und lief ihnen hinterher in die Küche, befolgte dann jedoch Mercys Befehl, sich zu Morris ins Wohnzimmer zu setzen. Als sie mit dem Kaffee zurückkamen, erklärte Morris ihm gerade, warum Schieferschindeln besser seien als die aus Asphalt, und Robin nickte und sagte: »Absolut richtig. Sehe ich ganz genauso.«

Also kam Morris an Thanksgiving.

Er trug einen braunen Anzug mit brauner Krawatte, Lily ein nagelneues Umstandskleid. Alice hielt Lily einen Vortrag über natürliche Geburt. Kevin informierte Morris und Robin über die Vorteile überdachter Einkaufsmalls. Die kleine Robby weigerte sich, auf ihrem Hochstuhl zu sitzen, torkelte mit erhobenen Fäusten durchs Esszimmer und übte Laufen. Und Mercy saß am Kopfende und lächelte, lächelte alle an.

*

Für ihr Porträt des Shepard'schen Hauses wählte Mercy die obere Diele und legte das Hauptaugenmerk auf die Standuhr, die ihren Platz zwischen zwei Schlafzimmertüren gefunden hatte. Nicht ihre erste Wahl, um ehrlich zu sein. Das war eine schummrige Ecke in Evelyn Shepards Nähzimmer gewesen: eine verwitterte Truhe aus Clarence' Wehrdienstzeit, aus der Stoffreste aller möglicher Farben, Texturen und Muster hervorquollen. Doch sie hatte sich aus gutem Grund dagegen entschieden.

Die Uhr war aus massivem Holz und kunstvoll geschnitzt. Hinter einem Rechteck aus dickem Glas hing ein behäbig schwingendes Messingpendel. Das runde Ziffernblatt bestand aus elfenbeinfarbenem Porzellan und war mit bogenförmig angeordneten glänzenden Messingmonden in verschiedenen Phasen verziert. Clarence hatte erwähnt, dass er die Uhr sehr liebe, und damit den Eindruck erweckt, es handle sich um ein Erbstück, während Mercy von Evelyn erfahren hatte, dass die Uhr vor eineinhalb

Jahren in einem Antiquitätenladen in New Market, Maryland, gekauft worden war. Was beide nicht wussten (oder nicht wissen wollten), war die Tatsache, dass jemand links unten, fast schon am Fuß des Gehäuses und gleich über der Zierleiste, mit einem scharfen Gegenstand recht krakelig die Initialen *CTM* ins Holz geritzt hatte. Natürlich bezog Mercy die Buchstaben in ihr Porträt mit ein.

Sie grübelte lange, bevor sie den Shepards das fertige Gemälde zeigte. Sollte sie sich weigern, falls man sie bäte, die Initialen zu entfernen? Es wäre natürlich albern, sich wegen so etwas aus hoher moralischer Warte auf die Meinungsfreiheit zu berufen. Trotzdem … Sie schwankte. Ganz umsonst, wie sich am Ende herausstellte. Evelyn Shepard war von dem Bild begeistert, und auch Clarence fand es schön. Den gemalten Initialen schenkten sie ebenso wenig Beachtung wie den realen.

Mercy hatte zunächst gehofft, die Shepards würden Reklame für sie machen und dem ersten Auftrag würden weitere folgen, wenn die Freunde des Paars das Bild sähen. Doch dazu kam es nicht. (Hatten die Shepards es an eine für Gäste nicht sichtbare Stelle gehängt? Mercy hatte keine Ahnung.) Stattdessen rührte ausgerechnet Morris Drew die Werbetrommel. Ein oder zwei Wochen nach Thanksgiving rief er im Atelier an und fragte, ob sie ihm eine größere Menge Karten für sein Büro überlassen würde. »Wer sich ein neues Haus kauft, ist meistens sehr stolz darauf. Ich könnte nach jeder Vertragsunterzeichnung eine Karte zu den Dokumenten legen, und vielleicht entschließt sich der eine oder andere, sein Haus porträtieren zu lassen.«

Mercy war gerührt. Und die Aktion trug tatsächlich Früchte: Ein frisch verheiratetes junges Paar mit neuer Eigentumswohnung erkundigte sich nach Mercys Preisen und wollte es sich überlegen, und eine ältere Frau gab ein Bild für ihren Sohn und ihre Schwiegertochter in Auftrag, die gerade ein hübsches viktorianisches Haus auf der falschen Seite von Roland Park erstanden hatten.

Mercy konnte davon zwar nicht leben, hoffte aber, es eines Tages zu können.

Über die Weihnachtsferien kam David endlich nach Hause. Er wirkte selbstbewusster und schien sich wohler in seiner Haut zu fühlen als früher. Seine Haare waren so lang geworden, dass sie ihm wie Weizengarben in die Stirn fielen, und er hatte es sich angewöhnt, nach fast jedem Satz »Stimmts oder hab ich recht?« zu sagen. Aber es war so schön, ihn wiederzusehen! Mercy fand ständig einen Vorwand, ihn zu umarmen oder ihm einfach nur über den Rücken zu streichen, wenn sie an ihm vorbeiging. Obwohl er viel mit seinen Freunden »unterwegs« war, fühlte sich das Haus für sie anders an.

In den drei Wochen, die er blieb, ging sie nur ein paarmal hinüber ins Atelier und verbrachte alle Nächte zu Hause. Sie musste sich mit den Kleidern und Toilettensachen begnügen, die im Haus geblieben waren, und erst jetzt wurde ihr bewusst, wie viel sie ins Atelier gebracht hatte. Im Grunde war sie ausgezogen. Es war sogar so weit gekommen, dass Robin jedes Mal »Bist du heute Abend hier?« fragte, anstatt ganz selbstverständlich davon auszugehen. Wenn sie die Frage bejahte, war er erleichtert und freute sich. Und wenn Alice und Lily anriefen, versuchten sie es automatisch zuerst im Atelier. Keine von beiden erkundigte sich offen, was eigentlich los war. Keine fragte »Bist du ausgezogen? Trennt ihr euch?« Vielleicht wollten sie es nicht wissen. Vielleicht blendeten sie es lieber aus, wie die Shepards die in das Holz der Uhr geritzten Initialen. David dagegen hatte keinerlei Grund, Fragen zu stellen, denn für ihn war alles beim Alten geblieben.

Sie fühlte sich an den Tag erinnert, an dem Lily zum ersten Mal mit Morris aufgekreuzt war, ungeniert verkündet hatte, dass sie ihn heiraten werde, und die Tatsache, dass sowohl sie als auch Morris bereits verheiratet waren, ebenso wie ihre Schwangerschaft lässig überging. War es wirklich so leicht, anderen einzureden, alles wäre wie immer?, hatte sie sich damals gefragt.

Es sah ganz danach aus.

*

Als im Januar eine Kältewelle einsetzte, kaufte Mercy eine Heizdecke. Zuerst dachte sie an eine Steppdecke, aber die hätte sie nicht unauffällig unter dem Cordbezug verbergen können. (Sie wollte unbedingt verheimlichen, dass die Couch gleichzeitig ein Bett war.) Die Fernbedienung der Decke versteckte sie hinter einem Kissen, damit niemand Verdacht schöpfte.

Weil die eisige Kälte des Linoleumbodens durch ihre Schuhsohlen kroch, kaufte sie schwere Wildlederclogs, in die sie Kunstfelleinlagen aus dem Drugstore legte. Die einzige Wärmequelle im Atelier war ein altertümlicher an der Wand befestigter Elektroheizkörper. Um bei der Arbeit nicht frieren zu müssen, schob sie den Tisch etwas näher heran.

Mit ihren Vermietern, einem älteren Ehepaar, hatte sie wenig Kontakt. Man grüßte sich, wenn Mercy durch den Garten ging und die beiden zufällig draußen waren. Jetzt, im Winter, waren sie kaum noch zu sehen. Doch eines Abends hörte sie jemanden die Treppe hinaufstapfen, und als sie öffnete, stand Mr Mott heftig schnaufend vor ihr. »'n Abend, Mrs Garrett«, sagte er.

»Das ist aber eine Überraschung! Was führt Sie zu mir?«

»Ich muss Sie um einen kleinen Gefallen bitten.«

»Aha.«

Sie trat einen Schritt zur Seite und ließ ihn herein. Während sie die Tür schloss, nahm er seine Wollmütze ab. Er war ein dicker, aufgedunsener Mann mit einem buschigen Schnurrbart und offenbar nicht in bester Verfassung. »Es geht um unsere Tochter Elise«, sagte er. »Sie muss sich operieren lassen, ein diagnostischer Eingriff.«

Er sprach die letzten beiden Wörter so überdeutlich aus, als wären sie Vokabeln einer fremden Sprache.

»Das tut mir sehr leid«, sagte Mercy.

Als hätte sie ihm mit dieser Bemerkung die Erlaubnis dazu erteilt, durchquerte er den Raum und setzte sich auf die Schlafcouch. Er ließ sich geradezu darauf fallen. Mercy nahm neben ihm Platz.

»Sie wohnt mit ihrem Jungen unten in Richmond«, sagte er. »Die beiden sind allein. Ihr Mann ist vor ein paar Jahren gestorben. Deshalb bleiben Mrs Mott und ich bei Dickie, während Elise im Krankenhaus ist.«

»Natürlich.«

»Und jetzt wollten wir fragen, ob Sie unseren Kater hüten könnten.«

»Sie haben einen Kater?«, fragte Mercy, um Zeit zu gewinnen. Mit Katzen hatte sie noch nie etwas zu tun gehabt. »Desmond«, sagte er beinahe inständig.

Normalerweise hätte sie der Name amüsiert, doch sie war viel zu sehr mit der Frage beschäftigt, was man eigentlich von ihr wollte. »Also … also soll ich ihn jeden Tag füttern gehen?«

»Wir dachten, dass Sie ihn vielleicht zu sich nehmen könnten«, erwiderte er und ließ den Blick durch den Raum schweifen.

»Hierher?«

»Sie sind ja inzwischen ziemlich oft hier, und Desmond sollte nicht zu lange allein sein. Ein Wochenende würde er aushalten, aber –«

»An welchen Zeitraum hatten Sie gedacht?«

»Das ist es ja – wir wissen es noch nicht. Vielleicht nur ganz kurz. Wir wissen es einfach nicht. Desmond ist wirklich genügsam, aber trotzdem … Tag und Nacht allein im Haus, und raus darf er nicht, weil wir nicht wollen, dass er Vögel jagt …«

»Aber hier ist wirklich wenig Platz«, sagte Mercy.

»*So* wenig auch wieder nicht. Das Katzenklo passt problemlos in Ihr Bad.«

»Das Katzenklo?«

»Und ich bringe alles her, was er braucht.«

Konnten sie ihn nicht woanders unterbringen? Es gab doch Katzenpensionen. Sie verkniff sich die Frage. Mr Mott sah sie unverwandt an; sein Blick war geradezu flehentlich. Er hatte verwaschen braune Augen und gerötete Tränensäcke.

»Ich nehme ihn gern«, sagte Mercy.

Denn wenn man schon jemandem einen Gefallen tut, hatte ihr Vater immer gesagt, darf das auch freundlich geschehen.

*

Desmond war ein sozusagen mausgrauer Kater mit fast quadratischem Gesicht und kurzen, stämmigen Beinen. Sobald Mr Mott die Transportbox auf den Boden gestellt und die Klappe entriegelt hatte, sprang das Tier heraus und stolzierte mit steil nach oben gerichtetem und leicht zuckendem Schwanz zur Küchenzeile. Mercys Eindruck nach bedeutete das Schwanzzucken einer Katze etwas vollkommen anderes als das Schwanzwedeln eines Hundes.

Während Mr Mott ins Haus zurückging, um Desmonds Sachen zu holen, beobachtete Mercy von der Schlafcouch aus, wie sich der Kater an den Sockelleisten entlangschnupperte, leichtfüßig auf den Küchenstuhl sprang und die Farben und Pinsel auf dem Tisch musterte. Obwohl er ihr den Rücken zukehrte, glaubte sie an seinem leichten Zittern und der wachsamen Haltung zu erkennen, dass er sich ihrer Anwesenheit sehr bewusst war. Nach einer Weile ließ er sich mit einem Aufschlag, der die ganze Garage zum Wackeln brachte, auf den Boden plumpsen. Und sie hatte immer gedacht, Katzen wären grazil!

Heftiger schnaufend denn je kehrte Mr Mott mit einem spülschüsselartigen Kunststoffding zurück, in dem diverse Säcke und Näpfe lagen. »Er darf wegen seiner Nieren nur diese eine Katzenfuttermarke fressen. Die kriegt man in den meisten Supermärkten. Dosenfutter ist streng verboten. Er wird Sie vom Gegenteil überzeugen wollen, aber so ist es nun mal.«

Mercy überlegte, wie Desmonds Versuche, sie vom Gegenteil zu überzeugen, wohl aussähen. Außerdem klang das Ganze so, als rechnete Mr Mott damit, immerhin so lange weg zu sein, dass Mercy für Futternachschub sorgen müsste. Das beunruhigte sie ein wenig. Trotzdem sagte sie: »Wir schaffen das, Mr Mott, keine Sorge. Hoffentlich geht es Ihrer Tochter bald wieder gut.«

Sie verabschiedete ihn mit einem Lächeln und winkte, bevor sie die Tür schloss.

Das Katzenklo passte tatsächlich ins Bad, wenn auch knapp. Das dazugehörige Plastikschäufelchen legte sie gleich daneben. Desmonds Wasser- und Futternapf – beide ihrer Meinung nach viel zu groß – musste sie neben die Küchenzeile stellen, weil sie nur dort von jeder Stelle im Atelier aus zu sehen waren. Dies widersprach ihrem Grundsatz, nichts herumstehen zu lassen, und vermieste ihr die Laune. Als sie sich sagte, sie werde die Näpfe mit der Zeit gar nicht mehr wahrnehmen, wurde ihre Stimmung noch mieser.

Alles in allem störte Desmond sie jedoch weit weniger als befürchtet. Er quengelte nicht, jammerte nicht und war auch kein Schmusekätzchen. Wenn sie auf der Schlafcouch saß, ließ er sich lieber neben als auf ihr nieder, rollte sich wie eine Nautilusschnecke ein und schnurrte. Nachts schlief er zwischen ihren Knöcheln, aber auf der Decke, sodass sie ihn immer nur bemerkte, wenn sie die Füße bewegte oder sich auf die andere Seite drehte. Dann spürte sie ihn wie ein warmes Gewicht, das die Decke nach unten drückte.

Sie gewöhnte es sich an, mit ihm zu reden, während sie malte. Nur kleine Bemerkungen, keine Babystimme oder etwas in der Art. »Mist! Schau, was ich wieder angestellt habe«, oder »Was hältst du davon? Etwas bemüht, finde ich.« Desmond warf ihr einen nüchternen Blick zu und fuhr fort, sein linkes Vorderbein zu putzen.

Beim Malen kehrte Mercy in Gedanken oft in ihre Vergangenheit zurück, als würde sie durch ein altes Haus gehen. Sie dachte an ihren Vater, der, als sie klein war, sonntags mit ihr durchs Viertel spaziert war, damit ihre damals schon schwerkranke Mutter etwas Ruhe bekam. »Siehst du die Rostflecken unter der Traufe von Mrs Webb?«, sagte er beispielsweise. »Hundertmal habe ich ihr geraten, sie soll die Dachrinne säubern lassen.« Und einmal, als es zu regnen begann, fragte er: »Hast du noch nie darüber nachgedacht, wo der Regen herkommt?« »Nein, noch nie«, hatte sie ehrlich geantwortet, woraufhin er es sich nicht nehmen ließ, es ihr zu erklären– Verdunstung, Kondensation … Ihr wurde klar, dass er sie sehr geliebt haben musste, und sie bereute zutiefst, das nicht früher gespürt zu haben.

Mercy dachte an die Zeit, in der Robin sie umworben hatte. Er war auffällig oft ins Geschäft gekommen und hatte kleine Sachen gekauft, die er nicht brauchte, nur um einen Blick auf sie werfen zu können. So schüchtern, so respektvoll und um jedes Wort verlegen. Damals war es unter den Jungs Mode gewesen, Mädchen als »Kleines« zu bezeichnen und mit der coolen Gönnerhaftigkeit zu behandeln, die beispielsweise Humphrey Bogart seinen Filmpartnerinnen entgegenbrachte. Robin aber hatte Mercy mit »Miss Wellington« angesprochen, bis sie ihm lachend sagte, er solle das bleiben lassen. Bei manchen Wörtern hatte seine Aussprache provinziell geklungen – »Fosten« statt »Pfosten«, »ham« statt »haben« –, aber er hatte sehr auf seine Grammatik geachtet und bewusst längere Wörter verwendet als nötig. »Hättest du Lust, ins Lichtspieltheater zu gehen?«, hatte er mal gefragt und »ins Kino« gemeint; sie wusste nicht mehr, in welchen Film. An diesem Abend war es so heiß gewesen, dass Mercy, als sie auf ihren Plätzen saßen, ein kleines Schraubglas aus der Handtasche holte und sich mit einem mit Gesichtswasser getränkten Wattepad die Oberlippe abtupfte. Nach kurzem Zögern tippte sie Robin auf den Arm und hielt ihm das Glas hin. Er betrachtete es verwundert, nahm sich auch so ein rundes Ding und schob es in den Mund. Mercy hatte hastig weggesehen und so getan, als hätte sie nichts bemerkt. Ihre Befürchtung, er könnte es schlucken, um das Gesicht zu wahren, erwies sich als unbegründet, denn gleich darauf spürte sie im Dunkeln, wie er das Wattepad verstohlen aus dem Mund nahm und, wer weiß, in die Tasche schob oder unter den Sitz fallen ließ.

Seine ungewöhnlich blauen Augen wirkten klarer als die anderer Menschen. Sie strahlten etwas Hoffnungsvolles, Argloses aus. Und er hatte einen schön konturierten Mund und einen ausgeprägten Amorbogen, der Mercy faszinierte. Mit allem Mechanischen war er fast instinktiv vertraut. In dieser Hinsicht erinnerte er sie an ihren Vater.

Er fuhr mit ihr ins Stadtviertel Canton und stellte sie seiner einzigen engen Verwandten vor, einer Großtante, mit der er ein dreieinhalb Meter breites Reihenhaus bewohnte. Die streng blickende Frau mit dem kantigen Gesicht hätte einschüchternd gewirkt, wäre sie Mercy gegenüber nicht so devot gewesen. Sie bestand darauf, ihr den einzigen bequemen Stuhl zu überlassen, und entschuldigte sich mehrmals für das Abendessen – Rote-Beete-Suppe und als Hauptgang in Krautblätter gewickeltes Hackfleisch. »Kein sehr vornehmes Essen, ich weiß«, sagte sie, und Mercy erwiderte »Meine Güte, mein Vater ist Ladeninhaber«, woraufhin Tante Alice sagte »Ich weiß.« In diesem Moment gab Mercy es ein für alle Mal auf, die Haltung der alten Dame ihr gegenüber ändern zu wollen. Tatsächlich wirkte Tante Alice in den acht Jahren, die sie noch lebte, in ihrer Gegenwart nie ganz entspannt. Zur Hochzeit, die schlicht gehalten war und zu der die Gäste in Straßenkleidung erschienen, kam sie mit einem Hut, auf dem ein Vogel saß, und in einem Sonntagskleid, das festlicher wirkte als Mercys Brautkleid.

Nach der Hochzeit mieteten Mercy und Robin das Obergeschoss eines Häuschens in Hampden, und Mercy schlüpfte in die Hausfrauenrolle, als wäre sie dafür geboren. Was ja im Prinzip auch so war. Keiner, den sie kannte, hätte sich damals für eine Ehefrau etwas anderes vorstellen können. Als andere Frauen nach Kriegsbeginn erste Jobs annahmen, war Mercy schon schwanger mit Alice. Zwei Jahre später kam Lily, und Mercy dachte nicht mehr darüber nach, was sie mit ihrer Zeit anfangen sollte. Sie war rund um die Uhr beschäftigt und geriet manchmal sogar in Panik. Doch Robin kam selbst dann nicht auf die Idee, ihr seine Hilfe anzubieten, wenn er zu Hause war, was selten vorkam. Manchmal hatten sie tagsüber kaum zwei Worte gewechselt, wenn sie abends erschöpft ins Bett fielen.

Robin war ein guter Ehemann. Er arbeitete hart, und er liebte sie. Und Mercy erwiderte seine Liebe. Trotzdem malte sie sich hin und wieder ohne besonderen Anlass aus, wie es wäre, von zu Hause wegzugehen. Nicht ernsthaft natürlich. Es waren bloße Fantasien darüber, wie leid ihm dann alles tun würde; Fantasien, wie sie Mercys Vermutung nach im Kopf jeder Frau herumgeisterten, die sich wieder einmal für selbstverständlich genommen fühlte. Genüsslich stellte sie sich vor, wie sie sich verkleiden würde – mit tiefschwarz gefärbtem Haar und einer maßgeschneiderten Hose mit Bügelfalten, eventuell sogar mit Zigarette, denn wer würde sich jemals träumen lassen, dass Mercy Garrett rauchte? Sie könnte das Viertel schlendernd hinter sich lassen und bis zur Penn Station Rauchringe blasen, ohne auch nur einen einzigen Blick auf sich zu ziehen.

Immerhin hatte sie diese Fantasien nie in die Wirklichkeit umgesetzt. Sie hatte ihre Pflicht erfüllt und war geblieben, hatte tausende Essen aufgetischt, das Haus täglich geputzt, um am nächsten Tag aufzustehen und es wieder zu putzen. Mercy blickte liebevoll auf diese Zeit zurück, die sie zugleich um keinen Preis ein zweites Mal hätte durchleben wollen. Sie spürte noch die weichen Wangen ihrer Kinder an ihrer, die Händchen, die sich in ihre schoben. Sie hörte Lily mit wahnsinnig komischer sinnlicher Stimme »Itsy Bitsy Spider« singen; sie hörte Davids ansteckendes Glucksen. Sie sah die Geburtstagskarte, die Alice in der dritten Klasse für sie gebastelt hatte: *Liebe Mama versprich mir dass du nie nie stirbst.* Und die wunderschöne unbeschwerte Woche am Deep Creek Lake, der erste und zugleich letzte gemeinsame Urlaub, denn die Mädchen waren schon fast erwachsen und mit einem Bein aus dem Haus gewesen. Alles war so schnell gegangen, dachte sie, dabei war es ihr damals endlos erschienen. Im Großen und Ganzen hatte sie ihre Sache gut gemacht. Sie hatte sich nichts vorzuwerfen.

Trotzdem träumte sie, sie würde in einem riesigen

schwarzen Pelzmantel durch eine triste Straße in einer Art Polizeistaat gehen. Ein uniformierter Mann hielt sie an und erklärte, der Mantel sehe aus wie der von X, einem berühmten Revolutionär. Was sie dazu zu sagen habe.

Sie sagte: »Es dürfte ein Ding der Unmöglichkeit sein, X derzeit zu kontaktieren.«

Dann blies sie einen Schwall Rauch aus, und beide lachten gehässig.

*

Mr Mott rief zweimal an. Beim ersten Mal, etwa eine Woche nachdem sie Desmond bei sich aufgenommen hatte, fragte er nur, ob sie zurechtkomme, und erzählte, dass seine Tochter inzwischen zwar operiert sei, aber länger im Krankenhaus bleiben müsse als ursprünglich angenommen. Beim zweiten Mal, Anfang Februar, entschuldigte er sich dafür, dass es so lange dauere, gab ihr jedoch keine weiteren Informationen. Mercy fragte auch nicht; sie hatte das Gefühl, es besser bleiben zu lassen. »Machen Sie sich um *uns* keine Gedanken«, sagte sie, »wir kommen wunderbar zurecht.« Es war ehrlich gemeint.

An einem Sonntagmorgen stellte sie fest, dass draußen ein halber Meter Schnee gefallen war. Der runde Metalltisch auf der Terrasse der Motts trug eine igluartige Kuppel, und die Farbe des Hausdachs entsprach so exakt dem trüben Weiß des Himmels, dass die Grenze dazwischen nicht mehr zu erkennen war und die zwei Mansardenfenster in der Luft zu hängen schienen.

Mercy fühlte sich sicher und geborgen. Sie machte sich ein großes Frühstück und aß es im Bademantel. Der Kater saß auf dem gefährlich schmalen Fensterbrett und starrte wie gebannt hinaus. »Eine schöne Überraschung, was?«, sagte Mercy, und Desmond warf ihr einen skeptischen Blick zu.

Das Telefon klingelte. Robin natürlich. »Alles in Ordnung da drüben?«

»Alles gut«, antwortete sie. »Und bei dir?«

»Auch. Aber die Straßen sind noch nicht geräumt. Ich komme zu Fuß und bringe dir deine Winterstiefel, dann können wir zusammen zurückgehen.«

»Nein, bitte lass das! Ich schaffe das schon.«

»Es macht mir wirklich nichts aus. Der kleine Spaziergang tut mir gut«, erwiderte er.

»Bitte, Robin, ich stecke mitten in der Arbeit an einem Bild. Ich wollte sowieso den ganzen Tag malen, und Essen und Getränke habe ich auch jede Menge. Ich könnte mich hier tagelang verkriechen.«

»Ich dachte, ich könnte uns ein schönes Kaminfeuer machen.«

»Mach das! Mach dir ein Feuer, mach es dir gemütlich und sei froh, dass du nirgends hinmusst. *Ich* bin jedenfalls froh.«

»Ach so.«

»Ich kann jetzt so viel erledigen!«

»Ach so.«

»Ich komme später vorbei. Bis dann!«

Aus »später« wurde drei Tage später. Die Straßen waren mittlerweile geräumt, nicht aber die Gehwege, sodass sie zwar zu Fuß zurückgehen konnte, sich jedoch auf der Fahrbahn halten musste. Als sie am frühen Nachmittag zu Hause ankam, war Robin noch im Geschäft. In der Küche lag einiges herum – die Kakaodose stand auf der Arbeitsfläche, und in der Spüle stapelte sich Geschirr. Die Häkeldecke und das Kissen auf der Couch verrieten ihr, dass er mindestens eine Nacht vor dem Fernseher verbracht haben musste.

Als Erstes steckte sie die Schmutzwäsche aus dem Korb im Bad und die Sachen, die sie aus dem Atelier mitgebracht hatte, in die Maschine. Dann räumte sie die Küche auf und bereitete aus dem Rinderhack im Kühlschrank einen Hackbraten zu. Der sollte um halb fünf oder fünf in den Ofen, damit sie ihn zu Abend essen könnten. Doch es war noch nicht mal zwei, und nachdem sie die Post durchgesehen, den Wohnzimmerteppich gesaugt und die Wäsche aus der Maschine in den Trockner verfrachtet hatte, entschied sie sich um, schrieb *1 Stunde bei 180° backen* auf einen Zettel und klebte ihn an die Kastenform, die sie auf Augenhöhe und damit für Robin unübersehbar in den Kühlschrank stellte. Dann zog sie ihre Winterstiefel an und ging zurück ins Atelier.

Der Frühling begann in diesem Jahr zeitig, schon Anfang März. Auf dem Rasen – zwischen den Grashalmen, wo sie nicht wachsen sollten –, schossen lavendelblaue Krokusse in die Höhe. Eines Morgens saßen in der mächtigen Eiche der Motts so viele kleine Vögel, dass der kahle Baum plötzlich wie dicht belaubt aussah. Das aufgeregte Zwitschern klang wie das Klappern hunderter Scheren. Mit großen Augen und bebendem Kinn betrachtete Desmond das Spektakel vom Fensterbrett aus.

Lilys Baby kam zur Welt, ein Junge, und Morris und sie zogen ins neue Haus. Sobald die Scheidungen durch wären, würden sie in kleinem Rahmen heiraten. Alice' Tochter Robby begann zu sprechen und hörte gar nicht mehr auf; Alice trug alle lustigen Sprüche in ein Notizbuch ein. David schrieb, ein von ihm verfasster Sketch werde in der College-Aula aufgeführt.

Im April lud Mercy ihre drei besten Freundinnen zum Tee ins Atelier ein: Darlene, die sie noch aus der Highschool kannte, sowie Carolyn und Bridey, deren Kinder gemeinsam mit ihren aufgewachsen waren. Keine der drei wusste, dass sie nicht mehr zu Hause wohnte. Die wenigen Treffen in letzter Zeit hatten im Kino oder beim Mittagessen in einem Lokal stattgefunden; so hatte Mercy nicht erklären müssen, woher sie kam und wohin sie zurückging.

Sie hatte sie unter dem Vorwand ins Atelier gebeten, ihnen die Häuserporträts zeigen zu wollen, servierte dann aber Tee aus der Kanne und Kekse aus dem Supermarkt, als würde sie Gäste bei sich zu Hause bewirten. Die drei saßen nebeneinander auf der Schlafcouch und tranken aus den Tassen, die Mercy in ihrer Einkaufstasche hinübergetragen hatte. Die Porträts gefielen allen sehr gut. Was hätten sie auch anderes sagen sollen? Bridey fragte immerhin: »Und wenn du *mein* Haus malen müsstest, welchen Teil würdest du in den Mittelpunkt stellen?«

»Das kann ich nicht im Vorhinein sagen«, erwiderte Mercy. »Ich würde dies und das rasch skizzieren und mir erst hier Gedanken darüber machen.«

»Aber wieso? Wieso musst du die detaillierte Stelle nicht im Haus selbst malen?«

»Ich male sie nur deshalb, weil ich mich an nichts anderes erinnere«, erklärte Mercy geduldig. »Am Ende ist das der einzige Teil, den ich wirklich gesehen habe. Deshalb weiß ich, dass er wichtig sein muss.«

»Verstehe«, sagte Bridey, doch sie klang nicht überzeugt.

Als die drei gegangen waren, huschte Desmond aus dem Bad, wo er sich versteckt hatte, und stolzierte durchs ganze Zimmer, als wollte er es zurückerobern.

An einem lauen Abend Anfang Mai hörte Mercy Schritte auf der Treppe. Sie tippte auf Robin, denn die Mädchen machten um diese Zeit Abendessen. Hastig stand sie von der Schlafcouch auf und schaltete das Radio aus. (Sie blieb ja vorgeblich über Nacht, um zu arbeiten, nicht um herumzusitzen.) Doch als sie die Tür öffnete, stand Mr Mott vor ihr, schnaufend und schwitzend in einem kurzärmeligen Seersucker-Hemd, das seine Arme peinlich nackt aussehen ließ. »Na so was!«, sagte Mercy. »Wieder zurück?«

»Nicht richtig zurück«, korrigierte er. »Wir holen nur ein paar Sachen aus dem Haus.«

»Wie geht es Ihrer Tochter?«

»Nicht gut.«

»Das tut mir leid.«

»Sie braucht Behandlungen, eine ganze Behandlungsserie. Es hat gestreut.«

»Oh nein!«

»So ist das nun mal.« Mr Mott sah an ihr vorbei zu Desmond, der ihn von seinem Platz auf der Schlafcouch mit leerem Blick anstarrte. »Da bist du ja! Na, wie gehts dir, Kerlchen?«

»Gut gehts ihm. Wir verstehen uns bestens«, sagte Mercy. »Kommen Sie doch rein und –«

»Wir müssen ins Haus meiner Tochter nach Richmond ziehen und unseren Enkel versorgen«, verkündete Mr Mott. »Elise kann sich nicht um ihn kümmern. Im Moment darf er sie nicht mal in der

Klinik besuchen, weil schon ein einziger kleiner Keim das Ende bedeuten könnte. Und Dickie ist erst acht, wissen Sie. Deshalb müssen Mrs Mott und ich hinziehen.«

»Aber … Aber wenn vielleicht doch irgendwann alles wieder in Ordnung ist?«, sagte Mercy.

Er sah sie nur an.

»Mein Neffe wohnt bis auf Weiteres hier. Er macht gerade eine Scheidung durch. Sie können die Miete wie immer in unseren Briefschlitz werfen, er gibt sie dann an uns weiter.«

»In Ordnung.«

»Und würden Sie Desmond behalten wollen?«

»Behalten? Für immer?«

»Ja.«

»Nein, tut mir leid, das geht nicht.«

»Wir können ihn nicht nach Richmond mitnehmen, weil Dickie Allergiker ist. Und mein Neffe hasst Katzen, ich habe ihn schon gefragt.«

»Eine Katze passt nicht in mein Leben«, erklärte Mercy.

»Aber Sie haben es schon so lange geschafft. Er ist Ihnen doch nicht zur Last gefallen?«

»Nein, überhaupt nicht. Aber ich *will* nun mal keine Katze.«

»Und was soll ich jetzt tun? Wie soll ich dieses Problem lösen? Ich habe sowieso schon so viel um die Ohren! Was soll ich denn noch alles machen? Ich weiß nicht mehr, wo oben und unten ist, und jetzt habe ich auch noch entdeckt, dass der Boiler seit was weiß ich wann ein Leck hat, und auf dem Kellerboden steht das Wasser, obwohl mir mein Neffe hoch und heilig versprochen hat, gut auf alles aufzupassen. Ich bin … ich bin fix und fertig!«

Er hatte recht. Man sah es ihm an. Er war dem Zusammenbruch nahe. Diese Hilflosigkeit, dieses Gefühl, belagert zu sein, diese Last, bedrängt und erstickt und gefordert zu werden, alles auf einmal!

Sie legte ihm die Hand auf den Arm, auf die traurige, gedunsene Haut seines Unterarms, und sagte: »Schon gut, ich nehme Desmond. Machen Sie sich keine Gedanken um ihn. Ich tue es gern.«

»Danke.«

Er wandte sich zum Gehen. Mercy war ihm nicht böse; für das übliche Geplauder fehlten ihm jetzt die Nerven. Schweigend nahm sie die Hand von seinem Arm, und er öffnete die Tür und trat auf die Treppe hinaus.

*

Am darauffolgenden Samstag ging Mercy vormittags nach Hause, um wie jeden Samstag den Wagen zu holen. Sie kannte keine andere Frau, die mittlerweile nicht ihr eigenes Auto hatte, aber erstens wollte sie sich damit nicht belasten, und zweitens hätte Robin es für Verschwendung gehalten. Sie ging direkt nach hinten zur Garage, kramte die Schlüssel aus ihrer Tasche, stieg ein und ließ den Motor an.

Im Atelier holte sie Desmonds Transportbox aus der Ecke hinter der Tür hervor. Obwohl sie nicht viel über Katzen wusste, war ihr klar, dass er das Ding besser erst im letzten Moment zu sehen bekam. Sie stellte die Box auf die Küchentheke, entriegelte die Klappe und hob Desmond mit Schwung von der Schlafcouch. Er wehrte sich nur kurz und war eher verblüfft als verstört. Mercy setzte ihn in die Box, knallte blitzschnell die Klappe zu und trug den Behälter hinaus und die Treppe hinunter. Das Gewicht im Inneren verrutschte, ruckelte und verschob sich, als würde sie einen Bowlingball tragen, aber sie gab nicht klein bei. Desmond blieb stumm. Sie hatte lautes Miauen erwartet; stattdessen herrschte beredtes Schweigen, das die Luft förmlich zum Knistern brachte. Erst als sie vor dem Tierheim geparkt hatte und zur Beifahrerseite ging, um die Box zu holen, hörte sie etwas, aber es war nur ein einziges fragendes »Miau?«.

Mercy warf die Beifahrertür ins Schloss und eilte mit Desmond in das Gebäude.

Zurück im Atelier sammelte sie seine Sachen ein – die beiden Näpfe, die Säcke mit der Streu und dem Futter, das Katzenklo, das Schäufelchen mit den Schlitzen –, und trug alles zur Mülltonne an der Schmalseite des Hauses. Dann ging sie wieder hinein.

Die Stille war mit Händen zu greifen, doch sie verstand nicht, warum. Desmond war schließlich kein lauter Kater gewesen.

Eigentlich hätte sie jetzt den Wocheneinkauf machen und Robin das Auto zurückbringen müssen, aber erst wollte sie eine Weile einfach nur sitzen. Sie ließ sich auf die Schlafcouch sinken, faltete die Hände und versuchte nicht mal, so auszusehen, als hätte sie etwas zu tun. Auch das Radio schaltete sie nicht ein, sondern saß einfach da und lauschte der Stille.

*

Es war Sommer. Dennoch kam David nur für ein paar Tage, weil er einen Job in einer Theatergruppe gefunden hatte. Im Viertel schwärmten die Kinder aus, sangen, lachten und stritten. Die Eiche im Garten der Motts trug so viel Laub, dass die kleinen Vögel, die auf den Ästen zwitscherten, unsichtbar blieben, während man größere (Habichte? Eine Falkenart?) häufig darüber kreisen und nach einer Weile abdrehen sah. Mercy fragte sich zum ersten Mal, ob einzelne Exemplare der Vogelwelt für ihren charakteristischen Flugstil berühmt waren, ob sie stolz darauf waren, einen besonders schönen Bogen zu fliegen oder einen atemberaubenden Sturzflug hinzulegen, während die anderen voller Bewunderung zusahen.

Nach einer Weile gab sie sich einen Ruck, wandte sich vom Fenster ab und kehrte zu dem Bild zurück, an dem sie gerade malte. Zu der geschnitzten Holz-Ananas auf dem Treppenpfosten. Der Pompon-Bordüre am Vorhang. Dem schmiedeeisernen Türstopper in Form eines Hundes, dessen Schwanz wie eine Feder emporragte.

Entgeht mir etwas?, dachte sie gelegentlich. Übersehe ich etwas?

Doch sie schob den Gedanken beiseite und griff wieder zu ihrem Pinsel, der so fein war wie eine Wimper.

4

Ostern spielte in der Familie Garrett keine große Rolle. Für ihre Kinder kauften sie zwar billige, bereits gefüllte Körbchen, wenn sie ihnen im Supermarkt ins Auge sprangen, und machten bei der organisierten Eiersuche in der Straße mit, um nicht ungesellig zu wirken, doch mehr auch nicht.

Deshalb waren alle höchst erstaunt, als David an einem Nachmittag im April 1982 anrief und mitteilte, er werde am folgenden Sonntag zum Osteressen kommen. Er hatte Lily auf der Arbeit angerufen. Seit der junge Pickford Survivalist geworden war und sich in die Wildnis Montanas zurückgezogen hatte, führte sie das Geschäft für ihren Vater. »Sanitärhandel Wellington«, sagte sie, und David sagte: »Lily, bist du das?«

»David? Ist alles in Ordnung?«, fragte sie, denn David war gelinde gesagt kein großer Telefonierer.

»Ja, alles bestens, aber euch erreicht man ja nie!

Zuerst habe ich es bei Mom versucht, da hat niemand abgehoben, dann bei Alice, aber die war auch nicht daheim.«

»Natürlich nicht – Alice ist am allerschwersten zu erreichen«, erwiderte Lily.

Sie sagte das, weil es sie ein bisschen kränkte, dass er es zunächst bei Alice und erst jetzt bei ihr versucht hatte. In Wahrheit war Alice immer sehr gut zu erreichen. Trotzdem sagte sie: »Fahrgemeinschaft, Müttergruppe, Elternbeirat …«

»Schließlich wollte ich es bei Dad probieren«, fuhr David fort und kränkte sie damit noch mehr. »Gut, dass ich wenigstens *dich* erreicht habe.«

»Hä?«

»Ich wollte wegen Ostern fragen.«

»Was ist mit Ostern?«

»Ich würde gern zum Osteressen kommen. Mit einer Freundin.«

»Mit einer Freundin?«, fragte Lily. (Sie fuhr ihre Antennen aus.)

»Ja, mit meiner Freundin Greta.«

»Aha.«

Sie ließ den Blick auf der Suche nach Robin durch den Laden wandern. Wo steckte er nur? Hier fand gerade eine kleine Revolution statt!

»Was meinst du – werden alle kommen?«, fragte David.

»Bestimmt.«

Und wer nicht vorgehabt hatte zu kommen,

würde seine anderweitigen Pläne sofort über den Haufen werfen, so viel war sicher.

»Wir wären gegen Mittag da«, sagte David. »Übernachten geht leider nicht, wir haben den Ostermontag nicht freibekommen.«

»Ach, Greta arbeitet an deiner Schule?«

»Genau. Richtest du es den anderen aus?«

»Ja sicher. Sie werden bestimmt alle –«

»Okay. Dann bis bald.«

»Ich freue mich, Greta kennenzulernen!«, sagte Lily.

Doch er hatte schon aufgelegt.

David war inzwischen dreißig und unterrichtete seit mehreren Jahren Englisch und Schultheater an einer Highschool am Stadtrand von Philadelphia. Der Mietvertrag für das Haus, in dem er wohnte, beinhaltete eine Kaufoption. Kurzum, er war im Leben angekommen. Etabliert. Trotzdem hatte er nie, zu keinem einzigen Anlass, ein Mädchen mitgebracht und der Familie vorgestellt. Über sein Privatleben erfuhren sie nur, was er nebenbei erwähnte, und wenn sie Details forderten – »Frühlingsferien mit deiner Freundin Lois? Ist das was Ernstes?« –, machte er zu und wechselte das Thema.

Kein Wunder, dass seine Osterpläne für Unruhe sorgten. Zuerst erzählte Lily es ihrem Vater, den sie im Lager aufspürte. »Ach, tatsächlich?« Mehr sagte er nicht. (Sah sie dabei aber immerhin an und hörte aufmerksam zu.) Dann versuchte sie es bei ihrer Mutter im Atelier, erreichte sie allerdings wieder nicht. Alice dagegen, bei der sie es im Anschluss probierte, war mittlerweile zu Hause und reagierte zu Lilys Zufriedenheit. »Ich fasse es nicht!«, rief sie. »Hat er gesagt, *warum*? Hat er was davon gesagt, dass er sie der Familie vorstellen will? Dass wir sie alle kennenlernen sollen?«

»Nur, dass er mit einer Freundin kommt.«

»Vielleicht ist sie wirklich nur eine Freundin.«

»Ja, aber … Er hat gefragt, ob alle kommen. Außerdem hat er ›wir‹ gesagt und das Wort so komisch betont.«

Alice schwieg. Dann sagte sie nachdenklich: »Greta. Hm.«

»Ob sie Ausländerin ist?«, sagte Lily.

»Ich hätte nichts dagegen.«

»Nein, natürlich nicht. Ich versuche nur, mir –«

»Das Mittagessen findet natürlich hier statt«, sagte Alice.

»Was? Bei euch?«

»Wo sonst?«

»Aber wenn er diese Greta sozusagen mit nach Hause bringt, sollte das Essen doch eher bei den Eltern stattfinden. Darum geht es doch, oder?«

»Jetzt mal ernsthaft, Lily. Wann hat Mom zuletzt etwas gekocht?«

»Ja, aber … Gut, dann kommen eben alle zu mir. Schließlich wohne ich in der Stadt.«

Alice wohnte nicht in der Stadt; Kevin und sie waren, für den Rest der Familie nicht nachvollziehbar, raus ins Baltimore County gezogen. Wie konnte man nur so weit weg wohnen wollen, so isoliert, dass die Kinder keine Chance hatten, das wahre Leben kennenzulernen! Doch Alice sagte: »Wenn es warm ist, könnten wir sogar auf der Terrasse essen.«

Die gepflasterte Terrasse war so groß wie das ganze Haus und verfügte über einen Essbereich mit eigener Außenküche, sogar mit Küchenschränken. Lily fand das angeberisch, was sie natürlich nicht sagte. Stattdessen bemerkte sie: »Es ist schon schlimm genug, dass sie durch den Feiertagsverkehr müssen. Warum sollen sie dann auch noch zu *euch* fahren?«

»Vielleicht, weil bei uns Platz für alle ist?«, antwortete Alice. »Wir wären nämlich drei, vier … mit den Kindern insgesamt elf Leute am Tisch. Und du hast bloß das winzige Esszimmer.«

Alice und Lily telefonierten nicht oft miteinander – nur wenn es ein Problem mit den Eltern oder ähnliches gab. Und sie trafen sich so gut wie nie. Jetzt wurde Lily mal wieder klar, warum. (Sie sahen sich nur, wenn David in die Stadt kam. Ironischerweise war ausgerechnet er zum Bindeglied der Familie geworden. David, das genaue Gegenteil von Bindung!)

»Ich könnte ein Buffet aufbauen«, sagte Lily.

Alice stieß einen Laut aus, der wie Lachen klang,

aber keines war. »Nei-hei-hein, Lily – Buffets sind ganz schlecht, wenn Kinder dabei sind.«

»Aber ich würde –«

»Außerdem haben wir den Hobbyraum. Sollte es an dem Tag kalt sein, könnten sich die Kinder da unten beschäftigen. Du weißt ja, wie sie sind, wenn sie im Haus bleiben müssen.«

»Ich glaube, wir können uns die ganze Diskussion sparen«, sagte Lily. »Mom wird nämlich ziemlich sicher sagen, dass für einen so wichtigen Anlass –«

»Dass sie nicht weiß, was sie für einen so wichtigen Anlass kochen soll, wird sie sagen«, fuhr Alice dazwischen. Sie liebte es, Lilys Sätze zu Ende zu bringen.

»Ich frage sie einfach, sobald ich sie erreiche.«

»Viel Glück«, erwiderte Alice.

*

Mercy sagte, sie wisse nicht, was sie für einen so wichtigen Anlass kochen solle.

»Ich könnte dir helfen«, bot Lily an. »Ich könnte beispielsweise das Hauptgericht machen und einen Salat. Du müsstest nur eines von deinen tollen Desserts beitragen.«

»Es ist nicht nur das«, erwiderte Mercy. »Das Essen ist das kleinste Problem. Ich müsste vorher alles putzen und herrichten, Blumen arrangieren, das Tischtuch bügeln … Das Haus ist nicht mehr so gut in Schuss, muss ich gestehen.«

Lilys Mann fand es immer wieder grotesk, dass über etwas so Offensichtliches nicht gesprochen wurde: Lilys Mutter war ausgezogen. Manchmal wurde Lily sehr deutlich und sagte zum Beispiel »Mom, Dad hat einen schlimmen Husten, und ich kann ihn nicht dazu bringen, zum Arzt zu gehen oder wenigstens ein paar Tage freizunehmen. Könnte eine Lungenentzündung sein.« Woraufhin ihre Mutter »Ja, es ist zum Verzweifeln mit ihm« erwiderte, als wüsste sie längst von dem Husten, obwohl sie seit Wochen keiner in der Familie zu Gesicht bekommen hatte. »Gut, ich knöpfe ihn mir vor«, sagte sie. Und prompt rief Robin Lily am Abend an und sagte: »Du musst morgen für mich aufsperren. Deine Mom will nämlich, dass ich gleich am Vormittag zu Dr. Fish gehe. Ich bitte dich ungern, aber wie du weißt, gibt sie keine Ruhe.« Sein verlegener und zugleich prahlender Ton erregte Lilys Mitleid. Er war so stolz, eine Frau zu haben, die sich um sein Wohlergehen sorgte.

»Hat sie noch nie jemand gefragt?«, wollte Morris einmal wissen. »Hat noch nie irgendeiner gefragt ›Seid ihr getrennt, Dad und du? Oder geschieden? Oder was?‹«

»Du fragst ja auch nicht«, hatte Lily erwidert.

»Ich? Ich hätte dazu kein Recht.«

»Aber ich habe ein Recht dazu, ja?«

»Du bist schließlich ihre Tochter.«

Ja, aber.

Sie fühlte sich nicht wie Mercys Tochter. Genauer gesagt hatte sie nicht das Gefühl, dass Mercy überhaupt eine Mutter war. Für sie war Mercy wie die Katzen, die in ihren groß gewordenen Jungen nicht mehr die eigenen Kinder erkennen.

»Gut, Mom«, sagte sie, »dann findet das Ganze einfach bei uns statt. Du musst nur kommen, sonst nichts.«

»Oder vielleicht bei Alice«, schlug ihre Mutter vor.

»Bei Alice? Warum nicht bei mir?«

»Du bist berufstätig, Schätzchen. Alice hat mehr Zeit. Wir bitten sie, dass sie das übernimmt.«

»Das sagst du nur, weil du mir nicht vertraust.«

»Warum sollte ich dir nicht vertrauen?«

»Du denkst immer dasselbe von mir. Ich bin das Problemkind. Die College-Abbrecherin, die untreue Ehefrau, die Beziehungszerstörerin und die ledige Mutter. Du gestehst niemandem zu, sich ändern zu können. Aber ich bin jetzt achtunddreißig! Ich führe ein ganzes Geschäft, bin glücklich verheiratet, und mein Sohn ist Einserschüler!«

»Aber natürlich, mein Schatz«, erwiderte Mercy sanft. »Das weiß ich doch alles.«

In diesem Moment klangen sie ausnahmsweise wie Mutter und Tochter.

*

Morris nannte es »Die Erwählte absegnen«. »Zieh deine Schuhe an«, sagte er am Morgen des Ostersonntags zu seinem Sohn, »wir gehen die Erwählte absegnen.«

»Was?«

»Wir lernen heute Onkel Davids neue Freundin kennen.«

»Ob sie seine Freundin ist, wissen wir nicht«, wandte Lily ein. »Er hat sie jedenfalls nicht offen so bezeichnet.«

»Natürlich ist sie seine Freundin. Warum sollten wir sie sonst kennenlernen?«, entgegnete Morris.

Er stand vor dem Spiegel in der Diele und band seine Krawatte. Lily zog ihren Anorak an. (Leider war es nun doch kalt geworden.) Sie hatte sich nicht halb so schick gemacht wie Morris, trug Hose und Rollkragenpulli. Und Robby, der noch bis vor wenigen Minuten im Pyjama Zeichentrickfilme geguckt hatte, war nach dem Umziehen wie üblich in Jeans und Sweatshirt aufgetaucht und versuchte gerade, in seine Turnschuhe zu schlüpfen, ohne dabei das Marshmallow-Ei fallenzulassen, das er gleichzeitig auspackte. Lily sagte tadelnd »Also wirklich!«, kniete sich hin und steckte einen Fuß in einen Schuh. »Erinnerst du dich an deinen Onkel David?«, fragte sie.

»Klar.«

»Er bringt eine Freundin mit, Greta.«

»Ist die hübsch?«

»Das wissen wir noch nicht.«

Sie band ihm die Schnürsenkel. Erst als sie nach dem anderen Turnschuh griff, fiel ihr ein, dass sie etwas hinzufügen sollte. »Außerdem ist das nicht wichtig.«

»Für mich schon«, erwiderte Robby.

Er war vor Kurzem elf geworden, wirkte aber viel jünger – ein pummeliges Kind mit rundem Gesicht und Brille, das nach seinem Vater kam. Lily wunderte sich, dass es ihn überhaupt interessierte, ob Mädchen hübsch waren oder nicht.

Im Auto sagte sie zu Morris: »Wetten, dass Alice sagt, etwas in meinen Salat sei doppelt gemoppelt!«

»Doppelt gemoppelt?«

»Wetten, dass sie sagt, ich hätte keine Tomaten reintun sollen, weil sie schon Tomatensülze oder so gemacht hat! Dabei habe ich sie extra gefragt. ›Sag mir, was du planst, damit ich nicht das Gleiche mache‹, habe ich gesagt, und sie hat geantwortet: ›Keine Ahnung. Ich habe noch nie im Leben ein Osteressen veranstaltet. Woher soll ich wissen, was man den Leuten vorsetzt?‹«

»Schinken vielleicht?«, sagte Morris, während er den Blinker betätigte. »Ist das nicht das traditionelle Osteressen?«

Hinten meldete sich Robby zu Wort. »Ich mag keine Tomaten!«

»Ich weiß«, sagte Lily. »Dann isst du eben alles andere.« Sie senkte den Blick auf die Schüssel in ihrem Schoß, obwohl diese mit Alufolie abgedeckt und der Inhalt nicht sichtbar war. »Auf jeden Fall ist schon mal kein Schinken in meinem Salat.«

Sie fädelten sich auf den Baltimore Beltway ein, der erstaunlich stark befahren war. Lily hatte angenommen, dass um diese Zeit noch alle in der Kirche wären. »Hoffentlich kommen wir nicht zu spät«, sagte sie. »Alice will, dass alle da sind, bevor David auftaucht. Wir sollen eine Art Empfangskomitee bilden.«

»Wir kommen nicht zu spät«, sagte Morris. »Schließlich muss David auch durch dichten Verkehr.«

Morris war ihr Fels in der Brandung. Er schaffte es immer, sie zu beruhigen.

»Sind Pilze drin?«, fragte Robby plötzlich.

»Wodrin?«, sagte Lily.

»In deinem Salat.«

»Da kennst du mich aber schlecht.« Sie drehte den Kopf und warf ihm einen gespielt entrüsteten Blick zu. »Als ob ich das jemals tun würde!«

Robby lachte nicht. Er schob die Brille höher auf die Nase – ein Hinweis darauf, dass er nervös war – und sagte: »Außerdem kann ich es nicht ausstehen, wenn mich die Erwachsenen ›Robby-Boy‹ nennen.«

»Sie müssen dich so nennen, damit du nicht mit

Robby-Girl verwechselt wirst«, erklärte Lily. »Du willst doch nicht für ein Mädchen gehalten werden.«

»Warum hat Robby-Girl keinen eigenen Namen?«

»Das *ist* ihr eigener Name. Sie hat ihn schon vor dir gehabt.«

»Aber eigentlich ist es ein Jungsname, weil Robin der Name von Pop-Pop ist.«

Genau darauf hatte Lily beim ersten Besuch der Familie nach der Geburt von Robby-Boy hingewiesen. Alice hatte sie als Nachmacherin bezeichnet, und Lily hatte erwidert: »Aber *mein* Kind ist ein Junge und hat das größere Recht auf den Namen.«

»Robin ist kein reiner Jungsname«, hatte Alice entgegnet. »Es gibt sogar mehr Mädchen als Jungs, die Robin heißen.«

»In diesem Fall ist aber unser Vater ein Robin!«

»Außerdem«, hatte Alice gesagt, »bin ich die Ältere.«

»Was hat das damit zu tun?«

»Das älteste Kind hat den ersten Zugriff auf die Namen in der Familie.«

»Das wäre mir neu«, hatte Lily gesagt, woraufhin Mercy eingeschritten war. »Ihr solltet euch hören! Eigentlich müsste *ich* beleidigt sein. Zwei Enkelkinder heißen nach eurem Vater und kein einziges nach mir.«

»Du kannst mir wohl kaum vorwerfen, dass ich meinen Sohn nicht Mercy genannt habe«, hatte Lily erwidert, und sie hatten den Streit beendet.

Aber *warum* hatte Alice ihre Tochter nicht Mercy genannt? Vielleicht gefiel ihr der Name einfach nicht. Jetzt, im Auto, fragte sich Lily, ob ihre Mutter damals wirklich beleidigt gewesen war. Als sie sich wegen der Namen beschwerte, hatte sie jedenfalls bestens gelaunt gewirkt.

Morris fuhr nach links auf die Garden Gate Garth, eine kurvenreiche, von lang gestreckten Bungalows auf baumlosen Rasenflächen gesäumte Straße. Als er in Alice' Einfahrt biegen wollte, sagte Lily: »Wir parken am besten hier auf der Straße, dann kann sich niemand hinter uns stellen.«

»Stimmt. Könnte ja sein, dass wir Hals über Kopf fliehen müssen«, erwiderte Morris glucksend, stieß aber zurück und parkte den Wagen am Straßenrand. Nachdem er den Motor abgestellt hatte, sah er Lily an und fragte: »Bereit?«

»Bereit.«

Sie warf einen Blick nach hinten zu Robby, um ihm aufmunternd zuzulächeln, doch er stieg bereits aus. Er freute sich immer auf seinen Cousin und seine Cousine.

Kevin öffnete ihnen die Tür und rief »Frohe Ostern!« Er war ein blonder, sehr gepflegter Mann, selbst jetzt im April stark gebräunt, in Khakihosen und rosa Polohemd. »Na, Kumpel?«, sagte er zu Robby.

»Hi«, erwiderte Robby schüchtern.

»Viel Verkehr auf dem Beltway?«, fragte Kevin seinen Schwager.

»Ja, ziemlich«, antwortete Morris, und sie folgten Kevin ins Wohnzimmer. Dort knieten Robby-Girl und Eddie neben dem Couchtisch und legten ein gigantisches Puzzle. Robby-Girl blickte kaum auf, als Lilys Robby neben ihr stehen blieb, doch Eddie sagte: »Hi, Robby. Machst du mit?«

»Okay.«

Obwohl Eddie erst neun war, hatte er den gleichen Golfer-Style wie sein Vater, während Robby-Boys Klamotten nicht weit genug sein konnten. (Er behauptete, gegen Nähte allergisch zu sein.)

In solchen Momenten liebte Lily ihr Kind so sehr, dass es körperlich weh tat.

»Alice ist in der Küche«, sagte Kevin, und Lily sagte »Danke« und ging mit ihrem Salat nach hinten.

Der Tisch im Esszimmer war so weit es ging ausgezogen und mit dem von Kevins Mutter geerbten Tischtuch bedeckt. In der Mitte standen auf ganzer Länge rosarote und lavendelblaue Hyazinthen. »Hübsche Blumen«, sagte sie zu Alice, als sie die Küche betrat.

Alice stand über die offene Ofentür gebeugt und machte sich an einem großen Stück Fleisch zu schaffen. »Hm? Ach so, danke«, erwiderte sie, schloss die Tür und streifte im Aufrichten die gesteppten Ofenhandschuhe ab. Sie trug einen formellen maßgeschneiderten Hosenanzug in Dunkelblau und hatte sich vor Kurzem »Strähnchen« machen lassen, wie das Lilys Wissen nach hieß. »Stell den Salat da hinten hin«, sagte Alice mit einem Kinnschwenk. »Hast du das Dressing dabei oder musst du es hier zusammenmischen?«

»Er ist schon angemacht«, antwortete Lily.

»Schon angemacht?«

»Ja, das habe ich schon zu Hause erledigt.«

Alice sah sie eindringlich an.

»Was ist?«, fragte Lily.

»Ach, nichts«, sagte Alice leichthin. »Ich habe mich übrigens für Lamm entschieden.«

»Sehr gut.« Lily war froh, dass es keinen Schinken gab.

»Und Mom habe ich um ein Dessert gebeten.«

»Gute Idee.«

»Außerdem haben wir mehrere Flaschen Champagner kaltgestellt, nur für den Fall, dass David etwas zu verkünden hat.«

»Hat er bei deinem Anruf irgendwas gesagt?«, fragte Lily. »Also, über Greta?«

»Kein Wort. Ich habe ihm mitgeteilt, dass es bei uns stattfindet, und er war einverstanden. Ich habe noch ›Wir freuen uns auf Greta‹ gesagt, aber von ihm kam nur ›Wie heißt noch mal eure Straße?‹«

»Typisch«, sagte Lily.

»Er ist so ein … Holzklotz.«

»Na ja, Männer«, sagte Lily und schwor sich, alles zu tun, damit ihr Robby nie so werden würde.

Alice nahm eine kleine Porzellanschüssel aus dem Kühlschrank. »Selbst gemachtes Minzgelee.«

»Wahnsinn! Ist das nicht unheimlich aufwendig?«

»Dieses Essen soll etwas Besonderes sein.«

»Ist vielleicht ganz gut, dass Mom nicht kochen wollte. Es wäre bestimmt nichts Besonderes geworden.«

»Bestimmt nicht.« Alice betrachtete zufrieden den Inhalt der Schüssel.

»Weißt du noch?«, sagte Lily. »Immer wenn wir uns über das Essen beklagt haben, hat sie gesagt ›Also, euer *Vater* beklagt sich nie.‹ Und dann hat sie uns lang und breit erklärt, wie begeistert er von –«

»– ihren Lachsfrikadellen war.«

»Ihrer Pastete«, sagte Lily.

»Was?«

»Von ihrer Lachs*pastete*.«

»Ach so. Stimmt. Ha! Lachspastete als erstes Essen ihrer Ehe. Das eigentliche Hochzeitsessen, in dieser winzigen Wohnung in der Hickory Avenue, und was setzt sie ihm vor? Lachspastete aus Dosenlachs.« Alice schüttelte den Kopf. »Und garantiert mit Fertigmayonnaise.«

»Ja. Garantiert«, bestätigte Lily leicht verunsichert. (War Fertigmayonnaise etwas Schlechtes?)

Es klingelte. Sie sahen sich an und eilten Richtung Haustür.

Doch es waren nur ihre Eltern, die Kevin bereits ins Wohnzimmer führte. »Wie war der Verkehr?«, fragte er seinen Schwiegervater.

»Ach, gar nicht so schlimm«, antwortete Robin.

Er hatte sich Mühe gegeben – schönes Karohemd, saubere Cordhose –, aber nicht in Schale geworfen. Robin konnte man kaum dazu bringen, sich in Schale zu werfen. Mercy hingegen trug eine Rüschenbluse, einen schönen Wollrock und Absatzschuhe. Sie drückte Alice eine braune Papiertüte in die Hand. »Eis«, sagte sie.

»Oh!« Alice warf Lily einen Seitenblick zu.

»Sind sie noch nicht da?«

»Nein«, sagte Alice und brachte das Eis in die Küche.

»Na, wie geht es euch, Kinder?«, fragte Robin seine drei Enkel. Sie sahen kurz von ihrem Puzzle auf und nuschelten Hallo, doch nur Robby-Girl erhob sich vom Boden und umarmte ihn. »Hi, Pop-Pop.«

»Hey, meine Süße.«

»Hi, Grandmom.« Sie umarmte auch Mercy, die ihr einen Kuss auf den Kopf drückte. Die beiden sahen fast gleich aus mit dem Goldblond ihrer Haare, das Mercys Töchter zu deren Leidwesen übersprungen hatte.

»Kleiner Stau auf dem Jones Falls Expressway –«, sagte Robin zu seinem Schwiegersohn Kevin, da rief Robby-Girl: »Ich glaube, sie sind da.«

Alle Augen richteten sich auf das Panoramafenster, vor dem eine weiße Gardine hing, die die Sicht nach draußen verschleierte. Immerhin war so viel zu erkennen, dass Morris mit einem verschmitzten

Blick »Sie haben auch auf der Straße geparkt« zu Lily sagen konnte.

Ein, zwei, drei verschwommene Gestalten näherten sich dem Haus.

»Drei?«, sagte Alice, die unbemerkt aus der Küche gekommen war. »Wen haben sie dabei?«

Es war ein Kind, ein kleiner Mensch mit Rock.

Alle sahen sich an.

»Männer!«, sagte Alice.

Es klingelte.

Kevin und Alice gingen gemeinsam in die Diele. »Hallo!«, hörten die anderen Kevin sagen, und Alice rief »Herzlich willkommen!« und in dem zutraulichen Ton, in dem sie immer mit Kindern sprach: »Na, du!«

Gemurmel. Kurz erklang eine Frauenstimme, und dann sagte David: »Hoffentlich sind wir nicht zu spät.«

»Nein, nein …« Sie traten ins Wohnzimmer, David voran.

Davids Anblick verblüffte Lily jedes Mal aufs Neue. Sie hatte ihn gedanklich im Alter zwischen achtzehn und zwanzig abgespeichert, als sein Haar noch goldblond und sein Gesicht noch grob und unfertig gewesen war. Jetzt war das Blond dunkler, und seine Haare hingen strähnig und schlaff herab. An den Spitzen wirkten sie etwas brüchig, als hätte er den nächsten Frisörbesuch ein, zwei Wochen zu lang hinausgezögert, und sein Gesicht war kantiger als früher. Er trug verwaschene Jeans und ein Flanellhemd mit ausgefransten Manschetten. Das war der Lehrer in ihm, mutmaßte Lily. Lehrer waren berüchtigt für ihren verlotterten Kleidungsstil.

Die Frau hinter ihm war mindestens zehn Jahre älter als er. An ihrer Hand ging ein kleines, fünf- oder sechsjähriges Mädchen, und beide hatten den gleichen Gesichtsausdruck: ernst, konzentriert, fast missmutig. Kevin und Alice folgten ihnen. Auch Alice' Miene war durchaus bemerkenswert.

»Hi, alle miteinander«, sagte David. »Ich möchte euch Greta Thornton und ihre Tochter Emily vorstellen. Greta, das sind meine Eltern, Robin und Mercy, meine Schwester Lily …«

Gretas hellbraunes Haar war kurz, und stand kraus vom Kopf ab. Sie trug ein tailliertes braunes Strickkleid wie aus den Vierzigerjahren. Emilys Haar war heller und so straff zu Zöpfen geflochten, dass die Haut an den Schläfen spannte. Auch ihre Kleidung – ein langärmeliges dunkles Kleid aus bedruckter Baumwolle, steife Schnürschuhe und Kniestrümpfe – wirkte altmodisch.

»Guten Tag«, sagte Greta und gab Robin die Hand. Dann begrüßte sie auch alle anderen einzeln mit Handschlag, sogar die Kinder, die sich verlegen aufrappelten. Emily schüttelte keine Hände, schritt aber so würdevoll hinter ihrer Mutter her und blickte jedem so starr ins Gesicht, dass es fast auf dasselbe hinauslief.

»Freut mich sehr, Sie kennenzulernen, Greta«,

sagte Mercy, und Robin sagte: »Viel Verkehr auf der I-95, mein Junge?«

»Es ging ziemlich flott«, antwortete David kurz angebunden. »Möchtest du beim Puzzeln mitmachen, Emily? Sie ist ein Puzzle-Genie«, erklärte er den anderen Kindern. Robby-Girl setzte sich wieder auf den Teppich und klopfte einladend neben sich, doch Emily ging um den Couchtisch herum und nahm auf dem Sofa Platz, aber ganz vorn an der Kante und mit durchgedrücktem Rücken. Sie griff nach einem Puzzleteil, einem Randstück, auf dem ausschließlich blauer Himmel zu sehen war, und betrachtete es lange, bevor sie den Blick auf das Puzzle richtete.

Die Männer unterhielten sich über die Absurdität, an einem Feiertag eine ganze Fahrspur zu sperren. Mercy fragte Greta, ob sie schon mal in Baltimore gewesen sei. Alice stahl sich so unauffällig wie möglich hinaus – um ein weiteres Gedeck aufzulegen, wie Lily annahm.

Greta war tatsächlich noch nie in Baltimore gewesen. »Ich komme ursprünglich aus Minnesota«, erzählte sie Mercy. Dass sie nicht aus Baltimore kam, hörte man an ihrem Akzent. Sie sprach nicht direkt wie eine Ausländerin, aber sehr steif und überdeutlich. Ihr *t* in »Minnesota« klang so hart wie aus dem Mund einer Engländerin.

»Und Sie unterrichten an Davids Schule?«, fragte Lily.

Greta ließ den Blick zu Lily wandern. Ihre strahlend grauen Augen ließen sie abgeklärt, fast gleichgültig wirken. »Ich bin die Schulkrankenschwester«, sagte sie.

»Ach, Sie sind Krankenschwester!«

»Ich bin seit einem Jahr dort.«

»Dann kennen Sie David also seit einem Jahr.«

»Genau.«

Greta sah Lily weiterhin ganz ruhig an. In der kurzen Pause, die entstand, war aus dem Esszimmer Geschirr- und Besteckgeklapper zu hören.

»Darf ich Ihnen einen Sherry anbieten, Greta?«, fragte Kevin unvermittelt.

Lily und ihre Mutter tauschten einen verwunderten Blick. Drinks mitten am Tag? Noch dazu Sherry! Hatten Kevin und Alice überhaupt welchen im Haus?

»Nein danke«, sagte Greta.

Wieder wurde es still. Kevin bot keinem der anderen Gäste Sherry an. Offenbar hatte er die Idee aufgegeben.

»Ich habe Greta gesagt, dass wir auf dem Heimweg einen Schlenker in die Innenstadt machen sollten, damit sie sich Harborplace ansehen kann«, sagte David.

»Ja, Harborplace musst du ihr unbedingt zeigen!«, stimmte ihm Mercy zu. Dann wandte sie sich an Greta und sagte »Baltimore ist *sehr* stolz darauf«, obwohl Lily wusste, dass Mercy Harborplace nur für eine bessere Einkaufsmall hielt.

»Da gibts am vierten Juli immer ein Feuerwerk«,

rief Robby-Girl dazwischen, und beide Jungs nickten begeistert.

Emily beugte sich ein paar Zentimeter vor und fügte ihr Puzzleteil säuberlich zwischen zwei lange Streifen Himmel ein.

»Ich weiß nicht, ob es so schlau ist, an einem Feiertag in den Harborplace-Verkehr zu geraten«, sagte Morris zu David.

»Ach, wir probieren es einfach.«

Irgendetwas an David war anders, fand Lily. Er wirkte entspannter als sonst und hatte offenbar ein paar Pfunde zugelegt. Er war immer sehr schlank gewesen.

Alice trat in die Esszimmertür und verkündete: »Es ist angerichtet.«

Sofort lockerte sich die Stimmung, Erleichterung machte sich breit. Alle standen auf und gingen zum Tisch. Erst jetzt bemerkte Lily, dass Greta leicht hinkte. Sobald sie den rechten Fuß aufgesetzt hatte, stockte sie kurz, was sie noch älter wirken ließ, als sie ohnehin war – nicht nur zu alt für David, sondern auch für ein so kleines Kind. Um ehrlich zu sein, wurde Lily nicht schlau aus der Frau.

Der Lammbraten lag vor Kevins Platz am Kopfende des Tisches auf einer mit Petersilie und kleinen, paprikaähnlichen roten Dingern garnierten Platte. Dahinter drängten sich die Beilagen mitsamt Lilys Salat. »Greta, Sie sitzen rechts von Kevin, Mom, du links von ihm«, sagte Alice.

»Wahrscheinlich habe ich mir genau deshalb nie etwas aus Ostern gemacht«, sagte Mercy, während sie die in der Tischmitte aufgereihten Hyazinthen betrachtete. »Rosa und Lavendelblau – wer hat sich *diese* Kombination ausgedacht?«

Alice kämpfte sich mühsam voran. »Emily, dein Platz ist ganz unten am Tisch neben Eddie.«

»Habe ich eine Wahl?«, fragte Emily leise. Ihr Ton war kühl. Sie hatte die Frage an ihre Mutter gerichtet, der sie unverwandt ins Gesicht sah.

»Nein, du hast keine Wahl«, antwortete Greta entschieden.

Alice sagte: »Greta, wenn Sie Emily lieber neben sich hätten –«

Doch Greta erwiderte »Das ist schon in Ordnung so«, und Emily setzte sich neben Eddie und faltete die Hände im Schoß.

Lily überlegte, ob sie jemals ein Kind »Habe ich eine Wahl?« hatte sagen hören.

Ihr Sohn hätte »Muss ich?« gesagt.

Ihr selbst wurde der Stuhl neben Robby zugewiesen. Ohne dass er es bemerkte, konnte sie ihren Arm leicht an seinen Sweatshirt-Ärmel drücken. Er lachte gerade über eine Geschichte, die Robby-Girl zum Besten gab. Die Kinder saßen zusammen unten am Tisch und plapperten angeregt durcheinander. Nur Emily schwieg und sah zu. Robby-Girl erzählte von ihrer wahnsinnig dicken Musiklehrerin. Warum fanden Kinder Fettleibigkeit immer so lustig?

Die meisten Kinder zumindest. Emily nicht.

Lilys Vater schüttelte seine Serviette auf, die flügelartig gefaltet auf dem Tisch gestanden hatte. »Was hat sie da gekocht? Roastbeef?«, fragte er Lily flüsternd.

»Lamm.«

»Hm.«

Für Robin war sogar Lamm exotisch.

Weil sie an derselben Tischseite saßen, konnte Lily Greta während des Essens nicht weiter beobachten. Dafür hatte sie gute Sicht auf David schräg gegenüber von ihr und stellte fest, dass er ständig zu Greta hinsah, auch als ihm Morris seine Einschätzung des derzeitigen Immobilienmarkts darlegte. Wenn Greta über eine von Kevins Bemerkungen lachte, entspannte sich Davids Miene. Ihm lag offenbar sehr an ihrem Wohlbefinden.

Ausgeschlossen, dass Greta nur eine Freundin war.

Andererseits erfolgten keine Ankündigungen, die es erforderlich gemacht hätten, mit Champagner anzustoßen. In den meisten Gesprächen brachte man sich gegenseitig auf den neuesten Stand: Kevin berichtete von seinem Vorhaben, in der Nähe von Towson ein Einkaufszentrum zu planen, Mercy tat kund, dass das Koffee Kafé sich bereit erklärt hatte, vier Bilder von ihr auszustellen. »Mom porträtiert nämlich Häuser«, erklärte David Greta, denn die meisten Neuigkeiten wurden Gretas wegen erzählt. Das Ganze war gewissermaßen eine »Schau, das sind wir«-Darbietung. In regelmäßigen Abständen stellte sich allerdings auch, leicht variiert, die Frage: »Und wer bist du?«. »Sagen Sie, Greta«, fragte Alice und setzte einen aufmerksamen Gesichtsausdruck auf, »waren Sie schon immer Schulkrankenschwester?«, und Greta antwortete ebenso aufmerksam und zuvorkommend: »Nein, bis zu Emilys Geburt war ich in einer Notaufnahme tätig.«

»Mit einem kleinen Kind sind die Arbeitszeiten in einer Notaufnahme wahrscheinlich gar nicht vereinbar«, erwiderte Alice.

»Ja, sehr schwierig.«

Nach einer Pause sagte Alice: »Und Emilys Vater ist –?«

»Wir sind geschieden.«

»Ah ja.«

Wieder entstand eine Pause.

»David, fährst du eigentlich noch immer diesen VW?«, fragte Morris mit lauter Stimme.

»Und ob!«, sagte David. »Der fährt hoffentlich ewig.«

»Da beneide ich dich, muss ich sagen«, erwiderte Morris. »Ich würde mir am liebsten auch sofort einen Käfer kaufen. Wäre aber gegen die Unternehmensrichtlinien. Ich arbeite in der Immobilienbranche«, fügte er an Greta gewandt hinzu. »Wir brauchen große Wagen, damit wir die Kunden herumfahren können.« Und schon waren sie wieder beim »Schau, das sind wir« angelangt.

David seinerseits erzählte von dem Stück, das er für die Abschlussfeier geschrieben hatte und das seine Schüler gerade probten. Und Robin sagte (als Antwort auf eine Frage von David), nein, er werde so bald nicht in Rente gehen. »Jetzt, wo ich Lily habe, arbeite ich sowieso kaum noch. Lily ist meine Geschäftsführerin«, erklärte er Greta.

»Wie schön«, erwiderte Greta.

Lily fürchtete, dieses Essen würde niemals enden.

★

Mercys Eis war Schokoladeneis. Die Zwei-Liter-Packung einer Eigenmarke. Als hätte sie sich bewusst für den langweiligsten Nachtisch entschieden, der ihr eingefallen war. Sie gab das sogar unverblümt zu. »Ihr mögt ja keine aufwendigen Desserts«, sagte sie, als Alice das Eis austeilte.

Alice schnaubte sarkastisch auf. »Nei-hei-hein, Mom, das stimmt nicht. Wir haben nur eher einen … Durchschnittsgeschmack.«

»Ja eben«, sagte Mercy. Dann teilte sie Greta mit: »Ich habe vor meiner Ehe einen Backkurs gemacht, Schwerpunkt französische Patisserie.«

»Wirklich!«, rief Greta artig.

»War aber alles umsonst.«

»Das glaube ich nicht.«

Die Kinder schaufelten bereits Schokoeis in sich hinein. Nur Emily nicht. Sie hatte ihr Essen kaum angerührt und lauschte nun dem Geplapper der anderen Kinder, wobei sie mit angedeutetem Lächeln von einem Gesicht zum anderen sah. Im Vergleich mit ihr wirkte Lilys Robby wie ein Ausbund an Kontaktfreudigkeit.

Als Alice vorschlug, für den Kaffee ins Wohnzimmer zu wechseln, stand Lily auf und begann das Geschirr abzuräumen, doch Alice sagte: »Ich mach das schon.« Greta dagegen erhob sich und humpelte aus dem Raum, wobei sie nicht einmal so tat, als wollte sie mithelfen, was allgemein registriert wurde. Das heißt, zumindest Lily und Alice registrierten es und tauschten einen kurzen Blick, ohne das Gesicht zu verziehen.

Im Wohnzimmer ließ sich Robin aufs Sofa fallen und sagte: »Ich weiß gar nicht, ob ich mich nach dem vielen Essen hin*setzen* oder hin*legen* soll.« David und Greta blieben stehen. »Wir machen uns jetzt besser auf den Weg«, sagte er zu Alice.

»Was? Jetzt schon? Ihr habt noch nicht mal Kaffee getrunken.«

»Wir haben eine lange Fahrt vor uns, und wenn wir noch bei Harborplace vorbeischauen wollen …«

Auch die anderen hatten sich hingesetzt – erwartungsgemäß jeweils auf denselben Platz wie zuvor –, doch jetzt standen sie wieder auf und liefen unschlüssig im Zimmer umher. »Emily, wir fahren«, sagte Greta. Emily, die sich wieder vor dem Puzzle niedergelassen hatte, sprang sofort auf und stellte sich dicht neben ihre Mutter. »Bedankst du dich?«, bat Greta.

»Danke für mein Mittagessen«, sagte Emily in routiniertem Leierton.

»Aber gerne doch«, erwiderte Alice.

»Es war sehr nett bei Ihnen«, sagte Greta förmlich. Dann sah sie David an, und er sagte: »Ja, wirklich tolles Essen, Alice! War schön, euch alle wiederzusehen.« Er winkte den anderen zu, drehte sich um und ging in die Diele. Kevin lief hinterher, um die Mäntel zu holen.

Zugegeben, sie waren keine besonders berührungsfreudige Familie, aber normalerweise hätte David zumindest seine Mutter und seine Schwestern zum Abschied umarmt und seinen Schwägern auf den Rücken geklopft.

Das lag an Greta, dachte Lily. Ihr war bewusst, dass sie vorschnell urteilte, doch ihrem Gefühl nach stand David unter Gretas Fuchtel.

Was sie natürlich nicht offen aussprach. Nachdem sich die Tür hinter den dreien geschlossen hatte, sagte sie einfach nur »Tja!«, und zwar genau in dem Moment, in dem Kevin, der aus der Diele ins Wohnzimmer trat, »So!« sagte und sich energisch die Hände rieb.

»Das war wirklich interessant«, sagte Alice.

Worauf Morris, der gutmütige Morris, erwiderte:

»Ist doch großartig, dass er jemanden gefunden hat! Und wie höflich das kleine Mädchen war!«

Alle sahen ihn an, sogar Robin.

Alice ging in die Küche, um den Kaffee zu holen, und Lily folgte ihr, um die Tassen zu tragen. Als sie zurückkehrten, hatten die anderen die Sprache wiedergefunden. »Wie alt ist diese Greta eigentlich?«, fragte Kevin, und Robby-Girl blickte vom Puzzle auf und sagte: »Ich fand Emily irgendwie komisch. Ihr auch?«

»Also bitte!«, rief Morris.

Mercy sagte: »Ich will nicht an Greta und Emily herummäkeln, schließlich kennen wir sie überhaupt nicht. Wir haben so gut wie nichts über sie erfahren. Und warum? Wegen David. Das ist so typisch! Warum ist er immer so reserviert? Ist er wegen irgendwas sauer auf uns?«

»Er ist sauer wegen dem Klempner-Sommer«, warf Robin ein.

»Wie bitte?«, sagte Morris, doch die anderen reagierten nicht. Sie kannten die Geschichte.

»Das war der Sommer nach seinem Highschool-Abschluss«, erzählte Robin seinem Schwiegersohn. »Vor dem College. Er wollte bei einer Theatergruppe in der Innenstadt mitmachen, aber ich fand, er sollte sich einen bezahlten Job besorgen, schließlich war das College nicht billig. Gut, wir konnten die Studiengebühren aufbringen, weil Mercy etwas von ihrem Vater geerbt hatte, aber mir ging es ums

Prinzip, verstehst du? Ich meine, den ganzen Sommer Larifari mit irgendwelchen Theaterfritzen, als wäre er ein Bonzenkind, und im Herbst sorgenfrei ans College, wo alles bezahlt wird! ›Nichts da!‹, habe ich gesagt. ›Du wirst diesen Sommer deinen Beitrag leisten und dir einen Job suchen, bei dem zumindest das Geld für deine persönlichen Ausgaben rausspringt.‹ Und dazu stehe ich bis heute. Wie hätte er sonst jemals lernen sollen, wie die Welt da draußen funktioniert?«

»Da ist was dran«, sagte Morris.

»Ich habe ihm einen Job bei einem Freund von mir besorgt, einem Klempner. Einen *richtigen* Job wohlgemerkt, Rohre verlegen, Gräben ausheben, schuften wie jeder andere normale Mensch auch. Und er hats gemacht, er hats durchgezogen. Aber die ganze Zeit so getan, als wäre das eine Riesenzumutung. Hat kaum noch mit mir geredet, auf meine Fragen nicht reagiert. ›Wie wars heute auf der Arbeit?‹, hab ich gefragt, und er antwortet nur: ›Wie solls schon gewesen sein?‹«

»Und? Wie *sollte* es deiner Ansicht nach gewesen sein?«, fragte Mercy. Sie saß im Schaukelstuhl an der Wand gegenüber dem Sofa und schaukelte so heftig nach vorn, dass ihre Tasse an die Untertasse schlug. »Was hätte er deiner Meinung nach antworten sollen?«

»Im September«, fuhr Robin fort, als hätte er Mercy nicht gehört, »ging er aufs College, und blieb bis

Weihnachten dort und dann wieder bis zu den Frühlingsferien. In den Ferien habe ich ihn gefragt ›Was willst du diesen Sommer machen, wenn das College-Jahr vorbei ist?‹, und er hat geantwortet ›Nicht nochmal als Klempner arbeiten, so viel steht fest.‹ Nach den Prüfungen ist er einfach in Islington geblieben, hat da als irgendwas an einem Theater gearbeitet und ist bis zum Beginn des zweiten College-Jahrs kein einziges Mal nach Hause gekommen. Ist überhaupt nie wieder länger als ein paar Tage hier gewesen.«

»Das stimmt nicht«, wandte Mercy ein. »Über Weihnachten war er länger hier. Da ist er immer eine ganze Woche geblieben.«

Robin sah Morris mit hochgezogenen Brauen an, wie um zu sagen: Na bitte!

»Tja, der eine eignet sich für einen bestimmten Job, der andere nicht«, gab Morris zu bedenken.

»Glaubst du, Paul Dee hat nichts lieber gemacht, als Rohre zu reinigen?«, fragte Robin.

»Wer?«

»Der Kumpel, zu dem ich ihn geschickt habe. Glaubst du, der war versessen darauf, in den Keller fremder Leute zu gehen und durchs aufgestaute Abwasser zu waten?«

»Aber er hätte auch, sagen wir, in einer Buchhandlung arbeiten können –«

»Paul Dee? Ich weiß nicht mal, ob der überhaupt lesen konnte.«

Das brachte die anderen zum Lachen, doch Morris

ließ nicht locker. »Ich spreche von David«, sagte er zu Robin. »David hätte vielleicht einen geeigneteren Job gefunden. Ich will nur sagen, dass nicht jeder für jede Arbeit gemacht ist.«

»Aha?«

»Einer, der mit mir auf der Highschool war, ist beispielsweise Baumschneider geworden. In zwölf Metern Höhe bei Wind und Wetter von Ast zu Ast. Einmal habe ich ihn gefragt ›Richie, wie hältst du das aus?‹, und er hat geantwortet: ›Soll das ein Witz sein? Ich bin jeden Tag an der frischen Luft! Ich rackere mich nicht im Büro ab oder krieche irgendeinem Trottel in den Arsch, damit er mir ein Haus abkauft. Wie hältst *du* das aus, frage ich mich!‹«

»Ich wollte David einfach beibringen, dass man als Mann auch mal die Zähne zusammenbeißen und tun muss, was nötig ist«, erwiderte Robin. »Und zwar auch dann, wenn es nicht ›passt‹, wie es so schön heißt, und wenn er nicht der ›Typ‹ dafür ist. Dass man auch mal *gegen* den eigenen Typ anarbeiten und sich fürs Weitermachen entscheiden muss.«

»Verstehe«, sagte Morris.

»War das falsch? Kann man das anders sehen?«

Die Frage schien an alle im Raum gerichtet, doch nur Morris reagierte darauf und sagte sanft: »Nein, nein, ich verstehe schon.« Die anderen schwiegen.

*

»*Ich* glaube nicht, dass David wegen dem Klempner-Job sauer ist«, sagte Alice zu Lily, als sie am Abend telefonierten. »Schon allein der Ausdruck ›Klempner-Sommer‹. Er macht sich darüber lustig, tut es ab. Klar, er hat den Job gehasst, aber er hat überlebt. Drei Monate hält man alles aus. Nein, ich glaube, es hat mit Mom zu tun. Weil sie ausgezogen ist.«

»Da war David längst aus dem Haus«, erwiderte Lily. »Ihm konnte völlig egal sein, wo sie gewohnt hat.«

»Es heißt, wenn Eltern sofort nach dem Auszug des Kinds die Scheidung einreichen, ist das für das Kind genauso traumatisch, wie wenn es früher passiert wäre – vielleicht sogar schlimmer. Das Kind glaubt nämlich, es sei schuld, weil es weggegangen ist.«

»Das ist Quatsch«, erwiderte Lily. »Erstens sind Mom und Dad nicht geschieden, und zweitens bin ich mir nicht mal sicher, ob David überhaupt weiß, dass sie ausgezogen ist, auch wenn das schon Jahre her ist. Schließlich kommt er fast nie nach Hause. Und außerdem, seien wir ehrlich, ist er wahnsinnig ichbezogen.«

»Ichbezogen?«

Es war klar, dass das bei Alice nicht gut ankam, sie hatte schon immer eine besondere Schwäche für David gehabt. Sie war die typische wichtigtuerische große Schwester gewesen, die sich wie eine zweite Mutter benahm, fast wie eine *Konkurrentin* der Mutter, während Lily den acht Jahre jüngeren Bruder eher als lästig empfunden hatte.

»Damals ichbezogen und bis heute ichbezogen«, sagte Lily. »Maulfaul, verschlossen … Hat er uns jemals auch nur ansatzweise von seinen Freunden erzählt oder von seinen Freundinnen?«

»Er ist eben ein Mann«, entgegnete Alice. »Männer quatschen nicht gern.«

»Auch nicht, wenn sie noch klein sind? Robby quatscht gern.«

»David auch, als er klein war«, sagte Alice. »Weißt du noch?« In ihrer Stimme schwang ein Lächeln mit. »Dieser Mäusewitz, den er so toll fand?«

»Nein.«

»Begegnen sich eine Maus und ein Elefant im Urwald. Die Maus schaut zum Elefanten hoch und sagt ›Puh, bist du groß!‹« (Alice gab die Maus mit Piepsstimme wieder.) »Und der Elefant sagt« – mit dröhnender Stimme – ›Puh, bist du klein!‹ Daraufhin sagt die Maus« – wieder piepsig – ›Na ja, ich war krank.‹«

Es blieb still in der Leitung.

»Kapierst dus?«, fragte Alice.

»Ja, natürlich«, sagte Lily, »aber –«

»Er hat sich immer halbtot gelacht, wenn er den Witz erzählt hat, und er hat ihn oft erzählt und praktisch jedem. Überleg doch mal: Die Pointe besteht in der faulen, egoistischen Ausrede, die die kleine Maus liefert. Findest du es nicht erstaunlich, dass ein Fünfjähriger das versteht?«

»Er war fünf?«, fragte Lily.

»Er war fünf. Noch in der Vorschule.«

»Was willst du damit sagen? Dass er jetzt versteht, dass seine Familie es nicht wert ist, über sein Leben informiert zu werden?«

»Nei-hei-hein, Lily!«

»Dass er versteht, dass eine geschiedene Frau, viel älter als er, die Richtige zum Heiraten ist?«

»Von Heiraten hat er kein Wort gesagt!«

»Glaubst du wirklich, dass Greta nur eine Freundin ist?«

»Wer weiß? Vielleicht ist sie nur eine Freundin«, erwiderte Alice.

Dann wechselte sie das Thema und stellte Mercys mitgebrachtes Dessert zur Debatte.

*

Weder Lily noch Morris war es eingefallen, Robby nach *seiner* Meinung über Greta zu fragen, doch am nächsten Abend fragte er beim Essen: »Mama, heiraten Emilys Mutter und Onkel David?«

»Das wissen wir nicht, mein Schatz«, antwortete Lily. »Wie kommst du darauf?«

»Weil Daddy gesagt hat, dass sie die Freundin von Onkel David ist, aber Emily hat gesagt, dass das nicht stimmt.«

»Wirklich?« Lily und Morris warfen sich einen Blick zu. »Na dann.«

»Emily hat nämlich schon einen Dad, in Minnesota.«

»Ach so«, sagte Lily.

»An Weihnachten ist sie zu ihm geflogen, ganz allein.«

»Aha.«

Robby ließ seinen Löffel Kartoffelpüree gedankenverloren mit der Mulde nach unten über die Zunge gleiten. »Als ihr geheiratet habt, hat deine Familie da auch den Erwählten abgesegnet?«

Lily lachte, aber vor allem, weil sie überrascht war. Man konnte nie wissen, was in Robbys Kopf hängen blieb. »Ja, natürlich. Zuerst hat Tante Alice ihn kennengelernt und dann Pop-Pop und Grandmom, und alle haben ihn geliebt.«

»So weit würde ich nicht gehen«, widersprach Morris und nahm sich ein Brötchen. »Das Gespräch mit Pop-Pop war ziemlich schwierig«, sagte er zu Robby. »Du kannst dir nicht vorstellen, wie nervös ich war.«

»Über was habt ihr geredet?«

»Äh …«

»Über Dächer«, warf Lily ein.

»Hä?«, sagte Morris.

»Ihr habt darüber gesprochen, ob wir unser Dach mit Schieferschindeln decken sollen oder nicht.«

»Nein, das war erst später.« Morris wandte sich

wieder an Robby. »Als Erstes habe ich deinem Pop-Pop erklärt, wie ernst es mir mit deiner Mom war, und ihm von unserer ersten Begegnung erzählt. Das war, als sie mit diesem Hausbriefkasten in der Arbeit auftauchte, mit einem richtigen schwarz-weiß gesprenkelten Briefkasten. Sie hat ihn auf ihren Schreibtisch gestellt, aufgesperrt und einen kleinen Tiegel Handcreme, einen winzigen Kaktus im Blumentopf und ein gerahmtes Foto von ihrer Katze herausgeholt. Die Katze war übrigens schon gestorben. Ein Foto von ihrer *toten* Katze –«

»Also wirklich, Morris!«, sagte Lily, und Robby fragte im selben Moment: ›Warum ist sie gestorben?«

»Sie war schon sehr alt«, erwiderte Lily.

»War sie auf dem Foto tot?«

»Nein! Was glaubst *du* denn!«

»Als Pop-Pop das gehört hatte«, fuhr Morris fort, »sagte er ›Na gut, meinetwegen.‹ Er hob die Hände, als gäbe er sich geschlagen. »Dann heiratet in Gottes Namen.«

»Ha! Du hast gewonnen, Daddy!«, rief Robby.

»Kann man wohl sagen«, sagte Morris, und Lily und er lächelten sich über den Tisch hinweg zu.

Seine Version der Geschichte wies große Lücken auf. Er hatte beispielsweise ausgelassen, dass er Lily nach der ersten Begegnung monatelang hinterhergeschmachtet und sich damit im ganzen Büro zum Affen gemacht hatte, weil sie es ignorierte. Die gelegentlichen Gespräche mit ihr, zu denen es nach und nach in der Kantine gekommen war, hatte er ebenso wenig erwähnt, wie die mit der Zeit in Lily wachsende Erkenntnis, dass er ein sehr liebenswerter Mann war, ein sehr freundlicher, wirklich sympathischer Mann. Aber eben nicht ihr Typ. Bis er plötzlich doch ihr Typ gewesen war.

Als der Verdacht in ihr aufkam, sie könnte schwanger sein, war sie in Panik geraten. Ihr jahrelanges riskantes Verhalten hatte auf der Annahme beruht, es würde schon irgendwie gutgehen, doch das erwies sich als Irrtum. Die Sache war unumkehrbar; sie war real. Eine richtige, echte Schwangerschaft zur Zeit des Abtreibungsverbots. Der Mann war in mehr als festen Händen – in einer Ehe, die wie viele langjährige Ehen kinderloser Paare *unzerstörbar* war, das hatte sie gleich gespürt. Deshalb hatte sie ihm die Neuigkeit nicht in Form einer Frage, sondern als Aussage mitgeteilt: »Ich bin schwanger, aber von dir erwarte ich nichts. Das stehe ich ganz allein durch.«

Kurz zuvor war Lily gefeuert worden (ein kleines Problem mit chronischer Unpünktlichkeit), und sie hatte nicht die geringste Ahnung, wie sie zu Geld kommen sollte. Doch sie schob das Problem vor sich her. Irgendetwas würde sich schon ergeben.

Eines Nachts wurde sie von der Türklingel aus dem Schlaf gerissen. Sie stolperte in die Diele, spähte durch den Spion und sah Morris' kreidebleiches, starres Gesicht hinter den eulenhaften Brillengläsern.

Als sie öffnete, sagte er »Ich muss zu dir, es geht nicht anders«, trat ein und stellte ein absurd kleines Vinylköfferchen auf den Boden. »Bitte schick mich nicht weg.«

Dieses »Bitte« rührte ihr Herz. Sie hätte ihn aber auch so nicht wieder weggeschickt.

Sie wusste, dass sich ihre Familie über ihn lustig machte oder ihn zumindest seltsam fand. Er kam spießig und viel zu ernst rüber, erzählte Filmhandlungen lang und breit, und wenn ihm ein Wort nicht einfiel, füllte er die Pause mit einem leisen Brummton. Außerdem würde er bald einen dieser wie angeklebt wirkenden Bäuche haben, wenn er nicht bald wesentlich weniger Brötchen aß. Garantiert dachte ihre Familie: Was für ein Kontrast zu ihren früheren Männern! Zu den coolen, attraktiven, kantigen Männern, die ihr immer gefallen hatten. (B.J. in seiner Motorradjacke, so lässig und galant, bis sie verheiratet waren und er sie auf einmal als Klotz am Bein ansah.) Doch solche Männer reizten sie überhaupt nicht mehr. Die drei Monate Terror hatten sie ernüchtert – hatten sie in ihren Grundfesten erschüttert –, und sie schwor sich, nie wieder so verletzlich zu sein.

Morris nickte plötzlich wie zu sich selbst, als wäre ihm eine Erkenntnis gekommen. »Weißt du«, sagte er zu Lily, »vielleicht war Greta gestern genauso nervös wie ich damals im Gespräch mit deinem Dad. Vielleicht gehört sie zu den Menschen, die eher kühl wirken, wenn sie unsicher sind, und sie wird uns sympathischer, sobald sie uns besser kennenlernt und sich akzeptiert fühlt.«

»Ach, mein Schatz, du bist so ein Lieber«, sagte Lily.

Sie griff über den Tisch und legte ihre Hand kurz auf seine.

»Also, *ich* würde Greta absegnen«, sagte Robby.

»Wirklich?«, fragte Morris.

»Dann könnte Emily meine Freundin sein.«

»Ah, Emily.« Morris gluckste. »Aber Emily könnte auch deine Freundin sein, wenn sie *nicht* heiraten.«

»Ja?«

»Natürlich«, sagte Morris, und Robby erwiderte »Gut« und stieß den Löffel ins Kartoffelpüree.

★

Aber sie heirateten tatsächlich.

Alice überbrachte die Nachricht. Sie meldete sich am Freitagabend, als sich Lily, Morris und Robby gerade *Der Unglaubliche Hulk* im Fernsehen ansahen. Lily sagte »Hallo?«, und Alice sagte: »Also, sie haben geheiratet.«

»Was?«

»David und Greta. Sie haben geheiratet.«

»Ach du lieber Gott«, murmelte Lily, und Morris

blickte sie fragend an. »Ich gehe an den anderen Apparat«, sagte sie zu Alice, reichte Morris den Hörer und lief zum Telefon in der Küche. »Da bin ich.« Als sie Morris auflegen hörte, fügte sie hinzu: »Jetzt mal von Anfang an.«

»Es gibt nicht viel zu erzählen«, sagte Alice. »Von Greta kam ein Dankeschön-Brief, in dem sie schreibt – warte kurz …« Am anderen Ende der Leitung raschelte es. »Sie schreibt ›Liebe Alice, danke für das köstliche Osteressen. Es war schön, euch alle kennenzulernen.‹ Neuer Absatz. ›David und ich möchten euch mitteilen, dass wir gestern nach Schulschluss geheiratet haben. Nur Emily war dabei, wir wollten keinen Rummel. Hoffentlich wünscht ihr uns Glück. Mit herzlichen Grüßen Greta Thornton Garrett.‹«

»Das ist alles?«

»Das ist alles.«

Nach einer kurzen Pause sagte Lily: »Gut, sie haben das Recht, so zu heiraten, wie sie wollen.«

»Ohne jede Vorwarnung, ohne Ankündigung. Hatten sie Angst, wir würden die Hochzeit sprengen? Und wer teilt es uns mit? Greta! Nicht David, nein, *Greta*! Ich fühle mich gerade, als hätte ich von seinem Tod erfahren.«

»Alice!«

»Mom und Dad habe ich es noch gar nicht gesagt. Nicht mal Kevin. Als wäre es nicht passiert, solange ich es keinem erzähle.«

»Hast du David angerufen?«

»David?«

»Hast du ihm gratuliert?«

»Bist du *wahnsinnig*? Lily, ich weiß, dass dir das nicht so nahegeht wie mir. Du warst immer eifersüchtig auf ihn, weil du die Jüngste warst, bis er kam. Aber verstehst du nicht, wie sehr er mich damit kränkt? Ich glaube, zwischen uns wird es nie wieder so sein wie zuvor.«

»Ich war nicht eifersüchtig!«

»Oh nein, jetzt wird sie auch noch zickig«, sagte Alice, den Blick zweifellos zur Decke gerichtet.

»Ich hatte *überhaupt* nichts dagegen, dass er der Jüngste war. Alice, erinnerst du dich, was Morris gesagt hat? Wir sollten uns freuen, dass David jemanden gefunden hat.«

»Eine Geschiedene, die dreimal so alt ist wie er und es praktisch nicht für nötig hielt, mit uns zu reden?«

Lily begann zu lachen.

»Was ist?«, fragte Alice.

»Wenn man dir zuhört, könnte man meinen, die Arme stünde mit einem Fuß im Grab. *So* alt ist sie nun auch wieder nicht.«

»Sie ist uralt. Und woher sie kommt, weiß auch keiner.«

»Aus Minnesota.«

»Und ihre Geschichte? Was hat sie denn hierher verschlagen?«

»Ihre Ehe war aus irgendeinem Grund unglücklich, sie hat sich scheiden lassen und ist mit ihrer Tochter in den Osten gezogen. Punkt. Wo liegt das Problem?«

»Das sagst du nur, um toleranter dazustehen als ich.«

»Ich *bin* toleranter als du.«

»*Mir* geht es darum, ob David glücklich ist.«

»Ich sage ja nur, dass Morris glaubt –«

»Morris glaubt, dass unsere Familie kleinkariert und unfreundlich und voreingenommen ist, ich weiß. Das hat er oft genug betont.«

»Nein«, entgegnete Lily. »Morris glaubt, dass sich Greta vielleicht so verhalten hat, weil sie nervös war, und dass wir sie erst mit der Zeit schätzen lernen.«

Und sie fügte hinzu: »*Wenn* du meine Sätze schon unbedingt vervollständigen musst, dann bitte *richtig*!«

Sie knallte den Hörer auf die Gabel, strich sich das Haar glatt, steckte ihr T-Shirt in die Jeans und ging zurück ins Fernsehzimmer.

*

Sie erzählte es Morris erst in der nächsten Werbepause. »Rate mal, was Alice zu berichten hatte.«

»Dass sie Kevin verlässt?«, fragte Morris.

»Nein, du Knallkopf.«

»Dass sie in ein Reihenhaus in Govans ziehen?«

»Sehr witzig.«

»Sch!«, sagte Robby, der sogar die Werbespots gespannt verfolgte.

»David und Greta haben geheiratet.«

Robby drehte abrupt den Kopf und starrte sie an. Morris sagte: »Wirklich?«

»Greta hat sich bei Alice schriftlich bedankt und es ganz nebenbei erwähnt.«

»Warum haben sie uns nicht eingeladen?«, jammerte Robby.

»Es war offenbar keine richtige Hochzeitsfeier. Trotzdem«, sagte sie zu Morris, »dass sie heiraten, müssen sie schon bei ihrem Besuch an Ostern gewusst haben. Warum haben sie es uns damals nicht wenigstens mitgeteilt?«

»Wahrscheinlich wollten sie sich eine Szene ersparen.«

»Wir hätten keine Szene gemacht.«

»Stimmt. Aber vielleicht wollte David verhindern, dass einer von euch etwas … Abweisendes sagt.«

»Wir waren ganz und gar nicht abweisend! Wir hatten sogar schon Champagner kaltgestellt!«

»Ist das wahr?«, fragte Morris verblüfft.

»Wir sind schließlich nicht aus Stein.«

»Hey, ihr!«, rief Robby, denn Hulk war auf den Bildschirm zurückgekehrt.

Lily stand auf und ging in die Küche. Nach dem Fernsehgeplärre war die Stille eine Wohltat. Sie setzte sich an den Tisch und griff nach dem Adressbuch, das an einer Schnur vom Wandtelefon herabhing.

Sagte es nicht bereits alles, dass sie die Nummer ihres eigenen Bruders nicht auswendig wusste? Sie suchte sie heraus und wählte. Dann lehnte sie sich auf dem Stuhl zurück und lauschte dem Freiton.

Falls Greta abhob, würde sie sofort loslegen und sich im Cheerleaderton übertrieben begeistert geben. »Greta!«, würde sie rufen. »Hier spricht deine neue Schwester!« Nein, besser doch nicht, das würde etwas zu weit gehen. »Hallo, Greta! Ich freue mich so, dass ihr –«

Doch David hob ab. »Hallo?«, sagte er.

»Hi, David.«

»Hi, Lily.«

»Du hast also geheiratet.«

»Ja.«

»Na dann herzlichen Glückwunsch.«

»Danke.«

Sie spürte, dass er auf mehr wartete.

»Das war ja eine Überraschung!«, sagte Lily. »Ich habe es erst durch Alice erfahren.«

»Ich hätte es dir schon noch gesagt, aber ich wollte erst Mom und Dad schreiben.«

»Ach so. Na ja, ich wollte dich jedenfalls wissen lassen, dass ich mich für dich freue.«

»Danke dir.« Er schien noch immer auf etwas zu warten.

»Ich finde, dass Greta sehr nett ist«, sagte Lily nach einer Pause.

»Und wie!«, erwiderte David. »Sie ist wirklich unglaublich. Sie hatte kein einfaches Leben, weißt du. Ihre Eltern sind eingewandert und mussten sich mit wenig Geld durchschlagen, und als Kind hatte sie Polio. Und um ihr College-Studium zu finanzieren, hat sie als Kellnerin und Altenbetreuerin und als Tellerwäscherin in einem Diner gejobbt –«

Lily konnte sich nicht erinnern, wann sie David zuletzt so viel auf einmal hatte sagen hören. Es war ein Wortschwall, ein wahrer Redefluss. »Ihr Mann war ein ganz übler Kerl, ein Orthopäde. Er hat sie einen Monat nach Emilys Geburt für seine Sekretärin sitzengelassen, und jetzt hält er sich für den tollen Vater! Er will das alleinige Sorgerecht, dabei hat er sie anfangs gehasst und sie nicht mal eines Blickes ge–«

»Dabei ist Emily ein so liebes Kind«, sagte Lily.

»Sie ist mein Herzenskind.«

Lily war sprachlos.

»Sie ist ein so – weißt du, sie ist kein gewöhnliches Kind. Ich beobachte sie so gern beim Denken! Lily, mir ist nie im Leben auch nur ein einziges Mal die Idee gekommen, irgendwann Kinder zu haben. Ich konnte mir einfach nicht vorstellen, dass ich jemals einen *Draht* zu Kindern finden würde. Aber als Emily über Weihnachten allein zu ihrem Vater fliegen musste, habe ich mir viel mehr Sorgen gemacht als Greta. Wir haben sie zum Flughafen gebracht, und ich sagte ›Emily, wenn jemand aufdringlich wird oder zu viel redet oder überhaupt, wenn dir etwas unangenehm ist, dann machst du – Pass auf‹, habe ich gesagt, ›du siehst dich jetzt hier um und suchst dir jemanden aus, den du um Hilfe bitten würdest. Jemanden, von dem du glaubst, dass du ihm vertrauen könntest.‹ Da hat Greta gelacht. ›Sie wird von einer eigenen Stewardess betreut, David‹, hat sie gesagt. ›An ihrem Mantel steckt ein Schildchen mit ihrem Namen und ihrer Adresse. Sie ist besser beschriftet als ein Päckchen. Es kann ihr nichts passieren!‹ Aber mittlerweile hatte sich Emily umgesehen, und sie sagt ›Hm. Also, ich weiß nicht. Vielleicht könnte ich dem da vertrauen?‹ und deutet ausgerechnet auf einen denkbar ungeeigneten Teenager, der mit seinem Walkman lässig durch die Halle schlendert. Ha!«

Lily konnte kaum glauben, dass es wirklich David war, der das erzählte. David spürte das offenbar, denn er verstummte abrupt und räusperte sich. »Puh, ich rede wie ein Wasserfall«, sagte er. Dann fügte er leiser hinzu: »Greta zieht mich noch immer damit auf. Als wir zum ersten Mal übers Heiraten sprachen, hat sie mich in die Rippen gestupst und gesagt ›Ganz ehrlich – bist du eher auf eine Ehefrau aus oder auf eine Tochter?‹ Und ich habe gesagt ›Auf beide! Ich will euch beide! Das Gesamtpaket!‹ Ich wollte eine Familie. Hätte ich nie gedacht, aber es ist so. Und ich werde es richtig gut machen, Lily, das weiß ich.«

»Natürlich wirst du es gut machen«, sagte Lily.

Sie hätte noch viel mehr sagen können. »Mensch, David, da bist du ja wieder!«, hätte sie sagen können. »Ich dachte, du wärst verschwunden!« Doch weil sie ihn nicht verschrecken wollte, sagte sie nur noch einmal, und diesmal ehrlich, dass sie sich sehr für ihn freue. Er bedankte sich wieder, sie verabschiedeten sich und legten auf. Danach blieb sie eine Weile sitzen und starrte vor sich hin.

Sie konnte sich beim besten Willen nicht an Davids Mäusewitz erinnern. Vielleicht hatte er ihn ihr nie erzählt, doch das erschien ihr eher unwahrscheinlich. Oder sie war als Dreizehnjährige zu sehr mit ihren eigenen Dingen beschäftigt gewesen und hatte nicht zugehört. Jedenfalls hatte es bei ihr nicht geklingelt, als Alice sie an den Witz erinnern wollte. Jetzt aber hörte sie deutlich, wie seine kleine Stimme die Pointe piepste. »Na ja, ich war krank!«, sagte er, und sein typisches, in Wellen ausgestoßenes Glucksen drang durch die Jahre zu ihr, aus einer längst vergangenen Zeit, in der sie noch eine Familie gewesen waren.

5

Der fünfzigste Hochzeitstag von Robin und Mercy fiel auf einen Donnerstag. Genau gesagt auf Donnerstag, den 5. Juli 1990. Robin empfand das zunächst als Pech. Wer feiert schon an einem Donnerstag! Noch dazu, wenn die Feier tagsüber stattfinden sollte. Und tagsüber stattfinden musste sie, weil kleine Kinder dabei sein würden.

Doch dann fand er die Lösung. Er würde eine Überraschungsfeier organisieren, und wenn er sie *vor* dem Hochzeitstag ansetzte – am Sonntag beispielsweise, denn sonntags waren alle zeitlich flexibel –, könnte die Überraschung gelingen.

Seinem Gefühl nach nahm die Sache allmählich Gestalt an.

Er begann mit Lily und besuchte sie auf der Arbeit. Theoretisch war er inzwischen im Ruhestand, schaute aber noch immer ziemlich oft im Geschäft vorbei, denn was hatte er sonst schon zu tun? An den meisten Tagen saß er lange beim Frühstück, trödelte danach ein bisschen herum, wurde jedoch bald unruhig. Dann ging er durchs Haus, erledigte kleinere Gartenarbeiten, mit denen er viel zu schnell fertig war, und plötzlich stand er vor dem Kühlschrank und schlang kalte Spaghetti direkt aus der Schüssel in sich hinein, obwohl er keinen Hunger hatte. (Seine Hosen wurden um den Bauch herum eng. Wer hätte gedacht, dass er eines Tages Speck ansetzen würde?) Zu guter Letzt tauchte er im Geschäft auf – bisschen herumschnüffeln, wie Lily es nannte. »Was hast du hier herumzuschnüffeln?«, fragte sie ihn, aber neckisch, im Scherz. »Du solltest zu Hause sein und die Füße hochlegen!«

»Ach, ich weiß auch nicht. Ich glaube, das Füße-Hochlegen ist nichts für mich«, erwiderte er.

Heute fand er sie im Büro. Sie saß an seinem Schreibtisch und hielt den Telefonhörer ans Ohr, war aber in einer Warteschleife. Das erkannte er daran, dass sie gelangweilt die Spiralschnur zwirbelte. (Und ja, für ihn war es noch immer »sein« Schreibtisch und noch immer ein kleiner Schock, eine Frau daran sitzen zu sehen, selbst eine so patente wie Lily mit ihrem glatten blonden Pferdeschwanz und den praktischen Khakihosen.)

Er klopfte an den Türrahmen und formte lautlos mit den Lippen »Störe ich?«. Lily wand ihre Finger aus der Telefonschnur, winkte ihm kurz zu und sagte in normaler Lautstärke: »Hi, Dad.«

»Ich habe etwas vor«, verkündete er.

»Was denn?«

»Eine Feier.«

»Eine Feier?«

»Ja, für deine Mom. Zu unserer Goldenen Hochzeit.«

»Also, ich – warte kurz«, sagte Lily, und in den Hörer hinein: »Was –?« Und dann »Hallo? Ja, am Apparat. Ja, Lily Drew, Sanitärhandel Wellington.«

Er zog sich zurück und ließ sie arbeiten. Schlenderte zu zwei Männern in gestreiften Overalls, die sich über eine ausziehbare Küchenbrause unterhielten. Weil sie ihn nicht beachteten, als er sich näherte, verkniff er sich seine Empfehlung und ging weiter zum nächsten Ausstellungsstück.

»Eine Feier zur Goldenen Hochzeit also«, sagte Lily, als sie nach ein paar Minuten aus dem Büro kam.

»Genau.«

»Und was hält Mom davon?«

»Sie weiß nichts, und ich will auch nicht, dass sie etwas erfährt. Es soll eine Überraschung werden.«

»O-o. Mom ist nicht unbedingt ein Mensch, der Überraschungen liebt.«

»Wenn ich es ihr vorher sage, glaubt sie, sie müsste mithelfen – das Haus putzen und kochen und so weiter. Das wäre viel zu anstrengend für sie. Außerdem ist sie vollauf mit ihrer Malerei beschäftigt.«

»Du könntest ihr sagen, dass es dir nicht darum

geht, dass sie mithilft. Erzähl ihr von der Feier, aber sag ihr, dass du die Sache allein in die Hand nimmst.«

»Dann hätte sie Angst, dass ich alles falsch mache.«

»Na ja …«

Er wusste, was Lily dachte. Für ihn war sie ein offenes Buch. Sie dachte, dass er wahrscheinlich alles falsch machen *würde*. »Ich hatte mir ein bisschen Beratung von deiner Schwester und dir erhofft«, sagte er. »Also, nicht in Bezug auf das Essen oder so – da habe ich meine eigenen Vorstellungen –, sondern dass ihr mir ein bisschen erklärt, wie so eine Goldene Hochzeit abläuft.«

»Aber die Gästeliste beispielsweise«, wandte Lily ein. »Da würde sie bestimmt ein Wörtchen mitreden wollen.«

»Die Gästeliste besteht aus unserer Familie. Dagegen wird sie wohl kaum etwas haben.«

»Ach so.«

»Ihr beide wisst bestimmt, um welche Tageszeit man so etwas macht, nur als Beispiel«, sagte er scheinbar ratlos. »Ich dachte an einen Sonntag – Sonntag, den ersten Juli –, aber soll es abends stattfinden? Man muss berücksichtigen, dass die Kleinen dabei sind.«

»Nein, nicht am Abend! Nicht wenn die Kinder mitkommen sollen!«

Er tat so, als würde er es sich durch den Kopf gehen lassen, und sagte nach kurzem Zögern: »Ja, du hast recht.«

»Am besten wäre ein frühes Mittagessen, dann könnte David mit seinen Leuten zurückfahren, bevor es dunkel wird. Wir können es bei uns machen, wenn du willst.«

»Nein, es findet bei uns statt«, sagte Robin.

»Bei euch. Okay.«

Schon hatte er sie. Es war ganz einfach gewesen.

*

Kein einziges seiner Kinder ahnte, dass Mercy nicht mehr zu Hause wohnte. Das war die größte Errungenschaft in Robins Leben.

Gut, sie wussten, dass sie es immer zuerst im Atelier versuchen mussten, wenn sie ihre Mutter erreichen wollten. Zumindest die Mädchen wussten das. (Ob David es wusste, war schwer zu sagen. Er war mit keinem groß in Kontakt.) Und wenn sie wegen irgendetwas bei Robin im Haus vorbeikamen, wunderte es niemanden, dass er allein war. Das ließ sich mit Mercys Arbeit erklären, mit ihrer Hingabe an die Arbeit. Künstler waren eben verrückt. Im positiven Sinn natürlich.

Seine größte Angst war, dass Mercy ihnen eines Tages unverhohlen die Wahrheit sagen könnte. Dass sie »Euer Vater und ich leben ja getrennt« sagen würde – als beiläufige Erwähnung, einfach so, ganz nebenher, als ginge sie davon aus, dass sie es längst wüssten. Das würde die Kinder fertigmachen. Sie wären am Boden zerstört. Er wurde fast schon wütend auf Mercy, wenn er nur daran dachte, obwohl sie in Wirklichkeit nie ein Wort zu dem Thema verlor. Es gab keinen Grund, wütend auf sie zu sein.

Seine Großtante hatte Mercy abgelehnt, ohne das je offen zu sagen. Sie hatte sich lediglich gegen die Ehe im Allgemeinen geäußert. »Ich will dich nur warnen«, hatte sie gesagt. »Meistens hasst man den anderen am Ende genau für *die* Eigenschaft am meisten, die einen erst dazu gebracht hat, ihn zu heiraten.«

Sie meinte Mercys »Oberklassengetue«, wie sie es nannte, aber dieses »Getue« war nicht der Grund, warum er Mercy heiraten wollte. Was interessierte ihn Klasse? Nein, es war Mercys stille Würde, die ihn angezogen hatte – ihre aufrechte Haltung und ihre Gelassenheit hinter der Theke. Sie war so anders als die klammernden, kichernden, ständig flirtenden Mädchen, denen er sonst begegnete. Wenn sich damals jemand mit Klassenfragen beschäftigte, dann Tante Alice, eine Frau, die Zeit ihres Lebens in einer Konservenfabrik gearbeitet hatte.

Mit vierzehn war er bei Tante Alice eingezogen, nachdem seine Mutter an Krebs gestorben war. Tante Alice sagte allerdings immer, sie sei an gebrochenem Herzen gestorben. »Ohne deinen Vater wäre sie heute gesund und munter.« Sein Vater, ein

Fernfahrer, hatte oben in New Jersey eine Frau kennengelernt und die Scheidung eingereicht, als Robin sechs gewesen war. »Scheidung« – ein Wort wie ein Messer, fand Robin; hart und scharf und böse, die Ursache des schier endlosen stummen, dumpfen Kummers seiner Mutter. Danach arbeitete sie als Änderungsschneiderin in einer Reinigung, doch in seiner Erinnerung sah er sie immer nur in sich zusammengesunken auf dem Wohnzimmersofa sitzen. Er räumte ein, dass es einige wenige Gründe gab, die eine Scheidung rechtfertigen konnten – körperliche Gewalt beispielsweise –, doch ansonsten war sie durch nichts zu entschuldigen. Ehepaare, die sich scheiden ließen, drückten sich vor der Verantwortung. Sie waren schlicht nicht erwachsen. Das hatte er auch zu Mercy gesagt, als er ihr den Antrag machte. »Eines sollst du wissen«, hatte er gesagt. »Falls du dir vorstellen kannst, dass wir uns jemals scheiden lassen, sag besser Nein.« Und sie hatte ihn wohlweislich ernst genommen, die Schultern gestrafft, ihm in die Augen gesehen und gesagt: »Ich verspreche dir, dass es nie dazu kommen wird, Robin.«

Doch welche *seiner* Eigenschaften hatte Mercy anziehend gefunden? Er wunderte sich noch heute, so viele Jahre später, dass sie ihn auch nur eines Blickes gewürdigt hatte. Er wusste, dass er nicht viel hermachte, er war klein gewachsen und im Umgang mit anderen unbeholfen, einer, der immer das Falsche tat und hinterher stundenlang über sich selbst den Kopf schüttelte. Beispielsweise rief ein Nachbar »Guten Tag!«, und er grüßte zurück und winkte auch noch wie ein Idiot, um gleich darauf festzustellen, dass der Mann jemand anderen gemeint hatte. Oder eine Kassiererin im Geschäft sagte »Guten Appetit!«, wenn Robin in die Mittagspause ging, und er erwiderte »Gleichfalls!«, zuckte aber sofort zusammen und schlug sich an die Stirn, denn *sie* ging ja nicht in die Pause, sondern war gerade vom Essen *zurückgekommen*, Herrgott noch mal!

Noch die banalste Konversation machte ihm Angst. Er hatte immer das Gefühl, seinen Einsatz zu verpassen. Und doch liebte Mercy ihn. Robin hatte nie gefragt, warum; womöglich sah sie ihren Fehler ein, wenn sie zu sehr darüber nachdachte. Seit dem Tag, an dem sie Ja gesagt hatte, behielt er den Gedanken im Herzen, polierte und hegte und pflegte ihn: Mercy liebt mich.

⋆

Alice rief an. »Ich habe gehört, du willst eure Goldene Hochzeit feiern.«

»Stimmt.« Er schob die Schüssel mit dem Chili beiseite und lehnte sich auf seinem Stuhl zurück. Alice rief immer gegen fünf Uhr nachmittags an, wenn er zu Abend aß, und leistete ihm dabei ein bisschen Gesellschaft. Allerdings tat Robin ungern zwei Dinge auf einmal, weshalb er das Essen unterbrach, bis Alice sich verabschiedet hatte. Aber davon wusste sie nichts.

»Ich wollte dir nur sagen, dass Überraschungspartys, ganz egal welcher Art, meiner Meinung nach nie, wirklich nie eine gute Idee sind«, sagte sie.

»Okay«, erwiderte er friedlich.

»Bitte sag Mom sofort, was du vorhast!«

»Nein, das mache ich nicht, meine Liebe.«

Am anderen Ende der Leitung herrschte Stille. Garantiert sah sie gerade zu Kevin und rollte dabei verzweifelt die Augen.

»Wenn, dann müssten *wir* das organisieren. Wir drei, eure Kinder«, sagte sie schließlich.

»Danke für das Angebot«, erwiderte er. (Obwohl es im Grunde kein Angebot gewesen war.) »Aber ich kriege das hin. Ich habe schon alles geplant.«

»Dad –«

»Um *einen* Gefallen wollte ich dich aber tatsächlich bitten«, sagte er beschwingt.

»Nämlich?«

»Könntest du David anrufen und dafür sorgen, dass er kommt? Um zwölf Uhr am Sonntag in einer Woche, das ist der erste Juli. Sag ihm, dass sie unbedingt kommen müssen. Du weißt am besten, wie man mit ihm reden muss.«

»Gut, aber vielleicht hat er schon etwas anderes vor.«

»Das ist egal. Sag ihm, es ist wichtig. Wenn sie möchten, können sie gern hier übernachten.«

»Das wird er nicht wollen.«

»Versuch es einfach, ja? Du weißt ihn zu nehmen.«

»Also …«, sagte Alice und dann: »Okay.«

Er gratulierte sich mit einem kleinen Lächeln.

»So, lass uns jetzt das Essen besprechen«, sagte Alice.

»Das habe ich mir schon überlegt.«

»Wie? Was soll es geben?«

»Alles unter Kontrolle«, beruhigte er sie.

»Aber ich kann etwas beisteuern, meine –«

»Ich schaffe das, danke. Bis bald!«

Er legte auf und zog die Schüssel mit dem Chili wieder zu sich heran.

⋆

Alle außer den beiden Robbys sagten zu. (Robby-Girl jobbte als Kinderbetreuerin in einem Sommerlager in Rehoboth, Robby-Boy verbrachte ein Auslandssemester in Spanien.) Sogar David und seine Familie wollten kommen. Alice hatte nicht gesagt, wie schwer es gewesen war, ihn zu überreden, und Robin hatte nicht gefragt. Sie hatte nur ausgerichtet, dass keine Übernachtung gewünscht sei.

Robin engagierte die Putzfrau seines Nachbarn zum Hausputz. Sie brauchte einen ganzen Tag, dabei ging es nur ums Erdgeschoss. Danach achtete er penibel darauf, dort nichts mehr herumliegen zu lassen.

Die Torte bestellte er im Supermarkt. Es wäre Wahnsinn gewesen, selbst eine zu backen, gerade für Mercy. Und er besorgte alles, was er brauchte – einfache Sachen; mit seiner Kochkunst war es nicht weit her –, mähte den Rasen und schnitt den Blauregen an den Stellen zurück, wo er die Veranda zu überwuchern drohte.

Schenkte man sich etwas zum Hochzeitstag? Ja, er war sich ziemlich sicher, obwohl Mercy und er das nie getan hatten. Doch was könnte er ihr schenken? »Goldene« Hochzeit hieß dieses fünfzigste Jubiläum, deshalb sollte das Geschenk wahrscheinlich aus Gold sein. Aber Mercy trug keinen Schmuck. Sogar ihr Ehering, schmal wie Draht, lag normalerweise in der Seifenschale an der Küchenspüle. Außerdem würde *sie* ihm bestimmt nichts schenken, und warum sollte er sie in Verlegenheit bringen?

»Wie hast du dir das gedacht?«, fragte Lily am Freitag vor der Feier. Er schaute bei ihr im Geschäft vorbei, aber nur kurz; er war zurzeit schwer beschäftigt. »Woher weißt du, ob Mom überhaupt kommt?«

»Ich warte bis Sonntag, rufe sie an und sage, dass David hier ist.«

»David?«

»Ich rufe im Atelier an und sage, sie wären irgendwohin unterwegs, hätten einen Zwischenstopp eingelegt, und sie solle doch auch vorbeikommen.«

»Okay«, sagte Lily.

»Es ist ein Sonntag, da kann sie unmöglich bei einem Kunden sein oder so.«

»Okay«, sagte Lily noch einmal. Dann seufzte sie, und er konnte sich nicht erklären, warum.

*

Das Wetter am Sonntag war perfekt. Sonnig und heiß, aber nicht zu heiß, weniger heiß als in der Woche zuvor. Außerdem fühlte sich Mercy bei Hitze wohl. Wie die meisten Frauen, die Robin kannte, klagte sie ständig, es würde ziehen.

Er öffnete alle Fenster und Türen und kurbelte die Markise über der Gartenterrasse herunter. Die Putzfrau hatte er gebeten, den Tisch zu decken, obwohl er das Esszimmer dadurch mehrere Tage nicht hatte benutzen können. Jetzt holte er alles heraus, was nicht gekühlt werden musste – die Brötchen, die Butter, den Gurkensalat. Dann füllte er die Kühlbox mit Eis, Limonade und ein paar Dosen Bier für die Jungs.

Kevin würde natürlich Champagner mitbringen.

Der Mann war champagnerbesessen. Bei jedem sich bietenden Anlass – Geburtstag, Feiertag, Zeugnisvergabe – kreuzte er mit seinem »Schampus« auf. Und immer das Teuerste – der reinste Nepp, wenn man Robin fragte. Ihm waren Bier und Dr Pepper wesentlich lieber und den anderen seiner Vermutung nach auch; sie sagten nur nichts, weil sie höflich waren. »Danke, Kevin«, murmelten sie und »Zum Wohl!« und »Ah, köstlich!«. Dann nippten sie kurz daran, stellten die Gläser ab und vergaßen sie oder gingen damit in die Küche und kamen mit leeren Händen zurück.

Unfassbar, was diese Familie auf sich nahm, um nur ja dem gängigen Bild zu entsprechen!

Und schon stürmte Kevin als Erster durch die Hintertür ins Haus und eilte mit seiner superisolierten Thermobox schnurstracks zum Kühlschrank. Der Rest der Familie folgte mit einigem Abstand – Alice, Eddie und die kleine Candle mit ihrer Schmusepuppe, die immer dabei sein musste. Gleich dahinter kamen Lily und Morris mit Serena. Candle und Serena, weniger als ein Jahr auseinander – inzwischen wahrscheinlich Vorschulkinder –, beäugten sich schüchtern, während die Erwachsenen in der Küche herumwuselten und den einen oder anderen Vorstoß ins Esszimmer machten, um zu sehen, was Robin vorbereitet hatte. »Schöne Blumen, Dad«, sagte Alice, und Robin erwiderte: »Danke. Die sind aus dem Supermarkt.«

»Darf ich sie ein bisschen umarrangieren?«

»Klar, nur zu«, sagte Robin, obwohl er fand, dass er es gar nicht so schlecht gemacht hatte. Die roten Tulpen waren noch geschlossen gewesen, doch die Kassiererin hatte versichert, dass sich die Blüten bis Sonntag öffnen würden, und sie hatte Recht behalten.

Allmählich wurde er nervös. »Schwer zu sagen, wie lange David von Philly bis hierher braucht«, sagte er. »Hoffentlich kommen sie nicht zu spät.«

»Keine Sorge, meiner Erfahrung nach dauert es immer zwei Stunden«, sagte Morris. »Exakt zwei Stunden, auf dem Hin- wie auf dem Rückweg, ganz egal, ob der Highway leer ist oder die Autos Stoßstange an Stoßstange stehen.«

Morris bemühte sich immer, andere zu beruhigen. Das konnte er gut.

Die drei Enkelkinder stapften wieder hinaus – zuerst Eddie, der sich auf der hinteren Veranda im Vorbeigehen den uralten Basketball schnappte, gefolgt von den beiden Mädchen, die ihn vergötterten. (Er war auch irgendwie Robins Liebling, weil er das einzige Enkelkind war, das gern Sachen baute.) Alice stand an der Spüle und schnitt die Tulpenstängel, und Kevin öffnete nochmal den Kühlschrank und bewunderte seinen Champagner.

»Setzen wir uns ins Wohnzimmer«, sagte Robin, doch im selben Moment hörte er trotz der Ballgeräusche Reifen auf dem Kies knirschen. Er ging zur Fliegengittertür, um nachzusehen, und wirklich, Davids kleiner blauer Käfer kam die Zufahrt hinauf und hielt neben Kevins BMW. Eddie rief »David ist da!« und dribbelte auf den Käfer zu.

David stieg aus und hob eine Hand, um den Ball zu fangen, während Greta an der Beifahrerseite auftauchte und den Sitz umklappte, damit Emily und der kleine Nicholas von hinten herauskraxeln konnten. Robin kam es so vor, als wäre Emily gut und gern dreißig Zentimeter gewachsen. Sie war jetzt dreizehn oder vierzehn, ein großes, schlankes Mädchen mit einem tief im Nacken sitzenden Dutt, der sehr erwachsen wirkte. Sie folgte ihrer Mutter zum Haus, doch der kleine Nicholas, ungefähr sieben Jahre alt, blieb stehen und sah zu, wie sein Vater den Basketball aus eindrucksvoller Distanz versenkte.

»Hi, alle miteinander!«, rief Robin von der Tür her, ging jedoch nicht mit den anderen hinaus, sondern zurück in die Küche und wählte am Wandtelefon Mercys Nummer.

»Hallo?«, sagte sie.

»Hey, mein Liebling.«

»Hi, Schatz. Wie gehts?«

»Gut, gut. Aber du wirst es nicht glauben – David ist hier.«

»David?«

»Sie haben einen Zwischenstopp eingelegt. Sie

sind auf dem Weg nach … sie machen eine Art Ausflug und wollten kurz vorbeischauen, und –«

»Das ist ja –«

»Und ich dachte, du möchtest vielleicht auch kurz vorbeikommen?«

»Ja, natürlich! Ich bin gleich da.«

»Soll ich dich mit dem Wagen abholen?«

»Nein, nein, ich gehe zu Fuß.«

»Beeil dich!«, flötete er, legte auf und ging zu den anderen hinaus.

Der Großteil der Erwachsenen – alle außer David – stand zwischen den geparkten Autos und unterhielt sich. Auch Emily war dabei. Sie drängte sich schüchtern an ihre Mutter, die eine orchideenartige exotische weiße Blume in einem Keramiktopf in den Händen hielt. »Hallo, Robin«, sagte Greta, als sie ihn sah. »Herzlichen Glückwunsch zur Goldenen Hochzeit! Das ist für euch.«

Sie ging zu ihm und übergab ihm den Topf. Wie immer trug sie ein gestrig wirkendes Kleid aus einem bedruckten dunkelblauen Baumwollstoff mit Gürtel und kurzen Bündchenärmeln. (Emily hingegen war mit ihrer Jeans und der weißen Folklorebluse in der modernen Zeit angekommen.) »Sie ist ganz pflegeleicht«, sagte Greta, und Robin erwiderte »Vielen Dank«. Die Blume hatte keinen ausgeprägten Duft, sondern roch frisch und rein wie Regenwasser. Er atmete den Geruch ein und fragte: »Wie war der Verkehr?«

Anstatt zu antworten, sagte Greta zu Emily »Du musst Robin gratulieren«. Emily trat genau einen Schritt vor und sagte »Herzlichen Glückwunsch, Robin«. Man hatte ihr bereits bei mehreren Gelegenheiten vorgeschlagen, Robin und Mercy »Pop-Pop« und »Grandmom« zu nennen, aber sie hatte es nie getan, und Robin drängte sie nicht. (Schließlich sprach sie David noch immer mit Vornamen an, obwohl sie eindeutig ganz vernarrt in ihn war.) »Danke, Liebes«, sagte er und teilte gleich darauf allen anderen mit: »Der eigentliche Hochzeitstag ist erst am Donnerstag.«

»Einen Tag nach dem Unabhängigkeitstag«, sagte Kevin nachdenklich.

»Na ja, es war der erste Tag im Juli, an dem der Pastor einen Termin für uns hatte. Mercy wollte unbedingt im Juli heiraten. Sie meinte, im Juni heiraten alle.«

Alice und Lily lachten, doch Greta nickte ernst und sagte: »Ja, so ist sie.«

Robin war sich darüber im Klaren, dass seine Töchter Greta nicht besonders mochten. Alice bezeichnete sie als »Eiszapfen«. Aber wenigstens wusste man bei ihr immer, woran man war. Sie nahm kein Blatt vor den Mund; sie war, wie sie war, und schmierte keinem Honig ums Maul, wie Robin es nannte.

Ha! Der Gedanke kam ihm erst jetzt: Sie erinnerte ihn an seine Tante Alice.

Er sammelte sich wieder und sagte zu seinen Töchtern: »Wir müssen rein. Eure Mutter ist auf dem Weg vom Atelier hierher und steht gleich vor der Tür.«

»Okay, alle ins Haus! Grandmom kommt«, rief Lily.

David versenkte den Ball ein letztes Mal und warf ihn dann zu den Kindern. »Wo ist deine Schürze, Dad?«, fragte er, während er auf Robin zuging. »Wie ich gehört habe, kochst du heute.«

»Meine gesamte Kleidung war meine Schürze. Vor einer Stunde habe ich alles ausgezogen und in den Wäschekorb geschmissen. Wahrscheinlich hätte ich die Klamotten besser verbrannt.«

Er blickte an David vorbei zu Nicholas, der dem Ball nachlief, anstatt mit den anderen hineinzugehen. Doch als er ihn erwischt hatte, dribbelte er Richtung Haus. Robin fand, dass er David im gleichen Alter verblüffend ähnlich sah – blond und dünn, mit knubbligen Knien. Nur die blassgrauen Augen hatte er von seiner Mutter.

In der Küche fragte Alice »Was gibt es eigentlich zu essen?«, und Robin antwortete »Ach, dies und das«. Sie durfte keinesfalls in letzter Minute alles an sich reißen. Er stellte die Topfpflanze auf die Arbeitsfläche, dann gingen sie weiter durchs Esszimmer ins Wohnzimmer. Eddie sagte »Sollen wir uns verstecken und hochspringen, wenn Grandmom kommt?«, doch Robin erwiderte: »Nein, wir setzen uns ganz normal hin, kümmern uns um nichts, und wenn sie reinkommt, schauen wir auf, als ob nichts wäre, und sagen dann ›Herzlichen Glückwunsch zum Hochzeitstag‹.«

Alle suchten sich einen Platz. Nicholas musste auf Geheiß seiner Mutter nochmal aufstehen und den Basketball hinausbringen. Nur Robin blieb stehen. Er trat ans Fenster und starrte auf den schattigen Gehweg, die am Straßenrand parkenden Autos. Ein junges Paar ging mit einem Kinderwagen vorbei. Schließlich sah er Mercy von links auf das Haus zukommen. Sie trug einen prall gefüllten weißen Sack – nein, einen Kissenbezug, in dem die Schmutzwäsche steckte. Ihr Rock umflatterte ihre Beine, denn auch mit siebzig ging sie flott wie ein junges Mädchen. »Sie ist da«, sagte er.

Alle verstummten.

Robin wich vom Fenster zurück, um nicht gesehen zu werden. Er hörte ihre Schuhe auf dem Weg durch den Vorgarten klackern; die Verandastufen hinaufsteigen. Die Fliegengittertür schwang auf, Mercy durchquerte die Diele und blieb in der Wohnzimmertür stehen.

Es wäre vielleicht doch besser gewesen, sich zu verstecken. Denn Robin hatte nicht bedacht, dass der Anblick der stillen, reglos mit den Händen im Schoß dasitzenden Menschen Mercy verstören würde. Sie öffnete den Mund, um etwas zu sagen, sagte aber nichts. Auch die anderen blieben seltsamerweise stumm. Warteten sie auf Robin? In dem Moment, als er zum Sprechen ansetzte, sagte Greta ganz ruhig: »Herzlichen Glückwunsch zum Hochzeitstag, Mercy.«

»Wie bitte?«, sagte Mercy.

Plötzlich fanden alle die Sprache wieder, riefen »Herzlichen Glückwunsch, Mom!« und »Herzlichen Glückwunsch, Grandmom!«, erhoben sich und umringten sie, doch Robin war als Erster bei ihr. Er nahm ihr die Wäsche ab, legte sie auf den Boden und sagte: »Fünfzig Jahre, mein Schatz!«

Sie wirkte noch immer verwirrt. »Wie, fünfzig Jahre?«

»Wir feiern Goldene Hochzeit.«

»Wirklich?«

»Fünfter Juli 1940, nächsten Donnerstag ist es so weit. Ich dachte nur, für eine Feier wäre der Sonntag besser.«

»Ach, du meine Güte.« Ihre Miene entspannte sich. Sie umarmte und küsste die anderen und sagte Nicholas, wie groß er geworden sei. »Also, ich –«, sagte sie immer wieder. »Also, ich kann es einfach nicht –«

»Bist du überrascht?«, fragten sie. »Hast du gar nichts geahnt? Hast du geglaubt, wir hätten es vergessen?«

»Wie denn, wenn ich es selbst vergessen habe!«

»Da ist was dran«, sagte Morris, und Alice sagte: »Wie konntest du das vergessen, Mom? Fünfzig Jahre – unglaublich!«

»Das stimmt.«

Mercy umarmte David, den sie bereits umarmt hatte, ein zweites Mal und sagte: »Na sowas, Emily! Du bist ja eine junge Frau geworden!«

»Dad hat alles ganz allein organisiert«, bemerkte Alice. »Den Termin, die Einladungen, das Essen –«

»Schade, dass ich nichts davon wusste«, sagte Mercy. »Ich hätte mich die ganze Zeit darauf freuen können.«

Eine kurze Pause entstand. Alle Blicke richteten sich auf Robin. Er murmelte nur: »Ach so.«

In diesem Augenblick kam Kevin mit zwei Flaschen Champagner aus der Küche. »Darauf stoßen wir an!«, rief er und schickte Eddie und Emily ins Esszimmer, wo die Gläser standen. Mit großem Trara ließ er den ersten Korken knallen und nahm die Gläser wie immer frustriert in Empfang, weil es die Schalen von Mercys Großmutter waren. Er hatte schon mehrfach angemerkt, dass man heutzutage aus Flöten trank.

Zum Glück fielen die Trinksprüche kurz aus. »Herzlichen Glückwunsch!« wurde häufig wiederholt, und einmal hieß es »Auf weitere fünfzig Jahre!« (der kam von Morris). Robin war sich nicht sicher, ob er als der gewissermaßen Angeprostete trinken durfte, doch dann sah er Mercy kurz warten, lächeln, nicken und einen Schluck trinken, und tat es ihr nach. Das Zeug sprudelte dermaßen, dass es ihn in der Nase kitzelte. Er sagte »Huch, ich muss nach dem Ofen sehen« und ging mit dem Glas in die Küche.

Natürlich kam Alice ihm mit ihrem eigenen Glas hinterher.

»Kann ich helfen?«, fragte sie.

»Wasser einschenken, vielleicht.«

»Klar, mach ich.«

Er gab den Kartoffelsalat aus dem Plastikbehälter in eine Schüssel und trug sie ins Esszimmer. Dann ging er wieder in die Küche und nahm zwei Topflappen, um die beiden Kastenformen aus dem Ofen zu holen. »Was ist das?«, fragte Alice, als sie mit dem Krug zurückkam.

»Lachspastete.«

»Lachspastete«, wiederholte Alice.

Sie ging zu ihm und starrte die Pasteten an. Beide waren oben schön gebräunt und quollen appetitlich über den Rand. Trotzdem irritierte ihn etwas in Alice' Ton. Er hob den Blick und sah sie an. »Ist das in Ordnung?«

»Ja, absolut«, sagte sie.

Dann gab sie ihm einen Kuss auf die Wange. Er hatte sich wohl umsonst gesorgt.

*

Mercy hatte das Konzept dieser Überraschungsparty noch immer nicht ganz begriffen. Nachdem sie am anderen Tischende Platz genommen hatte, sagte sie zu David: »Wohin wollt ihr eigentlich?«

»Wie bitte?«

»Ihr macht hier doch nur Station. Dein Dad hat gesagt, ihr seid auf einem Ausflug und schaut nur kurz vorbei.«

»Nein, ich –«, mischte sich Robin ein, weil David so verdutzt wirkte. »Das habe ich nur erfunden, um dich herzulocken, Mercy.«

»Sie machen gar keinen Ausflug?«

»Das Essen war als Überraschung geplant. Sie sind extra dafür gekommen, aber das solltest du nicht erfahren.«

»Ich *hätte* es aber gern erfahren«, sagte Mercy.

Das frustrierte Robin. War die Sache so schwer zu verstehen? Was genau kapierte sie nicht?

»Er meint, dass du es nicht im Vorhinein herausfinden solltest«, sagte Alice. »Wenn er dir gesagt hätte, dass sie zum Essen kommen, hättest du möglicherweise etwas von der Feier geahnt.«

»Früher oder später musste ich es sowieso mitkriegen«, sagte Mercy. »Jetzt weiß ich es schließlich auch. Oder?« Sie musterte die Gesichter der anderen, die ebenfalls verwirrt wirkten. »Habe ich recht?«

»Er hatte Angst, du könntest Nein sagen«, erklärte Greta ein wenig zu laut.

Mercy starrte sie an.

»Er hatte Angst, du würdest deine Ehe nicht feiern wollen.«

»Oh. Ach so«, sagte Mercy.

Das schien sie endlich zu überzeugen, während der Wortwechsel Robin eher beunruhigt hatte.

Später kam sie nochmal auf das Thema zurück. Inzwischen hatten sich kleine Grüppchen gebildet – Alice und Lily analysierten den jüngsten Brief von Robby-Boy, die kleinen Mädchen wetteiferten darin, Emily zu unterhalten (die sie offenbar noch faszinierender fanden als Eddie), und Morris erzählte Kevin und David eine weitere langatmige Maklergeschichte, wobei er wie immer zu viel erklärte, unsinnig abschweifte und ständig in seinem Bericht zurücksprang, um ein Detail einzufügen, das gleich zu Beginn hätte erwähnt werden müssen. Plötzlich sagte Mercy: »Als ich reinkam und euch alle im Wohnzimmer sitzen sah, dachte ich, jemand wäre gestorben.«

»Gestorben?«, kam es zurück, und Alice fragte: »Wer hätte gestorben sein sollen?«

»David vielleicht?«

»David?«

»Ich habe gleich bemerkt, dass ich falschlag«, sagte Mercy. »Aber ihr wart alle so still.«

»Weil du so erschrocken bist«, sagte Morris.

Robin sah ihn erstaunt an.

»Ich bin erschrocken, weil ich dachte, jemand wäre gestorben«, sagte Mercy.

Sie drehten sich im Kreis. Robin schob seinen Stuhl zurück und stand auf. Er räusperte sich. »Reden sind nicht meine Stärke.«

Alle hörten aufmerksam zu. Er mühte sich redlich weiter. »Aber ich wollte etwas zu dieser Lachspastete sagen.«

»Sie schmeckt hervorragend«, sagte Greta.

Robin unterbrach sich und erwiderte: »Vielen Dank!«

»Ich hätte gern das Rezept.«

»Das Rezept stammt aus dem kirchlichen Kochbuch, das uns meine Großtante zur Hochzeit geschenkt hat. Ich kopiere es dir«, sagte Robin und kehrte zu seiner ursprünglichen Gedankenkette zurück. »Mercy und ich waren viel miteinander ausgegangen. Ich hatte sie in viele Restaurants eingeladen, um Eindruck zu schinden, und bin dabei fast verarmt.« Am Tisch wurde leise gekichert. »Überbackene Krabben in weißen Porzellanmuscheln, Hühnchen mit Papiermanschetten, in einem Lokal gab es dieses Dessert, das der Kellner anzündet –«

»Flambierte Kirschen«, murmelte Mercy.

»Auf jeden Fall völlig verrücktes Essen. Dann haben wir geheiratet. Flitterwochen konnten wir uns nicht leisten – lag wohl an den vielen teuren Lokalen.« Wieder ertönte Kichern. »Es kam der erste Abend in unserem eigenen Zuhause, der kleinen Wohnung in Hampden – Alice und Lily, ihr erinnert euch an das Apartment. Das erste Essen unserer Ehe. Mercy geht in die Küche und fängt an zu kochen. Ich bleibe im Wohnzimmer sitzen und lese Zeitung. Komme mir vor wie ein Schauspieler in einem Theaterstück oder so und frage mich, was sie mir vorsetzen wird. Hoffentlich nichts Französisches, denke ich. Ich wäre nicht traurig, wenn ich nie wieder etwas Französisches essen dürfte. Sie ruft mich zu Tisch. Ich falte die Zeitung zusammen, gehe in die Küche … An meinem Platz steht eine Lachspastete, die ich auf die Teller verteilen soll. Eine Lachspastete in einer Backform, oben braun und knusprig, und sie sah so …«

Robin schluckte. Seine Augen füllten sich mit Tränen; hoffentlich fiel es niemandem auf. »Sie hat so heimelig ausgesehen«, flüsterte er. »Für mich sah sie nach Zuhause aus. Als hätte ich endlich ein Zuhause.«

Er hatte mehr sagen wollen, doch er verstummte und setzte sich.

Vom anderen Tischende her sagte Mercy: »Danke, mein Schatz.«

Er hob den Blick und sah, dass sie ihm zulächelte. Schon allein deshalb hatte sich der Aufwand gelohnt.

*

Die Torte war ein voller Erfolg, besonders bei den Kleinen. Es war zwar nur eine flache, rechteckige, weil ihm die Leute im Supermarkt für diese Gästezusammensetzung dazu geraten hatten, doch immerhin stand in makelloser Schreibschrift »Glückwunsch zur Goldenen Hochzeit« darauf, und an jeder Ecke steckte eine gelbe Zuckerrose. Als Alice »Soll ich sie verteilen?« fragte, antwortete Mercy »Ja, bitte« und gab ihr mit einer Geste freie Hand. Alice schnitt die Torte an und reichte die Teller herum. Noch bevor sie damit fertig war, baten die beiden kleinen Mädchen um ein zweites Stück. Die Leute im Supermarkt hatten recht gehabt.

Greta war inzwischen in die Küche gegangen und machte Kaffee, ohne darum gebeten worden zu sein, was alle überraschte. Während er durchlief, nahm sie ihre Pflanze von der Arbeitsfläche, trug sie ins Esszimmer und stellte sie vor Mercy hin. »Die ist von uns«, verkündete sie in ihrer unverblümten Art.

»Wie schön!«, sagte Mercy. »Robin, hast du gesehen?«

»Ja, wirklich hübsch«, sagte Robin.

»Wir stellen sie am besten an ein Südfenster, meinst du nicht, Greta?«

»Nein, da bekäme sie zu viel Licht ab.«

»Dann an ein Ostfenster. An das im Wohnzimmer beispielsweise«, sagte Mercy zu Robin.

»Okay.«

Er war dankbar, dass sie gesprochen hatte, als würde sie noch bei ihm wohnen.

Candle, das kleine Energiebündel, hatte ihr zweites Stück Torte verputzt und wollte mit ihren Cousins und Cousinen wieder nach draußen, obwohl alle noch aßen. »Bitte? Bitte?«, sagte sie, und zusammen mit Serena brachte sie Emily dazu, die Gabel aus der Hand zu legen. Blitzschnell waren die Kinder verschwunden, und obwohl es jetzt an ihrer Tischecke still war, hallte ihr Gegröle in Form von verschmierten Tellern, zusammengeknüllten Servietten und dem mit Krümeln bedeckten Tischtuch nach. Morris erzählte Mercy, wie gut seinen Kunden ihre Bilder gefielen. (Er hatte zwei in seinem Büro aufgehängt.) »Ich sage immer ›Die Karte der Künstlerin steckt in den Unterlagen‹«, berichtete er, und Mercy sagte »Das ist wirklich nett von dir, Morris.« Alice erkundigte sich bei David nach den Impro-Workshops, die er in den Ferien veranstaltete. Und nun kam Greta mit der Kaffeekanne aus der Küche, wie immer leicht hinkend und mit müdem Gesicht.

Robin hatte Mercy einmal gefragt »Was meinst du, wie alt sie ist?« (Damals hatten sie gerade erfahren, dass Greta mit Nicholas schwanger war.) »Zweiundvierzig«, hatte Mercy wie aus der Pistole geschossen gesagt. »Ich habe sie gefragt.« Elf Jahre älter als David, aber es hätte schlimmer sein können. Und die beiden wirkten glücklich. Andererseits – was wusste man schon? Wer wusste schon, was wirklich los war im Leben der eigenen Kinder?

Er hatte schon vor Langem akzeptiert, dass seine Erfahrungen als Vater nicht mit seinen einstigen Vorstellungen übereinstimmten. Mit seinen Töchtern verstand er sich zum Glück gut, aber Mädchen waren eher Muttersache, darauf konnte er sich nicht allzu viel einbilden. David dagegen … David und er hatten, warum auch immer, nie auf derselben Wellenlänge gelegen. Er konnte es selbst nicht genau beschreiben. Aber er hatte immer sein Bestes gegeben. Wahrscheinlich wäre es ihm leichter gefallen, wenn David auch mit den Händen gearbeitet hätte. Dann hätten sie etwas zum Reden gehabt. Doch seine Interessen lagen nun mal woanders. Was völlig okay war! Robin hatte damit kein Problem. Er war stolz auf Davids Beruf und hatte sogar noch irgendwo einen Zeitungsausschnitt mit der Besprechung eines seiner Stücke, das von einer Theatergruppe in Baltimore aufgeführt worden war.

Unter den Frauen wurde es unruhig – sie stapelten die Teller und sammelten das Besteck ein. Sogar Greta war aufgestanden, um mitzuhelfen. »Ach, lasst nur«, sagte Robin, aber das war nicht ernst gemeint. Dieses Chaos hätte er niemals allein beseitigen können. »Ihr zwei macht es euch jetzt im Wohnzimmer gemütlich«, sagte Alice, und das taten Robin und Mercy, begleitet von David und den Schwiegersöhnen. Doch Robin setzte sich nicht zu den anderen, sondern ging vor dem Fernseher in die Hocke.

»Was tust du?«, fragte Mercy, bei der bereits alle Alarmglocken schrillten. (Sie protestierte immer, wenn sich die Männer ein Spiel ansahen, anstatt sich zu unterhalten. Dabei hatte Robin ihr schon so oft erklärt, dass das gemeinsame Anschauen eines Spiels eine Art Unterhaltung *war.*)

»Warts ab«, sagte er und legte eine Videokassette in den Rekorder.

»Was ist das?«, hakte sie nach.

»Ein Film. Selbst aufgenommene Sachen.«

»Was?«

»Erinnerst du dich an die Filme, die dein Dad gedreht hat?«

»Ja ...«

»Ich habe sie überspielen lassen.«

Die Schwiegersöhne horchten auf. Für eine Fachsimpelei über Technik waren sie immer zu haben. »Ach, tatsächlich?«, sagte Kevin, und Morris fragte: »So was ist möglich?«

»Klar«, erwiderte David. »Das machen sie fast überall, wo man Fotos entwickeln kann.«

»Mercys Dad hat damals eine Kamera gekauft«, sagte Robin. »Das muss so – wann war das ungefähr, Liebling?«

»Irgendwann Ende der Vierziger«, antwortete Mercy. »Die Mädchen waren noch klein.«

»Ich erinnere mich an Grandpa mit seiner Kamera,

aber ich glaube, die Filme habe ich nie gesehen«, sagte David.

»Filmvorführungen waren damals sehr aufwendig«, sagte Mercy. »Man brauchte eine eigene Leinwand, einen speziellen Projektor, musste alles verdunkeln …«

»Und jetzt genügt ein Knopfdruck, und schon gehts los«, sagte Robin.

Der Fernsehapparat stand neben dem Kamin und leicht schräg zur Wand, damit sich das Fenster nicht darin spiegelte. Das Haus, einst Mercys Elternhaus, war gebaut worden, ehe Fernsehzimmer in Mode kamen, was zumindest vor dem Auszug der Kinder allgemein als Nachteil gegolten hatte. Jetzt war Robin froh, denn ein normales Fernsehzimmer wäre für so viele Menschen zu klein gewesen – für die Frauen, die nach und nach aus der Küche kamen, wo sie den Abwasch erledigt hatten, und für die Kinder, die man nun aus dem Garten hereinrief … Die zwei kleinen Mädchen mussten sogar auf dem Boden sitzen. Alle Kinder waren knallrot und verschwitzt, doch sie ließen sich nicht lange bitten; ein Fernseher war immer Verlockung genug. »Das ist ein ganz alter Film«, belehrte Alice die kleine Candle. »Da siehst du gleich unsere Familie, als wir Kinder waren. Geht es bis in unser Teenageralter?«, fragte sie ihre Mutter. »Ich weiß es nicht mehr. Ich habe die Aufnahmen zwar schon mal gesehen, aber das ist eine Ewigkeit her.«

»Zumindest bis in *dein* Teenageralter«, antwortete Mercy. »Dein Grandpa hat bis 1956 gelebt, da warst du vierzehn.«

»Nach seinem Tod war es aus mit der Filmerei«, sagte Robin. »Ich glaube, danach haben wir die Kamera nicht mal mehr aus der Tasche geholt.«

»Aber sie ist garantiert noch irgendwo hier im Haus«, sagte Mercy, die über den angesammelten alten Krempel immer den Kopf schüttelte.

Robin drückte die Abspieltaste und setzte sich in seinen Fernsehsessel. Auf dem Bildschirm blitzten flimmernde Zahlen auf. Dann sah man vier grellbunt gekleidete Menschen auf einem Rasen, *ihrem* Rasen, unter einem Hartriegelstrauch in voller Blüte, der vor ungefähr zwanzig Jahren eingegangen war. Ein sehr junger Mann und eine sehr junge Frau mit zwei kleinen Mädchen, das kleinere an ihrer Hüfte. Der Anblick der Kinder schockierte ihn. Da waren sie wieder! Sie waren zurückgekommen! Er hatte vergessen, dass es sie jemals gegeben hatte, und plötzlich sah er sie vor sich. Und Mercy – dieses ärmellose Rüschenkleid würde sie heute bestimmt nicht mehr tragen.

Sein eigener Anblick war Robin peinlich – ein magerer, linkischer Bursche mit viel zu kurzem Haarschnitt, der den dünnen Hals betonte, und einem gekünstelten breiten Grinsen. Er wand sich innerlich, doch alle riefen »Ah!«, sogar die Mädchen. »Wie süß!« Dann flimmerte es wieder, und man sah die inzwischen etwas ältere Alice in einem aufgeplusterten rosa Spielhöschen. Spielhöschen – gab es die noch? Sie stand neben einem Fahrrad, an dessen Lenkstange eine rosa Schleife hing. In der nächsten Szene blinzelten Alice und Lily gemeinsam in die Sonne.

Grandpa Wellington hatte offenbar nicht ganz begriffen, worum es beim Filmen ging, denn in kaum einer Szene gab es Bewegung, sondern es wurde posiert wie für Porträts. Erst 1952 (David als Säugling in Mercys Arm verriet Robin die Jahreszahl) brachte Lily Schwung in die Sache, indem sie quer über den Bildschirm Räder schlug und ihre Unterwäsche aufblitzen ließ. Erstaunlich, wie sehr ihn die Lily im Film an die kleine Candle erinnerte! Dabei war Candle Alice' Tochter, nicht Lilys. Als hätte man die beiden Enkelinnen bei der Geburt der jeweils falschen Mutter übergeben – die freche Candle der gesetzten Alice und die sanftmütige Serena ausgerechnet Lily, die immer Probleme bereitet hatte. Und Alice' kleiner Eddie, der Sohn von Mr Country Club, wie Robin seinen Schwiegersohn gern nannte, hatte sich als das einzige Enkelkind entpuppt, das Robin gern beim Schreinern half. Offenbar war das Elternsein ein Erziehungsprojekt – für die Eltern. Eine Lektion über vollkommen andere Wesensarten, dachte Robin und sah schmunzelnd zu, wie Alice in einem Feld – wo auch immer – Erdbeeren pflückte und sie in einer Crisco-Konservendose sammelte. Auch ohne Ton hörte er ihre rechthaberische Stimme. »Eine für den Eimer, eine für mich; eine für den Eimer, eine für mich«, sagte sie und steckte sich jede zweite in den Mund.

Ah, ein Neuzugang: Grandpa Wellington höchstpersönlich blickte missbilligend auf den winzigen David hinunter, der sich an das Hosenbein seines Großvaters klammerte, als könnte er sich nur so aufrecht halten. Und eine neue Stimme in Robins Kopf, Grandpa Wellingtons Stimme, die jeden Sonntagnachmittag etwas auszusetzen fand, wenn Robin zu ihm ging und die Verkaufszahlen der vergangenen Woche bekanntgab. Der alte Mann war damals schon ans Haus gefesselt gewesen. Er durfte nach seinem ersten Herzinfarkt nicht einmal mehr die Treppe hinaufsteigen oder um den Block gehen und konnte nur noch hier, in diesem Fernsehsessel, Hof halten, eine Lucky Strike nach der anderen rauchen und Robin mit »Und was soll *das* hier?«, »Das macht man anders« und »Was hast du dir, verdammt noch mal, dabei *gedacht*?« bombardieren.

Wer hatte die Szene gefilmt?, fragte sich Robin. Mercy jedenfalls nicht, denn die stöckelte jetzt übers Gras, hakte sich bei ihrem Vater ein und lächelte auf David hinunter. Dann konnte es nur Robin selbst gefilmt haben, obwohl es ihm schwerfiel zu glauben, dass ihm die kostbare Kamera anvertraut worden war. »Um Gottes willen, wie sehe *ich* denn aus!«, rief Mercy durchs Zimmer. »Diese Frisur – wie ein Blumengesteck!« Robin sah zu ihr, und ihm wurde bewusst, dass sie alt geworden war. Noch immer hübsch, doch ihr Haar, das er all die Jahre als blond wahrgenommen hatte, war zu einem Elfenbeinton verblasst, und sie trug es nicht mehr in wilden Locken hochgesteckt, sondern in einem Knoten am Hinterkopf.

War die Dauer der einzelnen Szenen damals begrenzt gewesen? Sie waren alle so kurz. Ah, da ist ja der und der! Und *schwups* hier sieht man die und die. *Schwups* – und auf Wiedersehen. Und überhaupt auf Wiedersehen, denn nach wenigen Minuten war alles vorbei. Mist, er hätte gern mehr gesehen. Die für einen Schulball aufgetakelte Lily zum Beispiel, wie eine Prinzessin neben Jump Watkins. Oder David beim Balgen mit dem Hund, dem guten alten Cap. Besonders Aufnahmen von der schönen Woche am Deep Creek Lake hätte er sich gewünscht. Viel zu schnell vorbei, dachte er, als der Bildschirm schwarz wurde. Und er meinte nicht nur den Film.

»Sehr interessant«, sagte Kevin, und Morris sagte »Hat es euch gefallen, Kinder?« Alles geriet in Bewegung – die Kinder durften wieder herumlaufen, die Frauen sammelten Handtaschen und ausgezogene Turnschuhe ein und fragten, wo Candles Schmusepuppe sei. Nein, David entschied sich nicht in letzter Minute, doch über Nacht zu bleiben. Nein, keiner wollte den Rest Torte mitnehmen und auch nichts vom Kartoffelsalat oder die Tulpen vom Esszimmertisch. Und dann waren sie weg.

*

Aber Mercy würde nicht gehen, oder doch? Er würde es nicht ertragen, wenn sie auch ginge. Nachdem das letzte Auto verabschiedet war, stand er neben ihr auf der Terrasse hinter dem Haus und wagte kaum, ihr den Kopf zuzuwenden. Nach einer Weile tat er es doch und sah, dass ihr Blick auf ihm ruhte und sie ihn anlächelte. »Das war sehr lieb von dir«, sagte sie.

»Puh!« Er atmete auf.

»Aber du musst mir etwas versprechen.«

»Ich weiß.«

»Was weißt du?«

»Keine Überraschungen mehr.«

»Nie, nie wieder!«

»Versprochen.«

»Wenn dir das klar war, warum hast du es trotzdem gemacht?«

»Weiß ich nicht, eine Fehleinschätzung.«

Jetzt, im Nachhinein, fiel ihm ein, warum. Greta hatte recht gehabt: Er hatte befürchtet, Mercy würde ihre Ehe nicht feiern wollen.

Aber sie lächelte ihn noch immer an.

Und als er »Gehen wir rein?« fragte, sagte sie nicht, dass sie ins Atelier zurückmüsse.

Die Frauen hatten die Küche auf Hochglanz gebracht. Alle Arbeitsflächen waren geputzt, und der Geschirrspüler brummte. Die Tulpen im Esszimmer ließen die Köpfe über den Vasenrand hängen, wie um sich im Spiegel der inzwischen polierten Tischplatte zu bewundern.

Als Mercy und er ins Wohnzimmer traten, wandte er sich nicht zum Fernsehsessel, sondern zur Couch. Er hoffte, Mercy würde sich neben ihn setzen. Sie ging jedoch weiter, in die Diele, und bückte sich nach dem Kissenbezug mit der Wäsche. »Hast du helle Sachen im Korb?«, fragte sie, und er sagte »Nein«, obwohl im Korb helle Sachen lagen. Sie verschwand mit dem Kissenbezug hinten im Haus. Gleich darauf hörte er sie die Kellertreppe hinuntergehen.

Robin ließ den Blick von der Couch aus über die leeren Stühle, die verbeulten Kissen und ein einsam auf dem Kaminsims stehendes noch fast volles Champagnerglas wandern – über all die Zeichen verschwundenen Lebens. Der Videorekorder war noch an – ein rotes Lämpchen leuchtete –, doch er stand nicht auf, um ihn auszuschalten.

Er hörte Mercys Schritte auf der Kellertreppe. In der Küche blieb sie stehen. Hoffentlich ist da nichts, was sie ablenkt, dachte er, doch schon erschien sie in der Esszimmertür. Ging zur Couch und setzte sich neben ihn, endlich.

»Dein Waschmittel ist fast alle«, sagte sie.

»Ah, okay.«

»Ich habe es dir auf die Einkaufsliste geschrieben.«

»Danke.«

Sie schwiegen. Er hatte noch ein paar Bemerkungen zu der Feier erwartet, aber es kam nichts. Nach einer Weile sagte er: »Ist das zu glauben, Liebling? Fünfzig Jahre – ist das zu glauben?«

»Einerseits nein«, erwiderte sie. »Andererseits kommt es mir wie eine Ewigkeit vor.«

»Ich weiß, was du meinst.«

»Dieser Film … Wir waren noch Kinder.«

»Willst du ihn dir noch mal ansehen?«, fragte er und machte Anstalten aufzustehen.

»Nein, lieber nicht.«

Er sank auf seinen Platz zurück.

»Er hat mich ehrlich gesagt ein bisschen traurig gemacht«, sagte sie.

»Ja, mich auch«, erwiderte er hastig.

»Ist wahrscheinlich gut, dass es keinen Film von unserer Hochzeit gibt.«

»Wir haben die Fotos«, sagte er hoffnungsvoll. »Im Album.«

Doch Mercy hing ihren eigenen Gedanken nach. »Aber ich habe mich damals nicht wie ein Kind *gefühlt*. Daddy wollte, dass wir ein Jahr warten, weißt du noch? ›Wozu warten?‹, habe ich gesagt. ›Ich bin schon zwanzig, ich bin erwachsen!‹«

»Also, *ich* habe mich nicht erwachsen gefühlt«,

gestand Robin. »Jedenfalls nicht an dem Tag selbst. Als ich mich angezogen hatte und alles bereit war, habe ich im Spiegel eine unrasierte Stelle entdeckt. Du kannst dich nicht mal anständig rasieren – woher nimmst du das Recht zu heiraten?, dachte ich. Woher willst du wissen, was man mit einer Ehefrau *macht*?«

»Das wusstest du ziemlich gut.« Sie verpasste ihm einen neckischen Rippenstoß.

»Ich bin mir da nicht so sicher …«

»Keine falsche Bescheidenheit!«

Er gluckste kurz in sich hinein.

»Zuerst dachte ich: Ob er sich auskennt? *Ich* habe mich nämlich nicht ausgekannt. Und der Anfang war dann ja auch ziemlich mühsam.«

»Das lag an Reverend Ailey.«

»Wie bitte?«

»Die Ehevorbereitung. Erinnerst du dich, dass wir uns einzeln mit ihm treffen mussten, bevor er uns trauen wollte? Er hat damals gesagt, ich sollte ›rücksichtsvoll‹ sein, und mir war nicht ganz klar, was er meinte. ›Wie, rücksichtsvoll?‹, habe ich gefragt, und er hat geantwortet ›Der Bräutigam darf in der Hochzeitsnacht nichts überstürzen, sonst verschreckt er die Braut.‹ So hat er sich ausgedrückt. ›Ich rate dem Bräutigam immer, die erste Nacht als Chance zum besseren Kennenlernen zu sehen, nichts weiter. Sie wollen Ihrer Frau doch keine Angst einjagen!‹«

»Das hast du mir noch nie erzählt«, sagte Mercy lachend.

»Ich also schnell, schnell in meinen Schlafanzug, während du dich im Bad umgezogen hast. Ich hatte extra einen neuen gekauft. Dann unter die Decke, die Hände auf der Brust gefaltet … Und dann bist du in deinem hautengen weißen Satinnachthemd aus dem Bad gekommen.«

»Und du hast weggesehen, zum Fenster.«

»Ich musste mich unter Kontrolle halten.«

»Ich bin zu dir ins Bett geschlüpft, habe mich auf den Rücken gelegt und gewartet. Und nach einer Weile habe ich ›Tja, da wären wir‹ gesagt. Und du hast ›Mhm‹ gemacht und weiter zum Fenster geschaut.«

»Ich habe darüber nachgedacht, was Reverend Ailey mit ›besser kennenlernen‹ gemeint haben könnte. Ob er meinte, dass wir uns unterhalten sollten? Dass ich dich nach deinen Interessen fragen sollte? Oder ob es doch eher körperlich gedacht war, als langsames Heranarbeiten an das, worum es eigentlich ging.«

»Da habe ich mich zu dir gedreht und deinen Schlafanzug aufgeknöpft.«

Jetzt lachte auch er. »Du warst richtig schamlos!«

»Ich hatte so lange darauf gewartet und war immer unglaublich brav gewesen.«

Mercy sprach in seine Halsbeuge hinein und kuschelte sich an ihn. Als er den Kopf drehte, um sie zu küssen, und mit der Hand ihren Schenkel hinaufstrich, wich sie ein Stück zurück und flüsterte: »Willst du nach oben?«

»Okay«, sagte Robin.

Früher hätten sie sich nicht zurückhalten können, bis sie oben waren.

*

Als Robin aufwachte, war es schon später Nachmittag. Die Sonne stand jetzt so, dass er den dunkelgelben Staub an den Fensterscheiben deutlich erkennen konnte. Mercys Bettseite war leer, und ihr zurückgeschlagenes Laken sah so steif aus, als wäre sie schon vor Stunden gegangen.

Doch dann hörte er unten Schritte und schöpfte Mut. Er stand auf, zog seinen Bademantel und die Frotteeschlappen an und schlurfte ins Esszimmer hinunter. Mercy legte Kleidungsstücke aus einem Wäschekorb zusammen, der auf dem Tisch stand. Sie hatte sich den Dutt neu geknotet und war vollständig angezogen. »Na, du Schlafmütze«, sagte sie.

»Ich bin auf der Stelle eingeschlafen. Seit wann bist du wach?«

»Seit einer Ewigkeit.« Sie deutete wie zum Beweis auf den Wäschekorb.

Robin gelang es nur selten, tagsüber zu schlafen.

Dass es diesmal funktioniert hatte, lag bestimmt an der Erleichterung darüber, dass die Feier ein Erfolg gewesen war. Er wollte ihr das sagen, entschied sich aber dagegen. Vielleicht hätte es so geklungen, als würde er sich beklagen. Dennoch – seit Wochen war er angespannt gewesen und konnte jetzt mit Fug und Recht behaupten, das Ganze problemlos über die Bühne gebracht zu haben.

Er setzte sich an den Tisch und sah Mercy dabei zu, wie sie einen Unterrock ausschüttelte und zu einem Rechteck faltete. »Ich habe von der Wohnung in Hampden geträumt«, sagte er.

»Wirklich?«

»Wahrscheinlich, weil heute so viel von früher die Rede war. Ich habe im Traum die Couch zusammengeklappt, auf der wir nach der Geburt der Mädchen geschlafen haben, das alte Bettsofa, du weißt schon. Ich habe die Metallstange am Fußende der Matratze angehoben, um diese Kippbewegung zu machen, damit sie wieder zur Couch wird.«

Ihm war bewusst, dass er viel zu sehr ins Detail ging. Bei anderen hasste er das; überhaupt hasste er es, wenn jemand einen Traum erzählte. Doch aus irgendeinem Grund war es ihm wichtig, dass Mercy die Szene genauso deutlich vor Augen hatte wie er. »Plötzlich war die ganze Bewegung wieder da. Erinnerst du dich daran?« Mercy nickte, sagte »Ja, ich erinnere mich« und zog eine Bluse aus dem Korb.

»Und dann war Alice da. Alice mit drei oder so.

Sie hatte diese eckige Pagenfrisur von damals und sagte ›Daddy, weißt du, was? Heute Abend gibts Bagetti.‹«

Mercy blickte von der Wäsche auf und sagte: »Ach ja, Bagetti.«

»Weißt du noch?«

»Bagetti mit Hackfleischbällchen.«

»Eigentlich war es mehr eine Zeitreise als ein Traum«, sagte Robin. »Es hat sich viel realer angefühlt als ein Traum.«

»Sie war so eine Süße. Alle drei waren süß. Wie lang das schon her ist!«

»Wir werden alt, Mercy.«

»Stimmt. Wir *sind* alt.«

Sie nahm die nächste Bluse aus dem Korb, faltete sie aber sehr langsam und strich liebevoll darüber, bevor sie sie auf die anderen Sachen legte.

»Was meinst du – ziehst du jetzt vielleicht wieder ins Haus?«

»Oh.«

»Es würde sich nichts ändern! Du könntest weiter deine Bilder malen, nur eben nicht im Atelier. Oder du setzt dich zur Ruhe. Ich bin ja auch im Ruhestand. Dann könnten wir gemeinsam gammeln, du und ich, die Beine hochlegen, mehr Zeit mit den Enkeln verbringen oder sogar ein bisschen reisen, wenn du Lust dazu –«

Er redete schon wieder zu viel. Und zu schnell. Sie nahm das letzte Stück aus dem Wäschekorb, einen

Kissenbezug, schüttelte ihn aus und schob den Stapel zusammengelegte Wäsche vorsichtig hinein. Dann hob sie ihn mit beiden Händen hoch, drehte sich um und sagte lächelnd: »Es gibt kaum etwas, was du mehr hasst als Reisen, mein Schatz!«

Er hätte widersprechen können. Sagen können, dass es ihm mit der Zeit vielleicht gefallen würde, und vor allem, dass das Reisen der kleinste Teil dessen war, was er gerade vorgeschlagen hatte. Doch er ließ es bleiben und sagte nur: »Willst du die Pflanze von Greta?«

»Nein, danke«, erwiderte Mercy.

»Ich trage sie dir hinüber.«

»Ich möchte mich nicht darum kümmern müssen.«

»Okay.«

Er folgte ihr in die Diele, ging aber wegen seines Bademantels nicht mit auf die Veranda, sondern nahm nur ihren Kuss auf die Wange entgegen und öffnete ihr die Fliegengittertür.

Danach stieg er ins Schlafzimmer hinauf und zog sich an, denn nichts war erbärmlicher als ein alter Knacker, der mitten am Tag im Bademantel herumlief. Dann ging er in die Küche, um eine Kleinigkeit zu essen. Er hatte zwar nach der üppigen Mahlzeit am Mittag überhaupt keinen Hunger, doch inzwischen war es nach fünf, und wenn alte Leute anfingen, Mahlzeiten auszulassen, sich nur noch von Junkfood ernährten und das von Dr. Fish so genannte Tee-und-Toast-Syndrom entwickelten, war das genauso erbärmlich. Außerdem hatte er noch den guten Kartoffelsalat in Tupperware. Er holte ihn aus dem Kühlschrank und stellte ihn auf den Tisch neben den restlichen, nur ganz leicht durchweichten Gurkensalat. In der Kastenform war noch ein übriges Drittel Lachspastete. Er nahm sie heraus und ging damit zur Besteckschublade, um sich eine Gabel zu holen. Noch vor der Schublade stehend stach er die Gabel in den Rand der Pastete und kostete einen Happen. Vorzüglich. Und noch einen. Dann ließ er sich, die Kastenform im Arm, auf einen Küchenstuhl fallen und lud Bissen um Bissen auf die Gabel, stopfte hastig immer größere Stücke in sich hinein und dachte die ganze Zeit: Warum nicht? Und: Wer hindert mich daran? Und: Das ist mein gutes Recht, verdammt noch mal!

Als er alles bis auf den letzten Krümel gegessen hatte, kratzte er die restlichen knusprigen Teilchen vom Rand. Dann stellte er die leere Backform auf den Tisch, legte die Gabel daneben und starrte ins Leere, während draußen vor der Fliegengittertür noch immer die Vögel sangen und die Sonne strahlte.

6

An ihrem zwölften Geburtstag, dem 8. Januar 1997, kündigte Candle Lainey an, dass sie bestimmte Änderungen in ihrem Leben vornehmen werde. Sie sagte es genau so zu ihrer Mutter, als sie am Morgen die Küche betrat. »Ich nehme ab heute bestimmte Veränderungen in meinem Leben vor.«

»Aha«, sagte Alice, küsste sie auf die Stirn, fragte, was Candle zum Geburtstagsfrühstück essen wolle, und gab ihr damit im Grunde zu verstehen, dass diese Veränderungen, egal wie sie aussähen, kaum ins Gewicht fallen würden.

»Erstens«, sagte Candle, »lasse ich mir die Haare schneiden. Pferdeschwänze sind was für Kinder. Die Haare sollen an den Seiten übereinanderliegen wie Federn, wie Flügel.«

»Ist das nicht etwas aus der Mode gekommen?«, fragte Alice.

»Zweitens lasse ich mir Ohrlöcher stechen. Du hast

gesagt, dass du es erlaubst. Seit Jahren sagst du, dass ich es tun darf, wenn ich zwölf bin.«

»*Vielleicht* mit zwölf, habe ich gesagt.«

»Und drittens will ich von jetzt an mit meinem richtigen Namen angesprochen werden. Kendall.«

»Von mir aus gern«, sagte Alice. »*Du* hast damit angefangen und ihn ›Candle‹ ausgesprochen.«

»Da war ich noch klein und konnte ihn nicht richtig aussprechen. Jetzt wird mein Name zurückgeändert.«

»Gut«, sagte Alice. Dann fragte sie nochmal nach den Frühstückswünschen.

Am Samstag darauf ließ sich Candle tatsächlich die Haare schneiden. Flügel kamen dabei nicht heraus, aber ihr Haar war an den Seiten nach hinten geföhnt und auf Kinnlänge abgeschnitten. Gleich danach ließ sie sich in einem Schmuckladen in derselben Einkaufsmall Ohrlöcher stechen. Mit ihrer Namensänderung biss sie allerdings auf Granit. »Hübsche Frisur, Candle!«, sagte ihr Vater, als sie nach Hause kam. Sie funkelte ihn an, und er fragte: »Was ist?«

»Wir sollen sie Kendall nennen«, erinnerte ihn Alice, nur um sie zwei Minuten später selbst wieder mit »Candle« anzusprechen.

Das lag daran, dass Candle das Nesthäkchen war. Das letzte Kind, das noch zu Hause wohnte. Kein Mensch nahm sie ernst.

Sogar ihre Freundinnen, die am Abend zur Übernachtungsparty kamen, versprachen sich ständig. Sie gaben sich wirklich Mühe, und wenn Candle sie korrigierte, sagten sie »Ups!« Doch schon am Montagvormittag hieß es wieder Candle dies und Candle das, und die Lehrer versuchten es gar nicht erst.

Nach und nach wurde sie auch für sich selbst wieder Candle, als hätte es die Veränderung nie gegeben. Immer wenn sie »Kendall« auf eine Klausur schrieb – das hatte sie von Anfang an getan, schließlich stand dieser Name in ihrer Schülerakte –, betrachtete sie ihn wehmütig und erinnerte sich an den kurzen Moment, in dem sie geglaubt hatte, ein ganz neuer Mensch werden zu können. Doch der Name hatte sich nie wie ihr eigener angefühlt, das gab sie zu.

Und ihr Haar wurde nach und nach wieder lang, denn sie hatte wahnsinnig viel zu tun und keine Zeit für einen Frisörtermin. Dann begann auch noch die Softballsaison, und es war viel bequemer, die Haare hinten mit einem Gummi zusammenzubinden, bevor sie die Fängermaske aufsetzte.

Die Löcher in den Ohrläppchen blieben dagegen, und mit der Zeit sammelten sich eine Menge Ohrringe an – vorwiegend Stecker, weil ihr Trainer alles verbot, was herabhing.

Sie nahm sich vor, mit dreizehn für mehrere Piercings untereinander am äußeren Rand der Ohrmuschel zu kämpfen. In jedes gestochene Loch käme ein winziger Ring, es sollte wie eine Spiralbindung aussehen. Das hatte sie im McDonald's an einem Mädchen entdeckt, einem extrem lässig wirkenden Mädchen mit Augen-Make-up im Gothic-Look und schwarzem Lippenstift. Ihre Mitschüler würden in Ohnmacht fallen! Sie würden sie praktisch nicht wiedererkennen, so anders würde sie aussehen.

Wie jedes Jahr, seit sie acht war, fuhr sie im Sommer nach Maine ins Zeltlager. Weil drei Schulfreundinnen mitkamen und sie schon einige Teilnehmerinnen aus früheren Jahren kannte, war es zwar kein wirkliches Abenteuer, doch es gefiel ihr dort und alles war besser, als zu Hause zu bleiben. Immerhin gab es diesmal eine neue Kunstbetreuerin. Sie hieß Tomorrow (Tomorrow!) und war jünger als ihre Vorgängerin und auch hipper mit ihrem Hummel-Tattoo am Handgelenk. Candle verstand sich auf Anhieb mit ihr. Erstens fand Tomorrow den Namen Candle richtig gut, und als sie erfuhr, wie er entstanden war, vertraute sie Candle an, dass auch ihr Name eine Version des ursprünglichen war. »Eigentlich heiße ich Tamar, aber mit dreizehn oder vierzehn habe ich meinen Namen geändert. Du warst mir damals also weit voraus.« Plötzlich war Candle froh, dass ihre Eltern den Änderungswunsch ignoriert hatten.

Das Wichtigste aber war: Tomorrow hielt Candle für talentiert. Sie zeigte den anderen Mädchen ihr Stillleben – dasselbe Motiv, das alle gemalt hatten, eine Obstschale und ein Krug Kool-Aid auf einem der großen Picknicktische –, und sagte: »Seht ihr, wie Candle den Gegenständen einen besonderen Dreh verleiht? Sie hat den Krug nicht einfach abgemalt, sie hat ihn überspitzt. Sie hat den Hals verengt und den Bauch aufgebläht. Und deshalb, Leute, ist dieses Bild Kunst.«

Candle wusste nicht, wo sie hinsehen sollte. Sie hatte ihre Bilder schon immer »überspitzt«, wenn das der Fachbegriff war. Märchenprinzessinnen, die sie als kleines Kind gern gemalt hatte, trugen auf ihren Bildern Ballkleider, deren Rockteil bis zum Rand des Zeichenblatts reichte; der Oberkörper war extrem langgezogen, und die Ärmel waren verschnörkelt wie die Schnecken am Ende eines Geigenhalses. Aber niemand hatte je gesagt, sie sei talentiert. In den Augen ihrer Schulfreundinnen war Melanie Brooks die große Künstlerin, eine aus der achten Klasse. Melanie zeichnete Models so makellos, als wären sie in einer Zeitschrift abgedruckt.

Die anderen Kinder im Zeltlager wechselten nach einiger Zeit zum Töpfern, Schlüsselbandknüpfen und Korbflechten, doch Candle durfte beim Malen bleiben. Und als ihre Eltern sie nach sechs Wochen abholen kamen, wurden sie durch eine ganze Ausstellung von Candles Bildern geführt, die mit Reißzwecken an die Wände der Kunsthütte gehängt worden waren. »Wer weiß, was sie mit Öl zustande bringen würde«, sagte Tomorrow zu Candles Eltern. »Wir dürfen hier nur Wasserfarben verwenden, weil die Flecken leichter zu entfernen sind, aber sie sollte auch andere Techniken ausprobieren.«

»Meine Mutter arbeitet mit Acryl«, sagte Alice.

»Ach, Ihre Mutter ist Malerin?«

»Ja, wenn man so will.«

»Vielleicht kann sie Candle ein paar Tipps geben«, sagte Tomorrow.

Alice blickte zwar skeptisch drein, aber sie sagte: »Na ja. Vielleicht.«

*

Kaum war sie wieder daheim, waren Candles Bilder vergessen. Oder zumindest ihre Eltern hatten sie vergessen, denn das Haus stand ganz im Zeichen hektischer Vorbereitungen auf die Hochzeit ihrer Schwester. Robby würde im Herbst ihren langjährigen Freund Carlton heiraten. Er studierte Zahnmedizin und hatte Geheimratsecken, na toll. Candle verstand nicht, was das Theater sollte.

Sie selbst vergaß ihre Bilder nicht. Bis zum Beginn des nächsten Schuljahrs waren es noch sechs lange Wochen, in denen sie nichts zu tun hatte. Alle Freundinnen waren im Sommerurlaub, doch Candles Eltern hatten bereits Urlaub gemacht, während sie im Zeltlager gewesen war. Eines Tages bat sie ihre Mutter, mit ihr zu einem Laden für Künstlerbedarf zu fahren und ein paar Sachen zu kaufen. Es vergingen zwar mehrere Tage, bis sie endlich hinfuhren, doch schließlich war es so weit. Candle wusste allerdings nicht genau, was sie eigentlich wollte. Sie hatte an ein fertiges Öl-Malset gedacht, aber Ölfarben gab es nur in teuren einzelnen Tuben. Acrylfarben gab es hingegen als Sets. »Also, ich weiß nicht«, sagte sie zu ihrer Mutter. »Acryl klingt nicht so professionell wie Öl.«

»Was soll das heißen?«, erwiderte Alice. »Deine Grandmom malt ausschließlich mit Acryl und *ist* angeblich Profi. Weißt du, was? Wir vereinbaren einen Termin für einen Besuch im Atelier, dann kannst du sie alles fragen. Nimm ein paar Bilder aus dem Zeltlager mit, damit sie sich einen Eindruck verschaffen und dir sagen kann, welche Farben du am besten benutzt.«

Das war der Plan. Zu Hause rief Alice gleich ihre Mutter an, und sie einigten sich auf den übernächsten Nachmittag.

»Sei nicht gekränkt, falls Grandmom deine Bilder kritisiert, hörst du?«, sagte Alice auf der Fahrt in die Stadt. »Sie wird vielleicht nicht so begeistert sein, wie diese Today oder wie sie hieß.«

Alice konnte Tomorrows Namen unmöglich vergessen haben. Sie war nur wieder arrogant, wie üblich. Sie zeigte gern, wie sehr andere sie amüsierten.

Sie ging nicht mit hinein, nachdem sie Candle hingebracht hatte. »Sag ihr, ich komme rein, wenn ich dich abhole. In ungefähr einer Stunde, eineinhalb allerhöchstens«, sagte sie und fuhr weiter, nach Towson, zur Anprobe ihres Brautmutterkleids.

Das Atelier befand sich über einer Garage im Garten irgendwelcher Leute. Candle musste eine wacklige Außentreppe hinaufsteigen, die bei jedem Schritt schwankte. Ihre Großmutter hatte sie kommen hören und die Tür bereits geöffnet, als Candle oben ankam. »Kendall!«, rief sie. »Wie schön, dich zu sehen!«

Bis zu diesem Moment hatte Candle ganz vergessen, dass sie zumindest von ihrer Großmutter immer Kendall genannt worden war, und sie verspürte einen Anflug von Dankbarkeit. »Danke, Grandmom«, sagte Candle und umarmte sie kurz, was sie andernfalls nicht getan hätte.

Mercy sah mit ihrem nachlässig geknoteten Dutt und dem kleinen, spitzen Gesicht interessanter aus als die meisten anderen alten Damen. Anstelle eines Malerkittels trug sie ein Herrenhemd, das wahrscheinlich von Pop-Pop stammte und ihr fast bis zum Rocksaum reichte. Außerdem roch sie leicht bitter, wie Tee. Das Atelier gefiel Candle, aber sie selbst würde es nie so hinbekommen, denn in ihrem Zimmer daheim herrschte chronisches Chaos. Hier dagegen waren alle Oberflächen leer, nichts lag herum. Sie ging hinein und ließ den Blick fasziniert durch den Raum wandern. Dann reichte sie Mercy die Mappe mit ihren Bildern. »Ich soll dir von Mom ausrichten, dass sie kurz reinkommt, wenn sie mich abholt«, sagte sie, und Mercy nickte, jedoch zerstreut, weil sie bereits die Mappe geöffnet hatte und sich das erste Bild ansah.

»Sie sind nicht besonders, glaube ich«, sagte Candle.

Mercy sah sie an. »Das darfst du nie, nie sagen! Regel Nummer eins.«

»Gut, es sind aber nur Sachen vom Zeltlager.«

Mercy schob die Farbtuben zur Seite, um Platz zu machen, und legte die Bilder in einer Reihe auf den Tisch. »Hm«, sagte sie, während sie eins nach dem anderen musterte. »Mm-hmm. Mm-hmm.«

Das erste war das mit der Obstschale und dem Krug Kool-Aid. Dann kam eines mit einem Baum am See in der Nähe des Zeltlagers. Aus dem Stamm ragten riesige weiße Pilze, als hätte man auf die Eject-Taste eines CD-Players gedrückt. Dann ein Porträt: Ditsy Brown aus Hütte 8. Ditsys mollige linke Wade, die sie über ihr rechtes Knie gelegt hatte, war das größte Objekt auf dem Bild, einfach weil es dem Betrachter am nächsten war. Dadurch hatte es etwas von einem Cartoon, was ganz und gar nicht Candles Absicht gewesen war. Sie setzte zu einer Bemerkung an, verkniff sie sich aber und ging weiter zu dem Bild eines Ruderboots.

Auf der anderen Seite des Tischs lag ein halb fertiges Bild von Mercy, es zeigte eine Veranda. Candle wusste, dass es halb fertig war, weil man darauf nur angedeutete Bodendielen und Adirondack-Gartenstühle sah, aber noch keinen superdetailliert ausgeführten Gegenstand wie auf jedem Gemälde von Mercy. Bestimmt fand sie Candles Arbeiten unreif. Nichts Besonderes und immer das Gleiche.

»Ich weiß, sie sind nicht wie deine«, sagte sie, und Mercy erwiderte »Na, das wollen wir doch hoffen. Sie sollen ja gerade nicht so sein wie die von jemand anderem.« Dann sammelte sie die Bilder wieder ein und steckte sie zurück in die Mappe. »Aber ich verstehe, warum du eine andere Technik ausprobieren möchtest. Dein Stil basiert auf der Linie. Öl oder Acryl ist für lineares Malen besser geeignet. Hast du Lust, meine Acrylfarben auszuprobieren?«

»Ja!«, sagte Candle.

»Dann lege ich dir alles bereit, und du wirst sehen, wie du damit zurechtkommst.«

Sie riss ein Blatt Papier aus einem Block und legte es mit mehreren Bleistiften vor Candle hin. Candle setzte sich an den Tisch und strich mit dem Finger prüfend über die Papieroberfläche, die sich gewebt anfühlte, wie Stoff.

»So, und jetzt ein Motiv …«, sagte Mercy, ging zur Küchenzeile, kramte eine Weile herum und brachte eine Zuckermelone, eine Flasche Apfelsaft und eine Microfaser-Spülbürste mit Holzgriff. »Lass dich von dem komischen Sammelsurium nicht irritieren«, sagte sie, während sie die Gegenstände auf dem Tisch anordnete. »Es sollen unterschiedliche

Texturen sein. Probier ein bisschen herum, möglichst mit verschieden starken Pinseln. Ich lasse dich jetzt in Ruhe.«

Mercy ging zur Schlafcouch, ließ sich mit wehenden Hemdzipfeln darauf nieder, langte zum Radio hinüber und schaltete es ein. Das musste WLIF sein, ein Sender für alte Leute. Hinter einem Couchkissen – dem großen, das in Wahrheit ein Kopfkissen war – zog sie ein in Klarsichtfolie eingeschlagenes Bibliotheksbuch hervor, schlug es auf und begann zu lesen. Dabei wippte sie mit den Füßen im Takt eines nach Walzer klingenden Stücks aus dem Radio. Mercy war so klein, dass ihre Füße nur knapp über die Kante der Couch hinausragten, wie Kinderfüße.

Zuerst fühlte sich Candle alleingelassen. Sie hatte zumindest eine Anleitung erwartet. Doch dann zeichnete sie die drei Objekte andeutungsweise mit ein paar Linien vor, nahm eine Tube mit gelber Farbe und drückte eine kleine Menge auf die Palette. Plötzlich fand sie es gut, sich selbst überlassen zu sein. Niemand würde zusammenzucken oder scharf einatmen, sollte sie etwas falsch machen.

Sie probierte einen Pinsel mit abgerundeter Spitze aus, dann einen mit abgeschrägter und tauchte sie jeweils zuerst in das Wasserglas neben Mercys Pinselgefäß. Sie mischte ein bisschen Weiß unter das Gelb, um es aufzuhellen; das war für den Apfelsaft. Hin und wieder summte Mercy eine Melodie aus dem Radio mit – ganz leise und immer nur ein, zwei

Takte, während sie umblätterte. Alice behauptete, Mercy lese nur Schrott, vor allem englische Krimis. »Mich«, fügte sie immer hinzu, »hat noch nie interessiert, wer es war.«

Jetzt wandte sich Candle der Spülbürste zu. Es machte Spaß, die grauen Microfaser-Borsten zu malen. Sie lernte, weniger Wasser zu verwenden, um feine schwarze Linien auf das Grau zu setzen, und sehr viel mehr, um die graue Resopal-Tischplatte darzustellen.

Als Alice an die Ateliertür klopfte, tupfte Candle gerade die Poren der Melone aufs Papier. Mercy hatte ihr Buch weggesteckt, stand an der Küchenzeile und machte Eistee. Auf Candles Bild hatte sie keinen Blick geworfen. Als Mercy öffnete, fragte Alice sofort »Und? Wie ist es gelaufen?«, als hätte sie die ganze Zeit unter Hochspannung gestanden.

»Hm? Gut ist es gelaufen«, antwortete Mercy, ging zum Radio und schaltete es aus. »Möchtest du ein Glas Eistee?«

»Nein, wir müssen gleich – Na, wie findest du Acrylfarben?«, fragte Alice ihre Tochter.

»Acryl ist toll!«

»Wirklich? Sollen wir welche kaufen?«

»Ja!«

»Was denkst *du*, Mom?«

»Ja, warum nicht«, erwiderte Mercy leichthin.

»Okay, dann … Und was hältst du von ihren Bildern? Lohnt es sich, dass sie weitermacht?«

»Ihre Bilder gefallen mir sehr gut«, sagte Mercy. »Aber ob es sich lohnt weiterzumachen, kann nur sie selbst entscheiden.«

Alice drehte sich erwartungsvoll zu Candle um, doch aus irgendeinem Grund beschloss Candle zu schweigen und schenkte ihrer Mutter nur ein halbherziges Lächeln. Dann sammelte sie hastig die Pinsel ein, um sie auszuwaschen.

★

Candle bekam ihr Acryl-Set, mehrere Pinsel und einen Block Leinenpapier. Doch zu Hause erwies es sich als unmöglich, beim Malen für sich zu sein. Sie musste in der Küche sitzen, dem einzigen Raum ohne Teppichboden, ständig kam ihre Mutter vorbei und guckte ihr über die Schulter, gab aber demonstrativ keinen Kommentar ab, was wiederum in sich ein Kommentar war. »Bei Grandmom ging es besser«, sagte Candle und meinte damit, dass es besser war, wenn einem nicht ständig jemand im Nacken saß. Alice verstand die Äußerung falsch. »Soll ich deine Grandmom anrufen und fragen, ob du wieder zu ihr kannst, damit sie dir gute Tipps gibt?« Candle klärte das Missverständnis nicht auf.

Von da an malte sie ungefähr ein Mal pro Woche in Mercys Atelier. Allerdings nicht zu bestimmten

Zeiten, was Alice lieber gewesen wäre. »Ich habe extra gesagt ›Machen wir es beispielsweise jeden Montagnachmittag …‹, erzählte sie Candle, ›aber deine Grandmom meinte ›Ich weiß nie im Voraus, ob ich montags kann oder nicht‹. Daraufhin ich ›Gibt es denn einen Tag, an dem du garantiert immer kannst?‹ und sie ›Nein, nicht wirklich.‹ Was macht die Frau die ganze Zeit? Was hat sie groß zu tun? Man kann nicht gerade behaupten, dass die Kundschaft ihr die Tür einrennt.«

Deshalb ging Candle in der einen Woche am Montag ins Atelier, in der nächsten am Donnerstag und so weiter. Mit Beginn des neuen Schuljahrs kamen Wochentage nicht mehr in Frage; sie hatte nur samstags und sonntags Zeit. »Ich weiß schon jetzt, was Grandmom sagen wird«, sagte Alice. ›Ich kann mich nicht festlegen‹, wird sie sagen«, nuschelte Alice mit einer Altfrauenstimme, obwohl Mercys Stimme gar nicht so klang.

Diesmal griff Candle selbst zum Telefon, und alles lief glatt. »Du Arme, jetzt musst du zurück in die Tretmühle«, sagte Mercy nur. »Gut, in Ordnung, mir passen beide Tage. Aber nur nachmittags!«

Was damit zusammenhing, dass Mercy gern ausschlief, wie Candle herausfand. Weder standen vormittags die Kunden bei ihr Schlange noch malte sie zwingend um diese Tageszeit. Sie lebte einfach in den Tag hinein, ein träges, planloses Leben, das Candle nur zu gern selbst geführt hätte. »Wenn ich erwachsen bin«, sagte sie an einem dieser Nachmittage zu Mercy, »teile ich mir den Tag so ein wie du.«

»Nämlich wie?«

»Gar nicht. Ich mache dann, was ich will und wann ich will, und lasse mich von niemandem herumkommandieren.«

»Ja, das hat durchaus seine Vorteile«, erwiderte Mercy. »Und willst du irgendwann Kinder haben?«

»Hm …«

Eigentlich war sie immer davon ausgegangen, doch jetzt sah sie ein, dass das die Sache verkomplizieren könnte.

»Manche Menschen leben zuerst ein Leben und dann ein zweites«, erklärte ihre Großmutter. »Zuerst ein Familienleben und später ein vollkommen anderes. So ist es bei mir.«

Sie lächelte Candle verschmitzt, beinahe spitzbübisch zu und summte wieder zur Radiomusik. »*Moon River*«, summte sie und löste dabei das Kreuzworträtsel der *Baltimore Sun*.

Candle malte Bilder, auf denen ein Paar tanzte, ein Junge einen Abhang hinunterlief und ein kleines Mädchen allein durch den Wald ging – alles erfundene Motive. Einmal versuchte sie, ihre Großmutter zu malen, fand aber, dass reale Dinge weniger Spaß machten. Bei realen Dingen musste man sich an die Tatsachen halten – an knifflige Details wie einzelne Haare, die aus einem Dutt herausragten, oder an

Falten in der Halsbeuge. Ein irrsinnig hoher Baum, der über einem winzigen einsamen Kind aufragte, hatte wesentlich mehr Drive.

Wenn sie mit einem Bild zufrieden war, zeigte sie es Mercy. »Willst du sehen, wie es geworden ist?«, fragte sie, und Mercy antwortete »Klar«, sprang von der Schlafcouch auf und sah es sich an. Sie wurde sehr ernst, wenn sie ein Bild betrachtete, musterte es zuerst aus der Nähe, dann mit einigen Schritten Abstand, legte den Kopf schief und kniff die Augen zusammen. Schließlich sagte sie: »Es gefällt mir.« Punkt. Würde sie das auch sagen, wenn ihr ein Bild nicht gefiel? Candle glaubte schon, doch das kam nie vor.

Einmal begrüßte Mercy sie an der Tür mit den Worten »Ich habe einen Auftrag bekommen, heute arbeiten wir beide« und kehrte zu ihrem eigenen Bild zurück, aber nicht an den Küchentisch. Sie hatte ihre Mal-Utensilien auf die Arbeitsfläche der Küchenzeile gelegt. Candle spürte, dass sie nicht gucken sollte, packte schweigend ihre Sachen aus und setzte die Arbeit an einem Bild fort, das sie in der Woche zuvor begonnen hatte. Nur die leisen Streichgeräusche ihrer Pinsel waren zu hören. Candle war die Alte-Leute-Musik inzwischen gewohnt, doch offenbar hatte es Mercy beim Malen gern still, und Candle verstand auch, warum. In der Stille erschien ihr das, was sie machte, wichtiger – bedeutungsvoller, fast wie Beten. Bis ihre Mutter nach eineinhalb Stunden kam, um sie abzuholen, fiel kein einziges Wort.

*

Bei der Hochzeit ihrer Schwester waren Candle und ihre Cousine Serena als Brautjungfern vorgesehen, während Mary Ann Locke, Robbys frühere Zimmergenossin im College, Trauzeugin sein sollte. Candle war das recht; sie war so viel jünger als Robby, dass sie sich nie besonders nahegestanden hatten. Ihr Verhältnis zu Serena war allerdings auch nicht sehr eng, denn sie sahen sich kaum noch. Ihre einzige Gemeinsamkeit bestand darin, dass sie beide im Gegensatz zu den »Großen« die »Kleinen« in der Familie waren.

»Wie war das eigentlich?«, hatte Candle ihre Mutter mal gefragt. »Hat Tante Lily erfahren, dass ich auf die Welt gekommen bin, und beschlossen, auch noch eines zu kriegen, um dir Gesellschaft zu leisten?«

»Ha!«, hatte ihre Mutter erwidert. »Als hätte meine Schwester jemals *beschlossen*, schwanger zu werden!«

Denn in dieser Familie gab es nicht nur die Kleinen und die Großen, sondern auch die Vernünftigen und die Durchgeknallten. Oder, wie Tante Lily es nannte, die Schwierigen und die Unkomplizierten. Ihr zufolge war Alice eine Schwierige, während Lily sich selbst als unkompliziert betrachtete, womit sie sorglos und entspannt meinte.

Die Guten gegen die Bösen, darum ging es in Wahrheit. Und jeder verstand etwas anderes darunter.

In den Augen von Candles Mutter war Mercy eine Böse. »Ich liebe sie ja wirklich heiß und innig«, sagte Alice, »aber ganz ehrlich: Diese Frau hätte nie Kinder in die Welt setzen dürfen.« Dann ging es wieder los mit der endlosen Tirade darüber, dass der Esszimmertisch ständig mit Tuben und Pinseln zugemüllt gewesen sei, dass sie in ihrer ganzen Kindheit und Jugend nicht *eine* ausgewogene Mahlzeit vorgesetzt bekommen hätten, dass Mercy anlässlich der Nachricht, für einfache Bürger werde es vielleicht irgendwann möglich sein, eine Kolonie auf dem Mars zu gründen, gesagt hatte: »Da wäre ich dabei – so schnell könntet ihr gar nicht schauen!«

»Und das in den Sechzigerjahren!«, sagte Alice. »Da hat noch eines ihrer Kinder zu Hause gewohnt!«

»Sie hat gemeint, wenn alle Kinder aus dem Haus wären«, erklärte Candle geduldig. »In ihrem nächsten Leben.«

»Aber dass man so etwas auch nur *denkt*!«

»Was regst du dich auf? Man hat es ihr sowieso nicht angeboten.«

»Nicht in diesem Ton, mein Fräulein!«, erwiderte Alice.

Kaum zu glauben, dass sich Candles Mutter zu den Vernünftigen zählte.

Bei Robbys Hochzeitsfeier fragte Mercy Candle, ob sie Lust habe, mit ihr nach New York zu fahren.

»*Wo*hin?«, fragte Candle. Der Vorschlag kam völlig unerwartet.

»Meine alte Freundin Magda Schwartz stellt ihre Bilder aus«, sagte Mercy. »Die würde ich mir gern ansehen.« Pop-Pop und sie wollten die Feier gerade verlassen und hatten sich schon bei allen verabschiedet. Doch jetzt sagte Mercy zu Candle: »Wenn du mitkommen willst, rufe ich morgen deine Mutter an und frage, ob sie es erlaubt.«

»Ja! Ja, ich will mit!«

Sie war noch nie in New York gewesen. Nur drei Stunden Zugfahrt ohne Umsteigen, trotzdem hatte sie nie einen Fuß in die Stadt gesetzt.

»Ich muss dich allerdings warnen – der Ausflug ist nicht für Kinder ausgelegt«, sagte Mercy. »Wir treffen uns mit Magda in einem kleinen Lokal zum Mittagessen – ich lade sie zur Feier des Tages ein –, sehen uns ihre Bilder an und steigen in den Zug nach Hause. Für eine Übernachtung sind die Hotels in New York zu teuer.«

»Macht nichts«, sagte Candle. »Aber kriege ich einen Nathan's Hot Dog?«

»Einen was? Ach so, ja, warum nicht. Den kriegst du vor der Rückfahrt.«

»Prima!«, sagte Candle. Ein Mädchen in ihrem Softballteam schwärmte immer von Nathan's Hot Dogs.

Ihren Eltern gegenüber erwähnte sie die Einladung nicht; sie vertraute ganz auf Mercys Überredungskunst. Außerdem waren die beiden während der Hochzeit sowieso viel zu beschäftigt und sprachen auch auf der Heimfahrt wieder nur darüber. Am nächsten Tag geriet sie bei jedem Anruf in Alarmbereitschaft, denn jedes Mal konnte es Mercy sein. Dummerweise klingelte das Telefon ziemlich oft. Natürlich mussten alle beteuern, wie schön die Hochzeit gewesen war, wie hübsch die Braut ausgesehen hatte und wie nett der Bräutigam war, bla, bla, bla. Am späten Nachmittag hörte Candle endlich, wie sich ihre Mutter mit »Hallo? … Hi, Mom« meldete. Sie legte die Zeitungsseite mit den Cartoons aus der Hand und stellte sich in die Küchentür. »Ja, fand ich auch«, sagte Alice gerade. »Trotzdem bin ich froh, dass es vorbei ist.« Dann hörte Alice eine Weile zu. »New York?«, sagte sie schließlich. »Warum *das* denn?« Sie lauschte wieder. »Also, ich weiß nicht … meinst du, sie will das überhaupt? Was?« Sie warf Candle, die händeringend vor ihr stand, einen Blick zu. »Ach, du hast schon mit ihr darüber gesprochen? Also, ich hätte es besser gefunden, wenn du …« Wieder blieb sie eine Zeit lang still. »Gut, ich frage Kevin, was er davon hält, und rufe dich an. Wann soll das noch mal sein?«

Nachdem sie aufgelegt hatte, sagte sie zu Candle: »Warum hast du mir nichts davon erzählt?«

»Wann denn?«

»Stimmt.«

»Darf ich mit? Bitte! Bitte!«

»Woher willst du wissen, ob dir das gefällt?«, fragte Alice. »Eine lange Fahrt im vollen Zug, ein paar Bilder ansehen und wieder eine lange Fahrt im vollen Zug nach Hause –«

»Aber nach New York! Ich war noch nie da!«

»Also, wenn du mich fragst, ist New York überbewertet. Vollgestopft mit rücksichtslosen Leuten, und schmutzig ist es da auch, das kannst du mir glauben.«

»Das würde ich gern selbst rausfinden.«

»Außerdem ist mir nicht wohl bei dem Gedanken, dass deine Großmutter ganz allein die Verantwortung für dich trägt.«

»Wieso? Immerhin hat sie euch drei großgezogen.«

»Eben«, erwiderte ihre Mutter rätselhafterweise.

»Und wir kommen so gut mit uns aus. Ich möchte mehr über ihr Leben erfahren.«

»Kommen so gut *miteinander* aus. Ach je. Wahrscheinlich stimmt es, dass erst die übernächste Generation bestimmte Verwandte wertschätzen kann.«

Candle war überzeugt, dass dazu wesentlich mehr nötig war. Ihre Cousine Serena gehörte auch der übernächsten Generation an, aber *sie* hatte nicht viel am Hut mit ihrer Grandmom.

*

Ihr Dad war einverstanden, solange es bei einem Tagesausflug blieb. »Aber sag deiner Großmutter, dass ich euch zum Bahnhof fahre und hinterher abhole«, fügte er hinzu. Seiner Meinung nach war Mercy eine grauenhafte Fahrerin, nur weil sie einmal beim Zurückstoßen ihre Freundin Bridey gerammt hatte – Bridey selbst, nicht Brideys Auto. Sie hatte den Kopf aus dem Fenster gesteckt und sich entschuldigt, obwohl Bridey zum Glück noch stand, hatte den Kopf wieder eingezogen, war nochmals zurückgestoßen und hatte Bridey diesmal wirklich umgefahren. Die meisten in der Familie fanden die Geschichte köstlich, obwohl sie für Candles Empfinden mehr über Bridey als über Mercy aussagte. Denn wieso um alles in der Welt war Bridey nicht einfach aus dem Weg gegangen, nachdem es sie zum ersten Mal erwischt hatte? Doch Kevin konnte daran nichts Lustiges finden und sagte ständig, Mercy sollte der Führerschein entzogen werden.

Jedenfalls fuhr er Candle an einem warmen Samstagmorgen Ende Oktober in die Stadt, gabelte Mercy vor dem Atelier auf und brachte beide zur Penn Station. Candle trug sogar einen Rock, nur für den Fall, dass das Lokal, in das sie gehen würden, ein vornehmes Restaurant war. Mercy trug ebenfalls einen Rock, aber einen, wie sie ihn auch sonst jeden Tag trug, und sie hatte sich eine ganz normale Strickjacke über den Arm gelegt, falls die Klimaanlage im Zug zu stark eingestellt war. Die Tickets waren bereits gebucht, sie mussten sie nur am Schalter abholen. Danach durchquerten sie den Bahnhof und gingen sofort zu den Gleisen hinunter, noch bevor der Zug angekündigt war, denn Mercy war die Strecke schon oft gefahren und wusste, wie es lief. Zum Beispiel wusste sie, dass man sich am besten ein Stück weiter vorn auf den Bahnsteig stellte, weil in den ersten Waggons weniger Leute saßen. Und als sie nach der Einfahrt des Zugs an Bord gegangen waren, fanden sie tatsächlich problemlos zwei Sitze nebeneinander. Mercy bot Candle mit einer Geste den Fensterplatz an, setzte sich ebenfalls, zog ein Taschenbuch aus der Handtasche und begann so entspannt zu lesen, als säße sie zu Hause auf ihrer Schlafcouch.

Candle hatte auch ein Buch dabei, im Rucksack, schlug es aber während der gesamten Fahrt nicht mal auf. Sie war viel zu sehr damit beschäftigt, aus dem Fenster zu sehen, die anderen Passagiere zu beobachten und das junge Paar direkt hinter ihnen zu belauschen, das sich darüber stritt, ob sie einen Hund anschaffen sollten, oder nicht. Als ihr langweilig wurde, zeichnete sie mit dem Zeigefinger unsichtbare Bilder – eine noch ziemlich neue Angewohnheit, die ihre Mutter wahnsinnig machte, aber Candle hielt die Hand so, dass ihre Großmutter nichts bemerkte. Und selbst *wenn* sie es bemerkt hätte, wäre es ihr wahrscheinlich egal gewesen.

Irgendwann fielen ihr die Augen zu – sie war seit

Tagesanbruch auf den Beinen –, und als sie erwachte, fuhren sie schon durch New Jersey, wo die Bahnhöfe dicht an den Gleisen standen und haufenweise Leute warteten, manchmal ganze Familien. Kurz darauf wurde es unruhig in ihrem Waggon. Die Fahrgäste sammelten ihre Sachen zusammen, standen auf und hoben die Reisetaschen aus den Gepäckablagen. Der Zug fuhr in einen Tunnel, und im Waggon wurde es düster. Candles Herz schlug plötzlich schneller, während ihre Großmutter sogar im schummrigen Licht einfach weiterlas.

»Penn Station!«, verkündete der Schaffner, was komisch war, wenn man bedachte, dass sie ja von Penn Station kamen. Doch diese war vollkommen anders, überhaupt kein Vergleich. Nachdem sie oben auf der Rolltreppe angelangt waren – Mercy hatte ihr Buch erst in letzter Sekunde zugeklappt und war in aller Ruhe aufgestanden –, betraten sie eine unglaublich große und hohe Halle, in der Candle sich winzig vorkam. Menschenmassen drängten an ihnen vorbei, und uniformierte Männer schoben Gepäckwagen vor sich her. »Hier lang«, sagte Mercy und führte Candle durch die Menge und über eine weitere Rolltreppe zur Straße hinauf, in der es nach Waschmaschinenwasser roch. Erst als sie im Taxi saßen, steckte Mercy ihr Buch zurück in die Handtasche. »Und?«, sagte sie, nachdem sie dem Fahrer das Ziel genannt hatte. (Und zwar keine Straße, sondern ein Restaurant, als würde er das Lokal ganz selbstverständlich kennen, was tatsächlich so war.) »Wie findest du New York?«

»Na ja, ganz schön hoch«, antwortete Candle, während sie aus dem Seitenfenster sah. »Aber auch nicht höher als in bestimmten Gegenden von Baltimore. Weißt du, ich dachte, ich würde nach oben schauen, immer höher und höher, bis ich versehentlich nach hinten umfalle.«

»Das kann noch kommen«, erwiderte ihre Großmutter lächelnd und blickte ihrerseits aus dem Fenster. Candle fielen die zahlreichen Imbisswagen auf den Gehwegen auf. Viele Leute blieben stehen und kauften sich Hot Dogs, aber Nathan's Hot Dogs waren nicht dabei.

Vor dem Restaurant – einem kleinen mit Markise – gab Mercy dem Fahrer mehrere Scheine und sagte »Stimmt so«, als wäre das ganz alltäglich für sie. Dann öffnete sie die Wagentür und trat auf den Gehsteig hinaus. Candle folgte ihr.

Mercys Freundin wartete schon an einem kleinen Tisch. Eine hagere, lebhafte Frau, deren langes, glattes schwarzes Haar in merkwürdigem Kontrast zu ihrem alten Gesicht stand. Ihre Lippen hatte sie dick mit dunkelrotem Lippenstift geschminkt, und von den knochigen Schultern hing eine grellbunte Tunika mit geometrischem Muster. »Merce!«, rief sie, erhob sich halb von ihrem Stuhl, küsste Mercy auf beide Wangen und nahm wieder Platz.

»Das ist meine Enkelin Kendall«, sagte Mercy.

Candle lächelte stumm und setzte sich auf den Stuhl links von Mercy. »Schön, dich kennenzulernen, Kendall«, sagte Magda. »Deine Großmutter hat mir erzählt, dass du auch malst, stimmts?«

»Ja, irgendwie schon«, erwiderte Candle. Sie musterte die anderen Gäste, die an Tischen mit weißen Tischtüchern saßen und alle super-newyorkerisch und elegant aussahen. Mercy trug mittlerweile ihre Strickjacke, und man erkannte sofort, dass sie nur aus Baltimore kam.

Die beiden Frauen bestellten, nachdem sie kaum einen Blick auf die Karte geworfen hatten – Magda nahm einen asiatischen Salat, und Mercy die gebratenen Jakobsmuscheln, jeweils mit Eistee –, doch Candle konnte sich nicht entscheiden. Einerseits wollte sie etwas Neues, Aufregendes, aber *zu* aufregend sollte es auch nicht sein. Schließlich fiel ihre Wahl auf ein Sandwich mit Krabbensalat und eine Cola light. Während der Kellner ihre Bestellung notierte, sagte er »Sehr gut«, was sie beruhigte.

Magda erzählte Mercy inzwischen von ihrer Vernissage, zu der viele Leute gekommen waren, darunter auch ein gewisser Bruce, den beide offenbar seit ewigen Zeiten kannten. »Und selbstverständlich hat er dir ein Bild abgekauft«, sagte Mercy in einem Ton, der herausklingen ließ, dass Bruce selbstverständlich kein Bild gekauft hatte. »Darauf kann ich lange warten«, erwiderte Magda. »Und dann musste er natürlich auch noch an den Getränken herummäkeln.«

»Ist nicht wahr!«

»Soll das allen Ernstes heißen, dass hier kein Rotwein ausgeschenkt wird, junge Frau?«, hat er zu dem Mädchen vom Service gesagt.

»Ich finde es grandios, wenn man sich selbst so dermaßen treu bleibt.«

»Ich auch, vor allem wenn es um mieses Benehmen geht. Und weißt du, was ich daran besonders grandios finde?«

»Was?«

»Dass es dann ausnahmsweise nicht ich bin, die sich mies benimmt.«

Sie steckten die Köpfe wie Schulmädchen zusammen und prusteten los. Candle grinste verlegen.

Als das Essen kam, hatte sich das Gespräch auf Mercys Bilder verlagert. Ob sie noch immer ihre Hausporträts mache, wollte Magda wissen, und ob die Nachfrage groß sei. »Ach was«, sagte Mercy abfällig. »Von Zeit zu Zeit ein paar Aufträge, meist ziemlich stumpfsinnige Sachen. Hin und wieder ist aber doch etwas Reizvolles dabei, ein Haus mit echter Persönlichkeit.«

Candle fand die Bemerkung bescheiden und zugleich ein bisschen angeberisch, denn »ein paar« stimmte nicht; eher handelte es sich um ein bis zwei, und dazwischen lagen lange Monate, in denen Mercy nur für sich malte. Trotzdem war sie froh, dass ihre Grandmom eine so gute Show hinlegte. Magda sollte sie nicht bemitleiden.

Candles Sandwich wurde mit Kartoffelchips serviert, die wirklich erstklassig waren – dicker als sonst, und an den Rändern hing noch die Schale. Ein bisschen mehr Salz hätte allerdings nicht geschadet. Und im Krabbensalat waren komische Punkte, winzig klein geschnittene Gewürzgurken. Mercys Jakobsmuscheln schmeckten ihren Worten zufolge köstlich. »Zu Hause bestelle ich nie Jakobsmuscheln, die sind fast immer verkocht. Um Jakobsmuscheln zu kriegen, die nicht ledrig sind, muss man tatsächlich nach New York fahren.« Sie stieß Magda neckisch mit dem Ellbogen und fügte hinzu: »Robin behauptet immer, er würde so ungern verreisen, weil das Essen anderswo nie so schmeckt wie in Baltimore. Man weiß einfach nie, was man bekommt, sagt er.«

Wieder kicherten sie.

»Ach Gott, der gute alte Robin«, sagte Magda kopfschüttelnd.

»Als unser Enkel zu seinem Auslandssemester aufbrach«, erzählte Mercy, »haben ihm seine Eltern so eine Uhr mit zwei Ziffernblättern geschenkt, eines für die ausländische Zeit und das andere für die Zeit daheim. Und Robin sagte –« Sie legte die Stirn in Falten und setzte einen verdutzten Blick auf – ›Tatsächlich?‹, hat er gesagt. ›Ich dachte immer, man *weiß* ganz einfach, wie spät es zu Hause ist.‹«

Das brachte Magda schon wieder zum Lachen, und Mercy wirkte zufrieden. »Stimmts?«, fragte sie Candle.

Candle, die sich an das Gespräch nicht erinnerte, lächelte stumm. Sie hatte nicht mal gewusst, dass ein Enkel im Ausland studiert hatte. (Vielleicht sogar ihr Bruder Eddie? Jedenfalls lernte er gern neue Sprachen.) Sie war so viel jünger als die anderen, das war das Problem. Sie war so entsetzlich jung und unerfahren und konnte bei vielem nicht mitreden. Aber sie tat ihr Bestes, um aufzuholen.

*

Bei dem Wort »Galerie« sah Candle automatisch die National Portrait Gallery in Washington D.C. vor sich, die sie einmal bei einem Schulausflug besucht hatte. Eine doppelte Säulenreihe und rechts und links davon je ein riesiger Gebäudeflügel … Daher war ihre Enttäuschung groß, als sie Magdas Galerie erreichten, die wenige Querstraßen von dem Lokal entfernt lag und sich als winziger Laden mit einem einzigen Sprossenfenster entpuppte. Mercys Reaktion fiel genau entgegengesetzt aus. »Mensch, Mags!«, rief sie. »Das ist ja todschick!«

»Tja, es geht bergauf mit mir«, erwiderte Magda und sagte zu Candle: »Meine letzte Ausstellung war in einer Rahmenhandlung.«

Ihre Ehrlichkeit gefiel Candle.

Kaum waren sie eingetreten, erhob sich eine junge

Frau hinter einem Schreibtisch und sagte: »Hallo, Ms Schwartz! Schön, Sie zu sehen.«

»Hallo, Virginia«, sagte Magda. »Ist Mr Phillips da?«

»Nein, tut mir leid. Er ist beim Mittagessen.«

»Na ja, macht nichts. Ich möchte meinen beiden Freundinnen hier die Ausstellung zeigen. Mercy kommt aus Baltimore und ist selbst Malerin. Wir sind zusammen zur Schule gegangen. Und das ist ihre Enkelin Kendall.«

Virginia sagte »Guten Tag« und ging leicht in die Knie. Es war beinahe ein Knicks. Sie trug ein aufregendes Outfit, bestehend aus einem schwarzen Strickoberteil mit gerüschtem Saum, der für eine reine Zierde zu lang, aber für einen Rock zu kurz war, und darunter nur eine schwarze Strumpfhose und schwarze Ballerinas. Candle besah es sich ganz genau und überlegte, ob ihre Mutter *ihr* erlauben würde, so etwas anzuziehen. Magda hatte Mercy inzwischen am Ellbogen gepackt und führte sie zum ersten Bild. »Das ist das, von dem ich dir erzählt habe«, sagte sie. Candle folgte den beiden mit zwei Schritten Abstand. »Ich weiß noch immer nicht, ob es fertig ist oder nicht. Was meinst du? Hätte ich es zurückhalten sollen, bis ich mir sicher gewesen wäre?«

Mercy widersprach entschieden. »Nein, hättest du nicht. Du weißt bestimmt noch, was Mr LaSalle immer gesagt hat: ›Man kann einem Bild nichts Schlimmeres antun, als es zu überfrachten‹.«

»Stimmt, das hat er gesagt«, erwiderte Magda. »Du hast recht.«

Candle war sich nicht so sicher. Das Bild bestand aus einem etwa 0,5 × 1 Meter großen glänzenden weißen Rechteck mit einem an das Nike-Logo erinnernden geschwungenen schwarzen Haken in der Ecke links unten. Hatte Mr LaSalle nie ein Bild *unter*frachtet gefunden?

Auf dem nächsten Gemälde war mehr los: Fünf grüne Vs schwebten auf matt beigem Hintergrund. In den Vs konnte man fast einen Vogelschwarm sehen. Aber vielleicht sollte man so ein Bild besser nicht zu etwas Erkennbarem umdeuten, dachte Candle, sondern die Vs als das würdigen, was sie waren. Sie kniff die Augen zusammen und konzentrierte sich aufs Würdigen.

Sie hatte durchaus schon abstrakte Bilder gesehen. Im Haus ihrer Großeltern gab es einen überdimensionierten Kunstband mit Krakelspritzern von Jackson Pollock und Quadraten von Mondrian, die an Linoleum-Muster erinnerten. Doch bei den Bildern hier bemühte sie sich zum ersten Mal bewusst um Verständnis und betrachtete jedes mit gerunzelter Stirn, während sie den zwei Frauen rings um den Raum folgte. »So viele rote Punkte, Magda!«, sagte Mercy. Viele?, dachte Candle, denn sie stand gerade vor einem großen weißen Quadrat mit nur einem roten Punkt knapp neben der Mitte. Erst als Magda erwiderte »Ja, der Verkauf läuft nicht schlecht, muss ich sagen«, wurde Candle klar, was Mercy gemeint hatte. Sie löste sich von den beiden und machte einen kurzen Abstecher in den vorderen Teil der Galerie, wo gleich neben der Eingangstür ein Blatt Papier an der Wand hing. Roter Punkt, roter Punkt, roter Punkt neben den aufgelisteten Titeln und Preisen. Und die Preise bewegten sich im Bereich von mehreren tausend Dollar. Viertausend, fünftausend, in einem Fall sogar sieben. Sie drehte sich um und ging zu ihrer Grandmom, die die Besichtigungstour inzwischen allein unternahm, denn Magda unterhielt sich wieder mit Virginia. »Wie findest du die Bilder?«, fragte Mercy, und Candle antwortete: »Sie sind sehr … interessant.«

Sie zuckte sofort zusammen, denn ihr fiel ein, dass Pop-Pop immer genau das sagte, wenn man ihm etwas vorsetzte, das er nicht kannte: »Sehr … interessant.« Und die Familienmitglieder am Tisch sahen sich an und grinsten vielsagend.

Doch Mercy tätschelte nur zustimmend Candles Arm und erwiderte: »Ich finde es immer spannend mir vorzustellen, wie es wohl ist, die Arbeit an einem solchen Bild zu beenden. Man legt den Pinsel aus der Hand, tritt einen Schritt zurück und sagt sich ›Genau so wollte ich es‹. So betrachtet verstehe ich, dass das befriedigend sein muss. Das Ganze nicht zu übertreiben, meine ich; nicht das Bedürfnis zu haben, alles zu verdeutlichen. Sich so … zurückhalten zu können. *Ich* kann das nicht, aber ich bewundere es, das gebe ich zu. Ist es nicht großartig, wie unterschiedlich sich Künstler ausdrücken können?«

»Gut – aber die Preise!«, sagte Candle.

»Was ist damit?«

»Die Bilder kosten mehrere tausend Dollar. Das finde ich unfair.«

»Unfair?«

»Du gibst dir mit deinen Bildern bestimmt viel, viel mehr Mühe.«

Mercy lachte. »Nach rechts und links zu schielen bringt gar nichts, Süße.«

»Was soll das heißen?«

»Mach dein Ding und kümmere dich nicht um die anderen, lautet meine Devise.«

Zuerst wusste Candle damit nichts anzufangen, doch dann begriff sie, und eine große Last fiel von ihr ab. Sie lächelte Mercy dankbar zu, und Mercy lächelte zurück.

*

Trotzdem war ihre Grandmom hinterher ungewöhnlich still – sie wirkte gedankenverloren, wie mit einem persönlichen Problem beschäftigt. Magda musste zweimal fragen, ob Mercy nach der Besichtigung noch etwas trinken gehen wolle. »Trinken?«, wiederholte Mercy zerstreut, und Magda fragte: »Wie viel Zeit habt ihr, bis euer Zug geht?«

»Zug? Was? Ach so …« Mercy sah auf ihre Uhr und sagte: »Wir müssen zum Bahnhof!«

Magda hielt ein Taxi an, indem sie majestätisch den rechten Arm hob, und sie verabschiedeten sich mit hektischen Umarmungen, Danksagungen und Beteuerungen, bald wieder zusammenzukommen. »Du liebe Güte«, sagte Mercy im Taxi. »Ich hätte – hätte ich doch nur Tickets für einen späteren – mir war nicht klar, wie lange das alles dauern würde.«

»Kriege ich trotzdem noch einen Nathan's?«, fragte Candle.

»Bitte was, Schätzchen?«

»Einen Nathan's Hotdog.«

»Ach so, ich … Ich hatte den Spaziergang zur Galerie nicht einkalkuliert. Der hat ja ewig gedauert, viel länger als gedacht.«

In Wirklichkeit war es ein kurzer Spaziergang gewesen, aber Mercy war eben alt. Candle stieß einen ihrer Hoffnung nach deutlich hörbaren Seufzer aus, ließ es dann aber gut sein. Sie richtete den Blick nach vorn und konzentrierte sich auf den Verkehr. Zum Glück verlief die Fahrt problemlos, und als sie vor der Penn Station anhielten, sagte Mercy »Na bitte«, als wäre sie nie auch nur eine Sekunde beunruhigt gewesen. »Jede Menge Zeit«, sagte sie, als sie den Fahrer bezahlte.

Doch als sie zur Anzeigetafel gingen, um nachzusehen, wann der Zug einfahren würde, hieß es plötzlich »Oje, er ist schon da!« und »Dabei wollte ich dir noch einen Hotdog kaufen!«, als wäre das Thema eben erst aufgekommen. Candle erwiderte »Schon gut«, und Mercy drehte sich erleichtert um und steuerte auf die Rolltreppe zu.

Sie stiegen hinunter in die dämmrige Unterwelt, in der ihr Zug leise vor sich hin brummend dastand. Die gebeugten Köpfe hinter den Fenstern erweckten den Eindruck, als würden alle Fahrgäste angestrengt nachdenken, während sie in Wirklichkeit wahrscheinlich einfach nur lasen. Mercy stürmte in den nächstbesten Wagen, und als Candle hinter ihr fragte, ob sie nicht besser weiter nach vorn gehen sollten, rief Mercy ihr zu: »Ich will einfach nur zwei Sitze nebeneinander.«

Genau das hatte Candle gemeint, denn der Wagen war beinahe voll, und zwei freie Sitze nebeneinander gab es nicht mehr. Sie mussten nun doch weitergehen, was im Zug wesentlich länger dauerte, als wenn sie auf dem Bahnsteig geblieben wären.

Nach einer Weile fanden sie zwei freie Plätze nebeneinander. Mercy ließ sich mit einem »Puh!« auf den Fenstersitz plumpsen und sagte mit leiser, erschöpft klingender Stimme zu Candle, die sich gerade setzte: »Ach, Kendall. Ach, Schätzchen.«

»Was ist?«

»Du wolltest doch einen Hotdog.«

»Alles gut, Grandmom.«

»Es tut mir so leid. Du hättest mich erinnern müssen.«

»Ich bin sowieso noch satt vom Mittagessen.«

Was auch stimmte, wie sie jetzt bemerkte. Außerdem machte sie sich allmählich Sorgen, und Sorgen lagen ihr immer wie ein Kloß im Magen.

Der Zug fuhr ruckelnd an und glitt aus dem Halbdunkel ins Nachmittagslicht. Eine männliche Lautsprecherstimme hieß die Passagiere an Bord willkommen und zählte die Städte auf, in denen der Zug halten würde. Erst als der Name Baltimore fiel, konnte Candle sich richtig entspannen. Mercy kam wieder zu Atem, war bald wieder wie immer und hatte die Tickets sofort zur Hand, als der Schaffner erschien. »Was für ein Heckmeck!«, sagte sie, als er weitergegangen war, holte ein geblümtes Stofftaschentuch aus ihrer Handtasche und tupfte sich das Gesicht ab.

»Das kann man wohl sagen«, erwiderte Candle. Sie hatte das Wort »Heckmeck« noch nie gehört, aber die Bedeutung war nicht schwer zu erraten.

Mittlerweile fuhr der Zug mit Höchstgeschwindigkeit. Manche Passagiere unterhielten sich in gedämpftem Ton – ausschließlich Leute aus Baltimore, glaubte Candle, alle blass, matt, zerknittert und froh, nach Hause zu kommen. Ihre Großmutter aber schwieg, und als Candle nach einer Weile zu ihr hinüberschaute, hatte Mercy den Kopf ans Fenster gelehnt und schlief tief und fest.

Diesmal hatte sie Candle nicht den Fensterplatz

angeboten, obwohl ihr das auf der Hinfahrt so wichtig gewesen war. Candle sah zwar genug von ihrem Sitz aus, fühlte sich aber trotzdem ein bisschen vernachlässigt. Ich bin doch noch klein!, dachte sie. Sie sollte sich mehr um mich kümmern!

Mercy schlief weiter. Das Taschentuch in ihrem Schoß entfaltete sich langsam.

Sie hielten in mehreren Städten in New Jersey. Sie hielten in Philadelphia und in Wilmington, Delaware. Candle war seit dem Mittagessen nicht mehr auf der Toilette gewesen, doch bis zur Ankunft würde sie es aushalten. Sie sah den vorbeifliegenden Bäumen zu, die größtenteils noch dichtes Laub trugen, das nicht ansatzweise verfärbt war, und fuhr die Umrisse unsichtbar mit dem Finger auf dem Sitzpolster nach. Sie beobachtete die Frau auf dem Platz schräg gegenüber, die ihr Gesicht dreimal hintereinander im Spiegel ihrer Puderdose betrachtete, als wäre sie aufgeregt wegen des Menschen, der sie am Bahnhof erwartete.

Nach einiger Zeit sagte ein Schaffner »Nächster Halt Baltimore« – nicht über Lautsprecher, sondern persönlich; er stand ganz vorn im Wagen –, und schritt auf sie zu, während er Reservierungskärtchen aus den Schlitzen über bestimmten Plätzen zog.

Candle drehte sich zu Mercy und sagte: »Aufwachen, Grandmom.«

Als ihre Grandmom weiterschlief, tippte sie ihr leicht aufs Handgelenk. »Wir sind gleich da.«

Ihre Großmutter reagierte nicht. Candle beugte sich zu ihr vor, um sie nochmal anzusprechen, wich jedoch abrupt zurück. Mercys Augen standen ein klein wenig offen. In den schmalen Schlitzen unter den Lidern lag ein glasiger Schimmer.

Candle schnellte vom Sitz hoch, sprang in den Gang, wobei sie mit dem Schenkel gegen die Armlehne stieß, und lief zum Schaffner, der gerade das Kärtchen über dem Kopf der Spiegelfrau herauszog. Der dicke, sich gemächlich bewegende Mann mit der warmbraunen Haut schien ihr vertrauenswürdig. »Herr Schaffner?«, sagte sie.

»Ja bitte?« Seine Stimme war tief und ein bisschen heiser. Eine beruhigende Stimme.

»Meine Grandmom wacht nicht auf.«

Er wirkte nicht im Mindesten alarmiert. Er sagte nur »Na, dann schauen wir mal«, und Candle drehte sich um und deutete auf ihre Großmutter.

Mercys Kopf lehnte noch immer am Fenster. Es wäre so schön gewesen, wenn sie sich in der Zwischenzeit aufgerichtet und ihr Taschentuch seelenruhig in die Handtasche zurückgelegt hätte! Candle hätte sich zwar wie eine Idiotin gefühlt, aber das hätte sie *gern* getan. Stattdessen machte sie einen Schritt zur Seite, um den Schaffner durchzulassen. Noch immer ohne jede Spur von Beunruhigung hob er Mercys Handgelenk an, dachte kurz nach und sagte: »Weißt du was, junges Fräulein? Du kommst jetzt mit mir nach vorn, bis sie wieder ein bisschen munterer ist.«

»Was ist mit ihr?«, fragte Candle.

»Wenn du mich fragst, ist sie einfach fix und fertig. Das macht New York mit den Menschen.«

Er sagte »N'Yaak«, was die Stadt sanftmütiger klingen ließ, als sie Candles Einschätzung nach war.

»Aber geht es ihr bald besser?«, fragte sie.

»Ja, natürlich, auf jeden Fall. Jetzt kommst du erst mal mit.«

Sie folgte ihm und war unendlich erleichtert, von ihrer Grandmom wegzukommen; zugleich hatte sie deswegen ein schlechtes Gewissen. Er führte sie nach vorn in den nächsten Wagen, blieb beim ersten Platz auf der rechten Seite stehen und bedeutete ihr, sich zu setzen. Auf dem Nachbarsitz lagen Sachen, vielleicht seine – eine Segeltuchtasche mit Reißverschluss und eine Brotdose. »Bleib hier«, sagte er. »Ich bin gleich wieder da.«

Schon als er ihr den Rücken zukehrte und nach vorn weitertrottete, vermisste sie ihn.

Dann kam Unruhe auf. Das lag zum Teil daran, dass sie in einen Tunnel einfuhren, was das Nahen des Folgebahnhofs bedeutete, wie Candle wusste. Die Leute erhoben sich von den Plätzen und zogen ihr Gepäck aus den Ablagen. Der Schaffner kehrte zurück und fragte sie, wer sie oben im Bahnhof abholen werde. Oder blieb zuerst der Zug stehen, noch im Tunnel, *bevor* er wiederkam und fragte, wer oben auf sie wartete? »Mein Dad, glaube ich«, sagte sie, und er fragte »Wie heißt denn dein Dad?«, und sie antwortete »Kevin Lainey«, und er ging wieder. Plötzlich klang »Kevin Lainey« irgendwie falsch. Wie wenn man ein Wort zu oft wiederholt und es einem nach und nach fremd erscheint. Hieß ihr Dad wirklich so, Kevin Lainey? Im Zug war es merkwürdig still. Nicht nur das Hämmern der Räder auf den Schienen fehlte, sondern auch das Rauschen der Klimaanlage, und allmählich wurde es heiß. Dann verkündete eine Lautsprecherstimme – nicht ihr Schaffner, jemand anderes –, der Zug erreiche in Bälde den Bahnhof. Die Leute murmelten; sie hatten es eilig und drängten sich im Gang. Ein Baby quengelte nervtötend. Endlich fuhr der Zug weiter. Die Klimaanlage rauschte wieder, und sie glitten ins Licht, ins schöne Spätnachmittagslicht. Der Zug kam langsam zum Stillstand, die Leute im Gang strömten nach vorn. Nochmals ertönte die Lautsprecherstimme und teilte mit, das Öffnen der Türen verzögere sich ein wenig. Das Gemurmel wurde lauter. Einige Fahrgäste setzten sich wieder, aber die meisten blieben stehen, und einer so nah an Candles Sitz, dass der Ärmel seines gefalteten Regenmantels mehrmals ihre Schläfe streifte. Sie dachte, wenn sie nicht gleich aus dem Zug herauskäme, würde sie knicken wie ein Ast, den man bog und immer weiter bog; sie hielt es nicht mehr aus. Doch endlich kam er zurück, ihr Schaffner! Ihr lieber, lieber Schaffner zwängte sich an den Passagieren vorbei durch den Gang und stapfte auf sie zu. »So, junges Fräulein«, sagte er.

»Was ist mit meiner Grandmom?«

»Man kümmert sich jetzt um deine Grandmom, es geht ihr prima. Komm mit, ich bringe dich hier raus.«

Candle hätte ihn daran erinnern müssen, dass die Türen noch immer geschlossen waren, aber sie wollte nicht. Sie wollte glauben, dass sie beide nur zur nächsten Tür gehen mussten und diese sich wie von Zauberhand öffnen würde. Und genau das geschah. Sie gingen zum Wagenübergang, und als sie sich der Tür auf der Bahnsteigseite zuwandten, glitt sie auf, Candle stieg aus und landete in den Armen ihres Vaters.

⋆

Er sagte, jetzt sei alles gut, sie würden gleich zum Auto gehen und nach Hause fahren, um es ihrer Mom zu erzählen. Candle fragte nicht, was genau, insgeheim wusste sie es. Wortlos ging sie neben ihm zur Treppe, und erst als er sagte »Es tut mir so leid, dass du das miterleben musstest, mein Mädchen«, rollte die erste Träne.

Dann brach sie praktisch zusammen. Er musste sie am Arm packen, damit sie nicht fiel, und sie drehte sich zu ihm und vergrub ihr Gesicht in seiner Brust und weinte so bitterlich, dass sein Hemd nass wurde, und er sagte immer wieder »Schon gut, schon gut, das war ein fürchterlicher Schock. Es tut mir so schrecklich leid.«

Aber sie weinte nicht wegen des Schocks. Sie weinte, weil sie den einzigen Menschen in ihrer Welt, der sie Kendall nannte, verlassen hatte.

7

Im Sommer 2014 lebten von der Familie Garrett nur noch Lily und Eddie in Baltimore. Nicht unter einem Dach natürlich. Lily war in dem Haus in Cedarcroft geblieben, obwohl sie Morris im Winter an den Krebs verloren hatte, und Eddie besaß ein Reihenhaus in Hampden, was die Familie als Ironie des Schicksals empfand, weil Robin und Mercy dem Viertel rund sechzig Jahre zuvor den Rücken gekehrt hatten. Inzwischen galt Hampden aber als hip. Die Bewohner mussten ihre Autos oft mehrere Häuserblocks entfernt abstellen, weil in ihren eigenen Straßen Leute von außerhalb parkten, die in den trendigen neuen Lokalen aßen und ausgefallenen Schmuck kauften.

Robin und Mercy waren tot – Robin ein knappes Jahr nach Mercy, als hätte er ohne sie nicht weitermachen wollen –, und Alice und Kevin verbrachten ihren Ruhestand in Florida, wo Kevin ganzjährig

Golf spielen konnte, während Alice als Gasthörerin Lehrveranstaltungen im örtlichen College besuchte. Auch Lily war eigentlich schon in Rente, schaute aber, genau wie früher ihr Vater, gern von Zeit zu Zeit im Geschäft vorbei, um nicht aus der Übung zu kommen, wie sie sagte. Eddie freute sich immer, wenn sie erschien, berichtete ihr das Neueste von ihren Lieblings-Stammkunden und informierte sie über das aktuelle Sortiment. (»Bidets!«, sagte sie. »Und was kommt als Nächstes? In Baltimore weiß doch kein Mensch, was ein Bidet überhaupt ist!«) Eddie hatte schon als Teenager im Sanitärhandel Wellington gearbeitet und als einziges Garrett-Enkelkind Robins Liebe zu Werkzeugen, das Interesse an der Funktionsweise von Dingen und den Drang, sie zu verbessern, geerbt. Es war nur folgerichtig gewesen, dass er das Geschäft übernahm. Ursprünglich war gemunkelt worden, er werde bei seinem Vater einsteigen, doch für Einkaufsmalls und den Bau von Vorstadtsiedlungen fehlte ihm jede Begeisterung. Das Gemunkel stammte allein von Kevin, nicht von Eddie.

Außerhalb des Geschäfts sahen sich Lily und Eddie nur selten. Sie hatte ihren Freundeskreis, er seinen. Jeder lebte für sich.

Umso mehr überraschte es ihn, als sie an einem Sonntagvormittag anrief und ihn zum Mittagessen einlud. »Zum Mittagessen? Heute?«

»Das ist sehr kurzfristig, ich weiß«, erwiderte Lily,

»aber ich packe hier gerade alles zusammen und möchte, dass du dir die Sachen ansiehst, bevor die Heilsarmee kommt. Vielleicht gefällt dir ja das eine oder andere.«

»Warum packst du zusammen?«

»Ich ziehe nach Asheville, North Carolina, um Serena mit dem Baby zu helfen.«

»Was? Du ziehst weg?«

»Ja.«

»Du verkaufst dein Haus und kaufst dir ein neues?«

»Nein, ich brauche kein neues. Serena und Jeff haben eine Einliegerwohnung im zweiten Stock.«

Eddie war baff. Er presste den Hörer des Küchentelefons ans Ohr und starrte auf den Wandkalender. An seiner linken Hand baumelte eine Gartenschere.

»Serena dreht durch«, erzählte Lily. Sie klang, warum auch immer, hoch erfreut. »Sie hat bei ihrem Anruf so fürchterlich geweint, dass ich zuerst kein Wort verstanden habe. Erst nach und nach war herauszuhören, dass das Leben als Mutter wesentlich härter ist, als sie es sich vorgestellt hat.«

»Na ja, vielleicht … Wie alt ist das Kind gleich noch mal?«

»Viereinhalb Wochen.«

Er konnte sich nicht an den Namen des Babys erinnern. Er wusste nicht mal mehr, welches Geschlecht es hatte. Jegliche Pronomen vermeidend sagte er: »Sind das nicht vielleicht nur Koliken, die wieder verschwinden?«

»Was haben Koliken damit zu tun? Serena heult, nicht Peter.«

Peter. Okay.

»Ich meinte, dass das jetzt vielleicht nur eine schwierige Phase ist. Aber wahrscheinlich hat sie den Dreh bald raus, und du musst nicht für immer zu ihr ziehen.«

»Natürlich ist das nur eine schwierige Phase, und wie ich Serena kenne, hat sie den Dreh ziemlich bald raus. Aber gerade deshalb muss ich mich jetzt beeilen und hinziehen, bevor sie checkt, dass sie mich doch nicht braucht.«

Eddie lachte.

»Was ist daran so lustig?«, fragte Lily.

»Ich rate dir nur, dein Haus noch nicht zum Verkauf anzubieten, das ist alles.«

»Zu spät. Ich habe schon Dodd, Goldman eingeschaltet, das alte Maklerbüro von Morris.«

»Ach so.«

»Kommst du jetzt zum Mittagessen oder nicht?«

»Ja, ich komme gern.«

Er nahm sich vor, ihr aus Höflichkeit ein paar Sachen abzunehmen und sie ihr wiederzugeben, wenn sie zurückkam. Denn zurückkommen würde sie, da war er sich sicher. Serena würde die Schwierigkeiten des Mutterseins mehr als gut meistern. Und Lily war tief in Baltimore verwurzelt, dort geboren und groß geworden. In Asheville würde sie wahnsinnig werden. Nachdem sie die Zeit für das Essen vereinbart hatten (dreizehn Uhr, was bedeutete, dass er einen Riesenhunger haben würde, denn er war um sechs aufgestanden), hängte er ein und ging wieder hinaus, um weiter den Himmelsbambus zu stutzen. Claude saß noch immer am Tisch auf der Terrasse, las die Sonntagszeitung und trank Kaffee. Dass er weder früh aufstand noch gern gärtnerte, erkannte man auf den ersten Blick an seinem behäbigen, rundlichen Körper, der krummen Haltung, dem krausen braunen Zottelbart und den verschmierten Brillengläsern. Als er Eddie sah, zog er fragend die Brauen hoch, und Eddie sagte: »Meine Tante Lily.«

»Wie geht es ihr?«, fragte Claude.

»Sie zieht weg, nach Asheville, um ihrer Tochter mit dem Enkelkind zu helfen. Ich soll zum Mittagessen kommen und die Sachen durchgehen, die sie hierlässt, falls ich etwas davon brauchen kann.«

»Wann? Heute?«

»Jep.«

»Schau, ob sie Lampen hat, die sie loswerden möchte.«

Claude klagte ständig, sie hätten keine guten Leselampen.

»Ich halte die Augen offen«, sagte Eddie. »Aber jede Wette, dass kein Jahr vergeht, bis sie wieder hier ist und sich fragt, wo sie hingekommen sind.«

Claude lachte auf. Die Bemerkung, dass es für ihn ohnehin keinen Grund gab, auf Lilys Verhalten zu wetten, weil er sie noch nie gesehen hatte, verkniff er sich.

Claude war viel offener als Eddie. Er hatte Eddie seinen Eltern schon vor Jahren vorgestellt, und seitdem aßen beide jeden Sonntag dort zu Abend. Wogegen Eddies Eltern Claude nie kennengelernt hatten. Sie wussten nicht mal, dass es ihn gab.

Glücklicherweise gehörte Claude zu den rar gesäten Leuten, die die Schwächen eines geliebten Menschen mit einem stoischen Schulterzucken akzeptierten und kein Wort darüber verloren. Als Eddie sagte »Tut mir leid, aber ich muss unseren Brunch sausen lassen«, erwiderte Claude nur »Schon gut« und blätterte die Zeitung um. Eddie ging nach kurzem Zögern zurück zum Himmelsbambus und schnippelte weiter.

★

»Du hältst es für übereilt«, lauteten Lilys erste Worte bei seiner Ankunft. Da war er noch gar nicht richtig im Haus. »Du glaubst, dass ich es bereuen werde, wenn ich hier alles aufgebe. Aber du irrst dich, Eddie, glaub mir. Ich weiß, was ich tue.«

Er hatte eine Flasche Wein mitgebracht und sich fein gemacht – soweit man bei ihm von Feinmachen sprechen konnte. Körperlich ähnelte er seinem Vater zwar noch immer, doch Kevins eleganten Kleidungsstil hatte er längst gegen Klamotten eingetauscht, die besser zu seinem Arbeitsplatz passten: T-Shirts und weite Khakihosen. Heute trug er immerhin ein Hemd mit Kragen und Knopfleiste sowie eine Hose frisch aus dem Trockner. Lily dagegen sah aus, als wäre sie auf Schwerstarbeit eingestellt. Sie hatte ausgeblichene Jeans angezogen und ein Tanktop, das ihre faltigen Arme unbedeckt ließ, und ihr grau-blonder Pferdeschwanz war doppelt durch das Haargummi geschlungen, damit er nicht störte. »Wein! Wie lieb von dir«, sagte sie. »Aber ich darf nicht zu viel trinken – wir müssen heute so einiges schleppen.« Auf dem Weg durchs Wohnzimmer fand sie zu ihren früheren Ausführungen zurück. »Du hast keine Vorstellung, was es bedeutet, Serenas Mutter zu sein. Sie war immer so verflucht patent. Eher wie *deine* Mutter. Entschuldige. Und anfangs dachte ich, das Baby würde daran nicht viel ändern. Als ich zur Geburt dort war, strahlte sie und hatte diesen abgeklärten Ausdruck, geradezu madonnenhaft. Aber da war Peter gerade erst auf der Welt und hat noch die ganze Zeit geschlafen. Zwei, drei Wochen später, als ich wieder zu Hause war und er seine kleine Persönlichkeit entwickelt hatte, kam ihr Anruf.«

Lilys Wohnzimmer sah aus wie immer. Die Möbel standen, wo sie immer gestanden hatten, und der Teppich lag flach auf dem Boden. Im Esszimmer war der Tisch allerdings mit Stielgläsern, Porzellan und diverser Wohndeko vollgestellt. Das Mittagessen war auf dem Küchentisch angerichtet: überbackene Käsetoasts auf zwei Tellern, daneben Papierservietten. »Holst du Weingläser aus dem Esszimmer?«, bat Lily und fügte, während er hinausging, etwas lauter hinzu: »Und als sie kurz aufhört zu weinen und ich sie endlich verstehe, erzählt sie, sie hätte sich um das Baby gekümmert und dabei den ganzen Tag das nagende Gefühl gehabt, etwas Dringendes vergessen zu haben. ›Aber was?‹, hat sie sich immer wieder gefragt. ›*Was* nur?‹ Und gegen fünf Uhr nachmittags dachte sie plötzlich: ›Jetzt weiß ichs! Ich wollte mir die Haare kämmen.‹«

Eddie schnalzte mitfühlend und stellte die Weingläser auf den Küchentisch.

»›Das bleibt nicht so, Süße‹, habe ich gesagt. ›Du bist noch nicht gut genug organisiert. Dabei warst du immer so gut im Organisieren.‹«

»Und Jeff? Bringt sich ihr Mann gar nicht ein?«, fragte Eddie.

»Der ist völlig untauglich, sagt sie. Schlimmer als untauglich. Er hat angeblich *Angst* vor Babys. Tja, das hat man davon, wenn man einen versponnenen Wissenschaftler heiratet.«

Wieder brachte Eddie durch einen schnalzenden Laut sein Bedauern zum Ausdruck, zog seinen Stuhl unter dem Tisch hervor und setzte sich.

»Deshalb ist das jetzt meine Chance«, sagte Lily,

während sie sich gegenüber von ihm niederließ. »Diese Gelegenheit, einzugreifen und das Ruder zu übernehmen, kommt nie wieder, he, he!«

Sein ganzes Leben lang hatte Eddie von seiner Mutter gehört, wie unbeherrscht und durchgeknallt ihre Schwester sei. Jetzt erlebte er sie zum ersten Mal selbst so. (Hatte Morris möglicherweise einen beruhigenden Einfluss auf sie gehabt?) Lilys Gesicht war vor Euphorie straff gespannt; ihre Augen schienen zu leuchten. »Lily kommt – die Rettung naht!«, krächzte sie. »Machen wir uns nichts vor: Diese Chance kriege ich bei meinen anderen Enkelkindern nie im Leben! Robbys Frau ist Madame Klugscheißer, außerdem wohnen sie östlich der Chesapeake Bay in der Nähe von Madames Eltern. Es stimmt schon, was man über Schwiegertöchter immer sagt!«

Eddie hatte keine Ahnung, was man über Schwiegertöchter sagte. (Seine Mutter hatte nur Schwiegersöhne – Robby-Girls Mann und den von Candle, beide in anderen Teilen des Landes.) »Ich verstehe, warum du ihr helfen willst, und Serena wird sich bestimmt freuen«, sagte er. »Trotzdem: Bist du sicher, dass du dein Haus jetzt schon verkaufen möchtest? Vielleicht überlegst du dir das mit dem Makler noch mal.«

»Nein.« Lily trank einen großen Schluck Wein und stellte ihr Glas entschieden auf den Tisch zurück. »Bei ihnen habe ich eine hübsche Wohnung im zweiten Stock, die ich obendrein nicht einrichten muss, weil schon lauter geschmackvolle antike Möbel von Jeffs Familie drinstehen. Sag mal, willst *du* vielleicht mein Haus kaufen? Immerhin ist es vollständig ausgestattet!«

Eddie erwiderte lächelnd: »Kein Bedarf. Aber danke für das Angebot.« Er konnte sich Claudes Reaktion auf den Vorschlag, nach Cedarcroft zu ziehen, lebhaft vorstellen.

*

Lily hatte tatsächlich sehr schönes Geschirr – ein komplettes Service, nicht nur wild kombinierte Einzelstücke wie Eddie. Und zwei Pfannen aus Gusseisen, die vom häufigen Gebrauch wundervoll glänzten. Außerdem besaß sie einen Schon-Garer, der groß genug war, um eine ganze Armee sattzubekommen. Jedes Mal wenn Eddie eine Bemerkung zu einem Gegenstand machte – womit er noch nicht gesagt hatte, dass er ihn wolle –, stieß Lily einen heiseren Laut aus und griff nach einem Karton. In einer Esszimmerecke lag eine ganze Menge solcher professioneller Umzugskartons flach auf dem Boden, daneben ein Stapel ungelesener Zeitungen. Weil jedes Porzellanteil einzeln in Zeitungspapier verpackt werden musste, war ein Karton schnell voll, und Lily holte den nächsten. »Halt! Halt!«, rief Eddie nach einer Weile. »Darf ich dich daran erinnern, dass ich einen Kleinwagen fahre?«

»Na und? Dann machst du die Tour eben mehrmals.«

Möbel nahm er keine. »Ich habe sowieso schon zu viele, Mom und Dad haben mir vor ihrem Umzug jede Menge geschenkt«, erklärte er. »Aber hättest du vielleicht Lampen, die du nicht mehr brauchst?«

»Lampen? Na und ob! Komm mit.« Sie führte ihn ins Wohnzimmer. Eine mit schwenkbarem Leuchtenarm erschien ihm perfekt als Leselampe geeignet, während die zwei anderen eher dekorativ waren.

Schließlich fiel sein Blick auf den Fernsehsessel. »An den erinnere ich mich«, sagte er. »Der hat Pop-Pop gehört.«

»Stimmt. Und davor Grandpa Wellington«, sagte Lily und strich liebevoll mit der Hand über die leicht gekrümmte Rückenlehne aus abgewetztem braunem Leder. »Ein echtes Familienerbstück. Den musst du auf jeden Fall nehmen!«

»Will ihn denn keines von deinen Kindern? Robby vielleicht, jetzt, wo er Papa ist?«

»Robby! Seine Frau würde einen Anfall kriegen! Sie steht auf Chrom und Glas. Und Serena habe ich schon gefragt, aber sie meinte: ›Schlepp mir nicht noch mehr Sachen ins Haus, ich flehe dich an!‹«

Eddie setzte sich in den Sessel und kippte die Rückenlehne nach hinten. Ja, ziemlich bequem. Dabei dachte er nicht an seinen eigenen Sitzkomfort, sondern an den von Claude. Er sah ihn vor sich, wie er sich abends darin zurücklehnte und im Licht der Leselampe Hausarbeiten korrigierte.

»Morris hat behauptet, der Sessel wäre besser als jede Schlaftablette«, sagte Lily, während sie weiter das Leder streichelte. »Er hat sich immer nach dem Abendessen reingesetzt, und *zack* war er am Schnarchen.«

»Ich glaube fast, ich habe ihn sogar mal darin schlafen sehen«, sagte Eddie halb zu sich selbst.

»Gut möglich. Der liebe, liebe Morris. Manchmal stelle ich mir vor, wie es wäre, wenn er zurückkommen würde. Ganz schüchtern und verlegen würde er reinschlurfen und gar nicht wollen, dass ich ein Riesentrara um ihn veranstalte, und ich würde sagen ›Ach, mein Schatz, ich muss dir so viel erzählen.‹ Das macht mich am allertraurigsten, dass er in der kurzen Zeit seit seinem Tod schon so viel verpasst hat. ›Inzwischen steht Robbys Name unter seinen Artikeln, ist das nicht toll?‹, würde ich sagen. ›Serena hat ihren Sohn Peter Morris Hayes genannt. Und Joan und Mel von gegenüber lassen sich scheiden – die letzten, von denen man das gedacht hätte.«

»Vielleicht weiß er das alles schon«, gab Eddie zu bedenken. Er glaubte das zwar selbst nicht, aber zu Hinterbliebenen sagte man wohl etwas in der Art.

Lily war von seinem Einwand wenig begeistert. »Ich kann nur hoffen, dass er es *nicht* weiß. Es muss die Hölle sein, wenn du vom Himmel runterschaust und deine Liebsten ohne dich leiden siehst.«

»Da hast du auch wieder recht«, sagte Eddie.

»Also, nimmst du den Sessel?«

»Hm …« Er stand auf und betrachtete ihn nachdenklich. »Ich weiß nicht, wie ich ihn transportieren sollte.«

»Das übernehme ich! Ich lege ihn in meinen Kofferraum und fahre hinter dir her«, sagte sie. Und weil sie offenbar glaubte, ihn mürbe gemacht zu haben, fügte sie im selben Atemzug hinzu: »Und die Alben nimmst du auch.«

»Welche Alben?«

»Die Fotoalben der Familie.«

»Nein danke. Solche Familienandenken sind nicht mein Ding.«

»Verflixt – meine Kinder wollen sie auch nicht. Ich habe sie schon gefragt.«

»Vielleicht kann eine meiner Schwestern etwas damit anfangen.«

»Ja, ich könnte sie fragen.« Sie wirkte skeptisch. »Falls nicht, schicke ich sie David.«

»David?«

»Eine kleine Erinnerung daran, dass er noch eine Familie hat«, erwiderte sie mit einem sarkastischen Kichern. »Ja genau, das mache ich! Ich packe sie ein und schicke sie David. Meinetwegen kann er sie wegschmeißen. Wahrscheinlich *wird* er sie wegschmeißen, ab damit in den Papierkorb. Was hat er nur gegen uns?«

Eddie zuckte mit den Schultern. Das Thema war so oft wiedergekäut worden, dass es ihn längst nicht mehr interessierte.

»Es hängt garantiert mit einer winzigen Belanglosigkeit zusammen, so was wie ›Ich habe immer das kleinste Stück Kuchen bekommen‹ oder ›Ich musste jede Woche den Rasen mähen und meine Schwestern nie‹. Nichts Großes. Nicht so was wie belästigt oder im Keller eingesperrt werden.«

»Na ja«, sagte Eddie, »vielleicht mag er uns einfach nicht. Ist dir der Gedanke noch nie gekommen?«

»Dass er uns nicht mag?«, erwiderte sie entgeistert.

»War das mit der Heckklappe ernst gemeint? Ich möchte dir keine Umstände machen, aber –«

»Klar meine ich das ernst«, sagte Lily, wischte sich die Hände geschäftsmäßig an der Jeans ab, trat einen Schritt vor und packte ein Ende des Fernsehsessels.

»Nein, nein, nicht jetzt sofort«, sagte Eddie.

»Wann denn sonst? Ich habe in den nächsten Tagen wahnsinnig viel um die Ohren.«

Er gab auf und bückte sich, um das andere Ende anzuheben.

*

Eddie wusste, dass man während des Fahrens keine Nachrichten verschicken sollte. Er spielte kurz mit dem Gedanken, an den Straßenrand zu fahren – »Komme mit Tante nach Hause, wollte dich warnen« hätte genügt –, doch dann wäre Lily möglicherweise vor ihm dagewesen. Er fuhr weiter. Wenn Claude sie beide kommen sah, dachte er, oder hörte (Eddie müsste nur beim Reinkommen absichtlich laut sprechen), würde er schon kapieren, was los war, und sich verstecken. Kein Problem.

Aber *würde* er sich verstecken?

Manchmal bezweifelte Eddie, dass Claude seine Situation wirklich verstand. Für ihn, Claude, war es ja auch ganz einfach. Seine Eltern hatten ihn immer akzeptiert, wie er war. Und er hatte immer *gewusst*, wer er war. Auch das war ein Unterschied. Eddie hingegen … Eddie war bis zur achten Klasse ziemlich ahnungslos gewesen. Da hatte er sich in Karen Small verknallt, das beliebteste Mädchen seines Jahrgangs. (Und daher unerreichbar, wie ihm mittlerweile klar war. Keine Gefahr, auf Gegenliebe zu stoßen.) Karen hatte einen festen Freund, Jem Buford, und diesen Jem Buford hatte Eddie genau beobachtet, um herauszufinden, was so toll an ihm war. Er registrierte Jems schiefes Grinsen, seinen eigenwilligen Haarwirbel am Hinterkopf und seine Angewohnheit, sich eine Füllerpatrone zwischen die Zähne zu stecken wie eine nicht angezündete Zigarette. Und eines Tages hatte Eddie gedacht, …

Moment, ich bin doch nicht etwa in *Jem* verknallt?

Er bog in seine Straße ein und spähte den Häuserblock hinunter. Wie durch ein Wunder war direkt vor dem Haus ein Parkplatz frei. Er blieb daneben stehen und sah in den Rückspiegel. Über den auf der Rückbank gestapelten Umzugskartons konnte er gerade noch Lilys Toyota erkennen, der hinter ihm anhielt. Eddie schaltete in den Leerlauf und stieg aus. Lily ließ ihr Fenster herunter, während er zu ihr ging, und sah erwartungsvoll zu ihm auf.

»Du nimmst diesen Parkplatz«, sagte er. »Ich suche mir einen weiter vorn.«

»Okay«, erwiderte sie und kurbelte das Fenster wieder hoch, während er zu seinem Wagen zurückging.

Doch weiter vorn war nichts frei – weder in seinem Häuserblock noch im nächsten. Erst in einer Querstraße fand er eine Lücke, in die er vor lauter Eile ungeschickt und viel zu weit vom Bordstein entfernt einparkte, so eilig hatte er es, zurück zum Haus zu kommen. Er hatte Lily bereits so lange warten lassen, dass er darauf verzichtete, ein paar Kartons auszuladen und mitzunehmen.

Doch sie saß nicht mehr in ihrem Wagen, der Fahrersitz war leer. Und als er durchs Heckfenster lugte, war der Fernsehsessel weg.

Eddie hob den Blick zur Vorderveranda und sah, dass die Haustür offenstand. Zwei Stufen auf einmal nehmend lief er hinauf und rief schon beim Eintreten »Hallo?«.

Lily war im Wohnzimmer und rückte den Sessel abwechselnd ein paar Zentimeter nach rechts, ein paar Zentimeter nach links in eine Ecke. Und Claude zog den Schaukelstuhl weg, der bisher dort gestanden hatte.

»Oh«, sagte Eddie. »Hi, Claude! Alles klar?«

»Na, was meinst du?«, fragte Lily, richtete sich auf und wischte sich die Hände ab. »Steht er da gut?«

»Ja, sieht sehr gut aus! Tante Lily, darf ich vorstellen: Claude Evers. Claude, das ist –«

»Wir sind schon beste Kumpels, wir zwei«, erwiderte Lily. »Wir haben gerade gemeinsam einen Fernsehsessel die ganze Verandatreppe hochgeschleppt.« Lachend sagte sie zu Claude: »Sie sind ganz voller Staub. Da sieht man mal, was ich als Hausfrau tauge.«

»Der stammt wohl eher vom Schaukelstuhl«, entgegnete Claude kleinlaut mit einem Blick auf sein T-Shirt.

»Tut mir leid, dass ich so lange einen Parkplatz suchen musste«, sagte Eddie zu Lily.

»Das macht überhaupt nichts.« Sie nahm ihre Handtasche von der Sitzfläche des Fernsehsessels und drückte ihrem Neffen einen Kuss auf die Wange. »So, ich bin dann mal weg. Bevor ich abreise, rufe ich an und verabschiede mich, so ungefähr in einer Woche.«

»Okay … Also gut … Nochmals vielen Dank für all die Sachen, Tante Lily. Und für das Mittagessen.«

»Gern geschehen. Und dir danke für den schönen Wein.« Sie winkte Claude mit den Fingern zu. »Wiedersehen, Claude.«

»Wiedersehen, Lily. War nett, Sie kennenzulernen.«

Eddie brachte sie an die Haustür und sah ihr nach, bis sie ins Auto gestiegen war. Dann ging er ins Wohnzimmer zurück. »Was war los?«, fragte er Claude.

»Wie – was war los?« Claude hatte den Schaukelstuhl wieder angepackt und schob ihn Richtung Treppe.

»Warum seid ihr euch begegnet?«, fragte Eddie.

»Hat sie doch gerade erzählt. Ich schaue aus dem Fenster und sehe eine Frau, die mühsam versucht, einen riesigen Fernsehsessel aus ihrem Auto zu hieven. Was hätte ich tun sollen? Du kannst wohl kaum erwarten, dass ich sie das allein machen lasse.«

»Sehr durchschaubar«, erwiderte Eddie.

»Wie bitte?«

»Obwohl du zumindest geahnt haben musst, wer sie ist, fällt dir nichts Besseres ein, als sofort rauszulaufen und dich zu zeigen.«

»Wir könnten den Schaukelstuhl oben ins Gästezimmer stellen«, sagte Claude.

»Und wie hast du deine Anwesenheit erklärt?«

Claude ließ den Schaukelstuhl los, drehte sich um

und sah Eddie an. »Warum sollte ich meine Anwesenheit erklären müssen?«

Eddie war sprachlos. Mehr, als ratlos die Hände zu heben, brachte er nicht zustande. Es wurde still.

Schließlich sagte Claude: »Sie weiß es, Babe.«

Eddie ließ die Hände fallen.

»Sie hat es schon die ganze Zeit über gewusst«, sagte Claude.

Dann schob er den Schaukelstuhl weiter durchs Zimmer. An der Treppe hob er ihn mit beiden Armen an und schleppte ihn hinauf. Eddie sah zu.

Er spürte sich ganz langsam, nach und nach, erröten, und sein Gesicht wurde warm. Natürlich wusste sie es, jetzt war es ihm klar. Und nicht nur Lily wusste es, denn obwohl er schon einundvierzig war, hatte ihn nie jemand aus der Familie nach einer Freundin gefragt. Nie hatte jemand bei einer Hochzeit gesagt »Als Nächster bist du dran, Eddie!« Und als er vor Jahren mit seinem Cousin Robby-Boy vor dem Fernseher gesessen hatte, hatte Robby abrupt den Kanal gewechselt, nachdem auf dem Bildschirm jemand als Schwuchtel bezeichnet worden war.

Die Erkenntnis wirkte erlösend, möchte man meinen, und ein bisschen war es auch so. Eddie fühlte sich von einer tiefen Liebe zu seiner ganzen Familie durchströmt, die er offenbar unterschätzt hatte. Im Glauben, ihnen einen Gefallen zu tun, indem er sie vor einem Wissen schützte, das sie nur kränken konnte, hatte er sein Geheimnis gewahrt. Jetzt sah er ein, dass das Verschweigen viel kränkender gewesen war und dass sie *ihm* einen Gefallen erwiesen hatten.

Wie in Trance stand er da und starrte voller Reue über die vergeudete Zeit auf die Treppe.

8

David Garrett zog sich mit achtundsechzig Jahren aus dem Schuldienst zurück. Er hatte länger arbeiten wollen, doch mitten im zweiten Schulhalbjahr 2020 hatte die Pandemie eingesetzt, und alle seine Lehrveranstaltungen fanden nur noch via Zoom statt. Wie sich herausstellte, kam er mit Zoom nicht zurecht. Der Anblick seines eigenen Gesichts auf dem Bildschirm ließ ihn zusammenzucken, den künstlichen Klang seiner Stimme fand er grauenhaft, und er hatte das Gefühl, seinen Schülern nicht mehr gerecht zu werden. Obendrein wurde die Arbeit an der Theateraufführung des Abschlussjahrgangs, die er mehr als vierzig Jahre lang organisiert hatte, mitten in der Probenphase abgebrochen. Überhaupt gehörte das Fach Schultheater inzwischen ebenso der Vergangenheit an wie der Kunstunterricht, der Schulchor und das Orchester – alles Fächer, die die Schule in Davids Augen erst lohnenswert machten.

Englisch hatte er nie so gern unterrichtet wie Schultheater. Deshalb hatte er am Semesterende die Kündigung eingereicht – er würde im Herbst nicht wiederkommen. Und Sommerkurse gab es in diesem Jahr natürlich auch nicht.

Greta war schon seit einiger Zeit in Rente und hatte sich an das Zuhausebleiben gewöhnt. Für David dagegen bedeutete die Stubenhockerei eine größere Umstellung als gedacht. »Wie wenn der Strom ausfällt und man sich wundert, dass man ihn jemals für selbstverständlich gehalten hat«, sagte er zu Greta. »So geht es mir jetzt, wenn ich daran denke, wie offen die Welt mal war. Wir haben uns nach Lust und Laune frei bewegt, erinnerst du dich? Wann immer uns danach war, sind wir in den Supermarkt gefahren oder zum Essen in ein Lokal …«

»Nicht so wahnsinnig oft«, erwiderte Greta lächelnd. »Soweit ich mich erinnere, habe ich dich immer nur mit dem Brecheisen aus deinem Arbeitszimmer herausbekommen.«

»Na, warte mal ab, was passiert, wenn alles wieder normal ist«, sagte er und dachte insgeheim, *falls* jemals alles wieder normal wird.

Leichter – geradezu erschreckend leicht – gewöhnten sie sich an den Wegfall ihres Soziallebens. Früher hatten sie sich hin und wieder mit wenigen engen Freunden getroffen, Leuten, die er aus der Schule oder von seinen Theaterprojekten kannte, doch im Gespräch mit ihnen war ihm oft ein ketzerischer Gedanke gekommen und hatte sich so stark aufgedrängt, dass er befürchtete, versehentlich damit herauszuplatzen: Ich mag euch alle sehr, aber müssen wir uns unbedingt *treffen*? Jetzt mussten sie es plötzlich nicht mehr, durften es nicht mal. Sie konnten zwar bedauernde E-Mails austauschen oder sich, in Gretas Fall, am Telefon unterhalten, doch die meiste Zeit waren sie allein. David störte das nicht im Geringsten. Zu behaupten, er hätte sich sogar erleichtert gefühlt, wäre übertrieben gewesen, aber … na ja, ehrlich gesagt war es eine Erleichterung. Hätten sie ihre Kinder in der Nähe gehabt, wäre er rundum zufrieden gewesen.

Dann rief Nicholas an.

Nicholas wohnte mit seiner Frau Juana, einer Gastroenterologin, und dem gemeinsamen fünfjährigen Sohn Benny in New York. Seit Ausbruch der Pandemie hatten sie David und Greta nicht mehr besucht, und David fürchtete, dass er sie womöglich erst in Monaten oder gar Jahren wiedersehen würde. Doch am Telefon sagte Nicholas: »Wäre es euch recht, wenn Benny und ich eine Zeit lang zu euch kämen?«

»Meinst du das ernst?«, fragte David. Er war ans Telefon gegangen – hatte es nach dem Blick auf den Anrufernamen förmlich an sich gerissen. Jetzt blickte er mit bedeutungsvoll hochgezogenen Augenbrauen zu Greta, die neben ihm stand und darauf wartete, an die Reihe zu kommen.

»Oder habt ihr Angst?«, fragte Nicholas. »Wir würden uns natürlich erst mal in Quarantäne begeben und testen lassen. Uns ist durchaus bewusst, dass ihr altersbedingt gefährdet seid.«

»Wir sind überhaupt nicht gefährdet! Wir sind kerngesund!«

Greta fragte »Was? Was?«, und David legte die Hand über den Hörer und sagte: »Er will mit Benny herkommen und eine Weile bleiben.«

Greta verschränkte die Hände unter dem Kinn und nickte heftig.

»Deine Mutter ist schon auf dem Weg nach draußen, um nach deinem Wagen Ausschau zu halten«, sagte David zu Nicholas und fragte: »Juana kommt nicht mit?«

»Nein, das ist es ja gerade. Sie arbeitet inzwischen an vorderster Front in der Infektionsabteilung, weil hier in der Stadt die Hölle los ist. Sie kommt kaum noch nach Hause, und wenn, hält sie sich nicht im selben Raum auf wie wir. Und seitdem unsere Nanny zu ihrer *eigenen* Familie gefahren ist, muss ich mich allein um Benny kümmern. Deshalb die Frage, ob ihr mir dabei helfen würdet, Mom und du.«

»Aber natürlich«, sagte David, »natürlich helfen wir dir. Und das mit der Quarantäne vergisst du ganz schnell und packst sofort eure Sachen.«

»Nein, ich gehe kein Risiko ein. Wir isolieren uns hier, und sehen uns dann in –«

Den Rest hörte David nicht, denn Greta hatte ihm das Telefon weggenommen. »Nicholas?«, sagte sie. »Du kommst sofort! Eine Quarantäne ist vollkommen überflüssig.«

David setzte sich auf einen Küchenstuhl und ließ sie machen. Greta besaß noch immer die Autorität einer Krankenschwester. Und ihr Einwand schien ihm berechtigt, sie waren höchstens ein kleines bisschen gefährdet. Jedenfalls sahen sie nicht wie die Leute aus, die man vor Augen hatte, wenn man die Schilder mit dem Slogan SCHÜTZT GRANDMA UND GRANDPA MIT ABSTAND UND MASKE sah. Davids Haar war eher blassblond als weiß, und in Gretas glatter, straffer, gebräunter Haut zeigten sich nur um die Augen einige tiefere Falten.

Allerdings hatte er nicht bedacht, dass das Wort von Ärzten mehr galt als das von Schwestern, denn Greta sagte »Ja, ich weiß, dass sich Juana damit auskennt … Ja, natürlich, sie hat recht.«

David fand sich damit ab. Okay, erst in zwei Wochen, doch dann würde endlich, endlich wieder ein Kind unter ihrem Dach wohnen.

Niemandem, außer vielleicht Greta, war klar, dass David in seinem Leben einen schweren Verlust erlitten hatte, eigentlich sogar zwei. Zwei sehr geliebte Kinder: Emily und Nicholas. Zwar gab es inzwischen zwei sehr geliebte Erwachsene, die ebenfalls Emily und Nicholas hießen, aber das waren nicht dieselben Menschen. Er empfand es fast so, als wären die beiden Kinder gestorben, und seitdem trauerte er um sie.

Jetzt schöpfte er Hoffnung. Etwas sprudelte in ihm auf, und noch bevor Greta das Telefonat beendete, schmiedete er erste Pläne für die Zeit mit Benny.

*

Sie bereiteten sich unverzüglich auf den Besuch vor – bestellten beispielsweise bei Amazon ein aufblasbares Planschbecken und eine Art Federballspiel, für das man kein Netz brauchte. Benny würde in Nicholas' altem Zimmer schlafen, an dessen Decke noch die Leuchtsterne klebten, und Nicholas in Emilys Zimmer. (Emily selbst würde es leider bestimmt nicht in Anspruch nehmen. Sie lebte in Wisconsin und arbeitete als Notärztin, war also mittendrin. Aber besser nicht daran denken, sagte sich David. Gar nicht erst in diese Richtung denken.)

Nicholas würde Davids Arbeitszimmer benutzen können, das neben der Küche lag. Er verdiente sein Geld mit der Vermarktung seiner Erfindungen, darunter eine zusammenrollbare Pritsche namens »Naptress«, die kleine Kinder in die Tagesstätte mitbringen konnten, und wabenartig angeordnete Fiberglas-Schlafkapseln für den Einsatz an Flughäfen, »GoWings« genannt. Das aktuelle Projekt kannte

David nicht; er wusste nur, dass im Zusammenhang damit zahlreiche Besprechungen – derzeit natürlich online – anstanden, und im Arbeitszimmer schwächelte das WLAN noch am wenigsten.

Eine weitere Vorbereitung – die David ganz allein traf – war die Planung eines kleinen Gemüsegartens. Weil sich innerhalb von zwei Wochen nichts heranziehen ließ, musste die Sache abgekürzt werden. Er ließ die Leute, die für Greta und ihn den Rasen mähten, gegen Bezahlung mit einer Gartenfräse anrücken und bestellte in einer Gärtnerei verschiedene Jungpflanzen. »Ob das für ein Kind wirklich interessant ist?«, sagte Greta. »Neue Triebe, die aus Samen wachsen, sind viel aufregender.«

»Zumindest können Benny und ich etwas gemeinsam machen«, erwiderte David. »Unkraut jäten und das Gemüse ernten, wenn es so weit ist.«

David hatte sich viele Gedanken gemacht, denn Benny musste irgendwie beschäftigt werden. Als Nicholas in Bennys Alter war, hatte es damit keine Probleme gegeben: In der Nachbarschaft hatten Dutzende Kinder gewohnt, mit denen er spielen konnte. Das war jetzt verboten. David dachte an seine eigene Kindheit. Was hatten sein Vater und er zusammen unternommen? Im Grunde nicht viel; sein Vater hatte immer bis spät abends gearbeitet. *Ein* Gemeinschaftsprojekt fiel ihm dann doch ein, ein Vogelhäuschen aus Holz, das sie in einen Baum hängen wollten. Aber die Sache war schiefgegangen. David war handwerklich nie geschickt gewesen, während Robin gar nicht genug herumbasteln konnte. (In seinen letzten Lebensjahren war es für Robin der Inbegriff von Glückseligkeit gewesen, in schlaflosen Nächten durch die Gänge einer rund um die Uhr geöffneten Baumarktfiliale zu streifen.) Soweit sich David erinnern konnte, hatte sein Vater das Projekt an sich gerissen und das Häuschen allein fertiggebaut.

David zählte die Tage; Greta auch. Doch je näher der Besuch rückte, umso schlechter ging es ihm. Er wurde noch fahriger und unaufmerksamer als in der verstörenden Anfangszeit der Pandemie. Er konnte nicht mehr lesen, sich nicht auf das Fernsehprogramm konzentrieren, und nachts durchzuckten beklemmende Träume seinen Schlaf. Dann wachte er auf, lag da, starrte ins Dunkel und versuchte seine Muskeln zu entspannen, während Greta neben ihm friedlich schlief. Ihr sanfter Atem erinnerte an das Rieseln gesiebten Mehls, und er fragte sich, wie sie so selbstvergessen sein konnte, obwohl es so viel Grund zur Sorge gab. Alles brach zusammen, Menschen starben, verloren ihren Job und hungerten, der Planet raste seiner Vernichtung entgegen, und das Land bekämpfte sich selbst. Und Emily: Würde sie sich schützen können? Und warum war sie noch immer allein? Sie erwähnte zwar ständig die Namen neuer Männer, doch später hörte man nichts mehr von ihnen. Und Juana: Was fiel ihr ein, ihre Arbeit über ihre Familie zu stellen! Wie würde sich das auf Benny auswirken? Der Junge brauchte Spielkameraden, eine richtige Schule, er verpasste eine Entwicklungsphase – so wie zurzeit alle Kinder. Die kleinen, die Freundschaften schließen sollten, die größeren, die sich ein bisschen von ihren Eltern lösen sollten, die jungen Erwachsenen, die nach ihren eigenen Vorstellungen leben und die wahre Liebe finden sollten.

Wenn David so lange wachgelegen hatte, dass er glaubte, verrückt zu werden, stand er auf, schlurfte nach unten und schaltete den Fernseher ein. (Die Leute in den alten Filmen standen so nah beieinander!) Irgendwann schlief er im Sitzen auf der Couch ein und wachte erst auf, wenn Greta ihn morgens entdeckte.

»Ich glaube, ich weiß, was mit dir los ist«, sagte sie eines Tages beim Frühstück.

»Wie meinst du das?«

»Warum du in letzter Zeit so angespannt bist.«

»Das ist wahrlich nicht schwer zu erraten«, antwortete er. »Oder ist dir entgangen, dass hier allmählich alles zusammenbricht?«

»Du warst schon mal so drauf«, fuhr sie fort, als hätte er nichts erwidert. »Und zwar vor der Geburt von Nicholas.«

»Wirklich?«

»Plötzlich hattest du Bedenken, ob die Entscheidung für ein zweites Kind richtig war. ›Mit Emily allein lief es doch gut‹, hast du gesagt. ›Was, wenn das neue Baby nicht zu uns passt? Was, wenn wir nicht kompatibel sind?‹ ›Kompatibel!‹, habe ich gesagt. ›Du sprichst von deinem eigenen Kind! Natürlich ist unser Sohn kompatibel!‹ Du hast entgegnet ›Nein, da gibt es kein »natürlich«. Bei so was kann man nie sicher sein. Und warum sagst du »unser Sohn«? Glaubst du, dass es ein Junge wird? Ich bin an Jungen überhaupt nicht gewöhnt! Woher soll ich wissen, wie man einen Jungen großzieht?‹«

»Daran kann ich mich nicht erinnern«, sagte David.

»Und schau, was daraus geworden ist. Du warst ein wundervoller Vater.«

»Daran habe ich nicht die geringste Erinnerung«, beteuerte David, obwohl es ihm bei gründlicherem Nachdenken vage bekannt vorkam.

»Ich habe gehört, was du Emily gestern am Telefon gefragt hast«, sagte Greta mit einem triumphierenden Blick, den er nicht deuten konnte. »Du hast sie nach Benny gefragt, wolltest wissen, wie gut sie ihn kennt und wie er so ist und wann sie ihn zuletzt gesehen hat.«

»Und? Worauf willst du hinaus?«

Sie lachte. »Du bist nervös, weil du gewissermaßen wieder ein Kind erwartest. Weil du wieder Angst hast, etwas falsch zu machen.«

»So ein Unsinn«, sagte David, aber er grinste.

Seiner Erfahrung nach wusste Greta vieles besser als er.

Ihm war nicht entgangen, dass sich einige über ihre

Heirat gewundert hatten, es hatte ihn ja selbst überrascht. Zuerst hatte er Greta kaum wahrgenommen. Als Schulkrankenschwester war sie keine zentrale Figur gewesen und er hatte nichts weiter mit ihr zu tun gehabt. Eines Tages waren Greta und Lillian Washington, die schuleigene College-Beraterin, mit ihren Sandwiches ins Lehrerzimmer gekommen, wo er sich gerade einen Kaffee machte. Er hatte sich über die neue Maschine beklagt, weil man bei jeder Anwendung einen frischen Filter einsetzen musste. (David hatte in der Schule die Rolle des liebenswerten Griesgrams inne, die ihm in einer Umgebung, die größtenteils aus mütterlichen Frauen mittleren Alters bestand, ganz selbstverständlich zugefallen war.) »Warum muss immer alles *verändert* werden?«, knurrte er. »Jede Veränderung bedeutet Verschlechterung, davon bin ich fest überzeugt.«

Er erwartete keine Reaktion, zumindest keine, die über ein wohlwollendes Kichern hinausging. Doch Greta schnalzte tadelnd mit der Zunge. »Das sagen Sie ausgerechnet uns? Ich hätte die Polio-Impfung gut gebrauchen können, und Lillian ist schwarz!«

Er drehte sich zu ihr um. Sie musterte ihn kühl, herausfordernd – diese eher aparte als hübsche Frau mit strengen Zügen und kurzem krausem Haar, dunkel- und hellbraun meliert wie gemasertes Holz. Eigentlich wollte er etwas Schlagfertiges erwidern (»Okay, vielleicht nicht *jede* Veränderung, aber was war so schlecht an unserem guten alten Perkolator?«), doch etwas brachte ihn dazu, sie wirklich wahrzunehmen. Und auch sie nahm ihn offenbar wirklich wahr, denn sie öffnete plötzlich leicht erschrocken den Mund.

Ein halbes Jahr später waren sie verheiratet. Und selbst diese wenigen Monate erschienen ihm wie eine Ewigkeit, denn inzwischen hatte er Emily kennengelernt, und es wäre ihm unerträglich gewesen, wenn Gretas Exmann seine Drohung wahrgemacht und ihr Emily weggenommen hätte.

*

An einem Mittwochnachmittag Anfang Juni hielt Nicholas vor dem Haus. David und Greta hatten schon am Fenster gestanden und liefen sofort hinaus – Greta flog förmlich über die Zufahrt, David folgte in einem etwas würdevolleren Tempo. Während sich Nicholas noch hinter dem Lenkrad hervorzwängte, riss Greta die hintere Tür auf und beugte sich ins Wageninnere, um den Gurt von Bennys Kindersitz zu lösen. Als sie sah, dass er das allein konnte, richtete sie sich wieder auf und trat einen Schritt zurück, um ihm Platz zu machen. »Keine Umarmungen!«, mahnte Nicholas, als er auf sie zuging, doch sie entgegnete »Das schaffe ich nicht!« und drückte ihn an sich.

Benny gegenüber hielt sie sich mehr zurück; sie war klug genug, ihn nicht zu drängen. Er ging ein paar Schritte auf sie zu und blieb blinzelnd stehen – ein ernst dreinblickender kleiner Junge mit glattem schwarzem Haar, das ihm wie eine umgedrehte Schüssel auf dem Kopf saß. »Begrüß deine Großeltern«, forderte Nicholas ihn auf, und Benny sagte »Hi, Granna. Hi, Grappa.« David freute sich, dass er Greta und ihn noch wie früher nannte. Und auch die leicht verschnupft klingende, heisere kleine Stimme hatte sich nicht verändert. Polypen, oder die Mandeln – David gefiel diese Stimme trotzdem.

»Wie war der Verkehr?«, erkundigte er sich, und Nicholas antwortete: »Es war überhaupt nichts los. Wir hätten mitten auf dem Highway Rollschuh laufen können.«

»Echt?«, rief Benny.

»Dafür findet man kein Klo, wenn das Kind mal muss.«

»Oje. Was hast du gemacht?«, fragte Greta.

»Erdnussbutter-Glas«, erwiderte Nicholas achselzuckend. »Das nehme ich später mit rein, erinnert mich dran.«

Er ging zum Kofferraum, um das Gepäck auszuladen, das zwar nur aus wenigen Reisetaschen, aber einer beträchtlichen Menge Spielfahrzeuge und Gesellschaftsspiele bestand. David half ihm, alles ins Haus zu bringen. Greta folgte mit einer Plastikscheune und Benny, der neben ihr ging, trug einen abgewetzten Plüschbären. »Wir holen uns hier einen Hund«, sagte er.

»Wirklich?«

»Augenblick, Kumpel.« Nicholas drehte sich um und warf ihm einen strengen Blick zu. »Das wird erst noch besprochen.«

»Dürfen wir?«, fragte Benny seine Großmutter.

»Wir besprechen das«, wiederholte Nicholas und zischte David »Oh Mann!« zu. Er sah müde und zerzaust aus und war dünner geworden. Als er sich die Sonnenbrille auf den Kopf schob, sah David die gespannte Haut unter seinen Augen.

»Man kommt derzeit nur schwer an einen Hund«, sagte David. »Das Tierheim ist wegen Corona geschlossen. Die Mitarbeiter haben alle Tiere, die sie nicht vermitteln konnten, zu sich nach Hause genommen.«

»Ja, aber Juli Drumm arbeitet im Tierheim. Erinnerst du dich an Julie, aus der Highschool? Sie meint, sie könnte uns einen beschaffen.«

»Ach so.«

Sie betraten das Haus durch den Vordereingang. »Ich rieche Schmorbraten!«, rief Nicholas erfreut.

»Ich dachte, du hättest vielleicht Appetit auf echte Hausmannskost«, sagte Greta.

»Ich *lechze* nach Hausmannskost. Bei uns war die Essensauswahl in letzter Zeit recht überschaubar.«

Dann sagte er zu Benny: »Ich bringe deine Taschen nach oben. Du kannst hier bei Grandma und

Grandpa bleiben.« Benny erwiderte nichts, doch als Nicholas zur Treppe ging, folgte er ihm mit dem Bären im Arm. Das Ganze war ihm offenbar nicht geheuer.

Beim Abendessen schien Benny sich schon wesentlich wohler zu fühlen. Er hatte mit David einen Rundgang durch den Garten gemacht und eine winzige grüne Paprika ernten dürfen; einen der Federballschläger hatte er auch ausprobiert. Er hatte ihm sogar seine Angst vor Insekten gestanden, worauf David respektvoll erwiderte: »Das ist ganz normal. Ich hatte früher auch Angst vor Insekten. Die Angst verschwindet irgendwann, aber bis dahin gehen wir ihnen einfach aus dem Weg.« Beim Abendessen berichtete Benny seinem Vater: »Grappa hatte früher auch Angst vor Insekten, und jetzt gehen wir ihnen einfach aus dem Weg.«

»Oder du hältst es aus und besiegst die Angst«, erwiderte Nicholas.

»Nein, ich gehe ihnen lieber aus dem Weg«, sagte Benny entschieden und spießte ein Stück Kartoffel auf seine Gabel. Dann gestand er David in vertraulichem Ton: »Vor den dünnen Fäden an den Bananen habe ich auch Angst.«

»Vor den dünnen Fäden. Aha. Ja, kann ich verstehen«, sagte David. Er fühlte sich unwillkürlich geehrt.

Am Abend las Greta Benny Bilderbücher vor, die noch aus Emilys und Nicholas' Kindheit stammten.

Dabei stellte sich heraus, dass Benny fast schon selbst lesen konnte. Er stieß mit dem Finger auf einzelne kurze Wörter und nannte sie laut. »Katze«, rief er. »Dad.« Und schließlich triumphierend: »Lastwagen!«

»Richtig«, sagte Greta jedes Mal. Sie sprach immer in sehr förmlichem Ton zu Kindern. Auch bei ihren eigenen hatte sie den säuselnden Singsang und die süßliche Ausdrucksweise anderer Mütter vermieden. Die Kinder schien das zu beruhigen. Als es Zeit wurde, dass Benny schlafen ging, fragte er »Kann Granna mich ins Bett bringen?«, und Nicholas antwortete: »Warum nicht?«

»Ihm fehlt die Nähe einer Frau«, sagte Nicholas zu seinem Vater, als sie allein waren. »Ich glaube nicht, dass er versteht, warum er Juana so selten sieht.«

»Das ist bestimmt schwer.«

»Deshalb bin ich auch auf die Idee mit dem Hund gekommen – dass wir uns hier einen holen und ihn mit nach Hause nehmen. Keinen Welpen, einen ausgewachsenen Hund. Mit einem Welpen wären wir zurzeit überfordert. Aber wenn ihr das nicht wollt, Mom und du, warten wir, bis wir wieder in New York sind.«

»*Ich* habe nichts dagegen«, versicherte David, und als Greta ins Zimmer zurückkam, fragte er: »Wärst du mit einem Hund im Haus einverstanden?«

»Aber natürlich.« Greta ließ sich seufzend auf die Couch fallen. Wahrscheinlich war sie genauso müde wie er, Kinder kosteten unglaublich viel Energie.

Doch es war eine angenehme Müdigkeit. In dieser Nacht schlief David so gut wie seit langem nicht.

*

Der Hund, den Nicholas' Freundin Julie einige Tage später brachte, war ein sandfarbener, kurzhaariger Mischling, dessen eines Ohr herabhing, während das andere aufrecht abstand, was dem Tier einen skeptischen Ausdruck verlieh. Er sprang aus Julies Auto und lief durch den Vorgarten auf das Haus zu, wo sich alle aufgestellt hatten, weil Julie natürlich nicht hineingehen würde. »Langsam, Boy, langsam!«, rief sie ihm nach, doch er achtete nicht auf sie, sondern stürmte zielstrebig auf Benny zu. Der schreckte zwar ein bisschen zurück, wich aber nicht von der Stelle, und der Hund stoppte keuchend und setzte sich grinsend vor ihn. Benny streckte den Arm aus und tätschelte, nur mit den Fingerspitzen, zaghaft die Hundenase.

»Hast du ihm gesagt, dass er zu einem Kind kommt?«, fragte Nicholas. Julie antwortete: »Nein, aber das hat er sich bestimmt erhofft.«

Sie war eine robuste, bodenständige junge Frau, ein Lockenkopf in Levi's und Tanktop. Obwohl sie eine Maske mit Bandanadruck aufgesetzt hatte, sah David ihren Augen an, dass sie lächelte. »Ich habe ihn bisher nur ›Boy‹ gerufen«, sagte sie zu Benny. »Jetzt musst du ihm einen Namen geben.«

Dann begrüßte sie Nicholas. »Hi, wie gehts, Nick?«

»Gut. Und dir?«

»Man wurstelt sich durch.«

»Du erinnerst dich bestimmt an meine Eltern Greta und David, und das hier ist Benny. Mom und Dad – Julie Drumm.«

»Hallo.« Julie winkte den Garretts freundlich zu, obwohl sie genauso wenig von ihnen sah wie sie von ihr. »Das scheint zu passen«, sagte sie mit einer Kopfbewegung zu Benny und dem Hund.

»Denke ich auch«, erwiderte Nicholas. »Gefällt er dir, Benny?«

»Er ist super!«

Während Nicholas mit Julie zum Auto ging, um das mitgebrachte Zubehör zu holen, streichelte Benny mutig den Kopf des Hundes. »Und? Wie soll er heißen?«, fragte Greta.

»Ich weiß nicht.«

David versuchte zu helfen. »*Ich* hatte früher einen Hund, der Cap hieß.«

Er erntete nur einen mitleidigen Blick von Benny. (Kaum war Julie gegangen, hatte sich der Junge die Maske unters Kinn gezogen und sah nun aus, als trage er einen bunt gestreiften kleinen Bart.) »Nein«, sagte Benny schließlich. »Er heißt John.«

»John. Okay.«

Als Nicholas mit einer riesigen Tüte Hundefutter im Arm und einer aufgerollten Leine in der Hand zurückkam, sagte Benny. »Daddy, darf ich vorstellen: Das ist John.«

»Freut mich, John«, sagte Nicholas. Dann gingen sie alle ins Haus.

*

Ziemlich schnell entwickelte sich eine gewisse Alltagsroutine. Nicholas stand morgens als Erster auf. Wenn David und Greta herunterkamen, war die Tür des Arbeitszimmers geschlossen und dahinter die gedämpfte Stimme von Nicholas zu hören, der wahrscheinlich mit Juana telefonierte, die oft sehr früh anrief. David ließ den Hund raus, damit er im Garten sein Geschäft verrichten konnte, und gab ihm sein Futter. Dann frühstückte er mit Greta. Inzwischen wussten sie, dass Nicholas kein Frühstück wollte, sondern sich bis zum Mittagessen mit dem Kaffee begnügte, den er sich aufbrühte und in einer Kanne mit ins Zimmer nahm. Benny stand als Letzter auf. Schon während er gegen neun die Treppe hinuntertaumelte, rief er »John? John?«, woraus man schließen konnte, dass er ohne das Lockmittel John noch länger liegen geblieben wäre. Der Hund, der Greta und David offensichtlich nur als schlechten

Ersatz betrachtete, spitzte sein aufrecht stehendes Ohr, flitzte zum Fuß der Treppe und ließ sich freudig schnüffelnd von Benny umarmen. Dann versuchte Greta, ihren Enkel zum Frühstücken zu überreden, obwohl ihn ein Anruf bei seiner Mutter wesentlich mehr interessierte. (Nur das erste Telefonat von vielen, die er täglich mit ihr führte. Sie hatten sogar eine Kurzwahlnummer eingerichtet. Allerdings konnte Juana nicht immer ans Telefon.) Während Greta danach einiges im Haus erledigte, verbrachte David seine Zeit mit Benny. Sie jäteten Unkraut im Garten, schütteten das Wasser vom Vortag aus dem Planschbecken und füllten es mit frischem, schalteten den Tropfschlauch ein und gingen mit John Gassi. In Erinnerung an die Jahre mit Cap war David der Ansicht, John sollte links von Benny bei Fuß gehen. Doch John sah das anders. Die ausziehbare Leine gab ihm viel Bewegungsfreiheit, sodass er oft hinter ihnen zurückblieb, wenn er etwas interessantes erschnuppert hatte, oder lossauste, wenn ihm ein Eichhörnchen über den Weg lief. Ansonsten aber trottete er brav neben ihnen her, und David gab es auf, ihn bei Fuß zu rufen.

Die Gegend gehörte zu einem unscheinbaren Pendlerviertel, einer bescheidenen Vorstadt von Philadelphia, die mit der Zeit grüner und gutbürgerlicher geworden war. Seit die Kinder aus dem Haus waren, hatten sich David und Greta immer weniger in die Nachbarschaft eingebracht, doch auf den Spaziergängen mit Benny fielen David nun die vielen jungen Familien auf, die inzwischen hergezogen waren. Im Augenblick waren natürlich alle zu Hause, mähten den Rasen, brachten ihrem Kind das Fahrradfahren bei oder unterhielten sich über die Hecke hinweg mit dem Nachbarn. Obwohl Benny nicht mit den Kindern spielen durfte, denen sie begegneten, schafften es die Kleinen, trotz Maske und Abstand miteinander zu kommunizieren. Beispielsweise warf ihm ein Junge einen Fußball zu, den Benny unbeholfen fing, oder ein kleines Mädchen ließ ihren Chihuahua so weit gehen, wie es die Leine erlaubte, damit er Johns Nase mit seiner berühren konnte. Mit der Zeit hielt sich David immer weiter im Hintergrund, und die Spaziergänge wurden länger. Oft waren die beiden erst zum Mittagessen zurück. »Da sind ja unsere Wandersleute!«, rief Nicholas von seinem Platz am Tisch aus. »Was gibt es von der Welt zu berichten?«

Erstaunlicherweise hatte Benny immer Neuigkeiten auf Lager. »Mein Freund Jason hat ein Skateboard gekriegt« oder »Wisst ihr, was? Wenn man sich unter einen Gartenbogen stellt, die Hände hochhebt und rechts und links dagegen drückt und dann nach einer Minute loslässt, schweben die Arme ganz von allein nach oben!« Er sang ihnen eines von den Endlosliedern vor, die David noch aus seiner Kindheit kannte, eines von den Liedern, die immer wieder zum Anfang zurückkehrten und Erwachsene in den Wahnsinn trieben:

Dieses Liedchen hört nie auf,
Es kehrt zurück in seinem Lauf …

Als viele Jahre zuvor die Elektrospielzeuge für Kinder aufgekommen waren, hatte David gelesen, nun würden die uralten Straßenspiele in Vergessenheit geraten. Seilspringreime, Hüpfspiele und all das würde Experten zufolge ausschließlich von Kind zu Kind weitergegeben. Unterbleibe das auch nur in einer einzigen Kindergeneration, würden diese Traditionen für immer verschwinden.

Und in Wirklichkeit? Trotz der Einschränkungen hatte Benny irgendwie den Trick mit den emporschwebenden Armen und das endlose Lied gelernt.

*

Nach dem Mittagessen zog sich Nicholas wieder für ein paar Stunden ins Arbeitszimmer zurück, und Benny verbrachte Zeit mit Greta. Sie kreierten immer irgendetwas – Kekse, Limonade, Kindermasken aus Stoffresten. Greta brachte ihm sogar den Umgang mit der Nähmaschine bei. David fand, dass er dafür noch zu klein war, doch Benny machte es richtig gut, auch wenn die Masken an den Stellen, an denen die Maschine mit ihm durchgegangen war, ziemlich wild aussahen. Nachdem Nicholas im Laufe des Nachmittags wieder aufgetaucht war, gingen er und Benny mit dem Hund spazieren. David musste zugeben, dass ihm die Pause gelegen kam. Endlich konnte er sich auf einen Stuhl fallen lassen und musste sich nicht länger optimistisch, begeistert und konzentriert geben. Doch nach und nach nahm er die Stille wahr – eine fast erschütternde Stille. »Was machen wir, wenn sie wieder nach Hause fahren?«, fragte er Greta. »Beginnt dann das ganze Empty-Nest-Ding von vorn?«

»Diesmal kommen wir bestimmt besser damit zurecht«, erwiderte Greta. »Hoffentlich haben wir vom ersten Mal gelernt.«

»Glaube ich eher nicht«, sagte David. Und wenn sie draußen den Hund bellen hörten, sprang er als Erster auf und öffnete schwungvoll die Tür.

*

Erst nach dem Abendessen verbrachten sie längere Zeit zu viert. Sie saßen im Garten – das heißt, David und Greta saßen, während Nicholas und Benny Federball ohne Zählen spielten. Die Tage waren jetzt so lang, dass es auch noch abends sonnig und drückend heiß war. Nach einer Weile ließ sich Nicholas auf einen Stuhl neben seinen Eltern plumpsen, und Benny begann im Planschbecken herumzuspritzen.

Auch andere Familien saßen draußen, verborgen hinter ihren Hecken. Da und dort hörte David ihre Stimmen. Gelegentlich schnappte er einen Satzfetzen auf, doch meist war es unverständliches Gemurmel. Er begann sich an den Rhythmen der ganz normalen Gespräche zu erfreuen – den Wendungen, die sie nahmen, den Fragen, den Antworten, den zustimmenden Einwürfen, dem leisen Gelächter. Unglaublich, wie widerstandsfähig die Menschen waren, wie sie standhielten und immer wieder versuchten, untereinander Kontakt herzustellen! Wenn Greta »Ab ins Bett mit dir, Benny!« rief, tat es David fast leid, die Stimmen zurücklassen zu müssen.

Nachdem Benny seiner Mutter am Telefon Gute Nacht gewünscht hatte und von Greta ins Bett gebracht worden war, gingen die Erwachsenen ins Wohnzimmer. Nicholas berichtete von den virtuellen Besprechungen mit seinen Geschäftspartnern. (Er hatte eine Art Schlafsack mit Ärmeln und Beinen entworfen – für den Fall, dass der Schulunterricht im Winter unter freiem Himmel stattfinden müsste.) Oder David und er erfanden witzige Covid-Therapien. (»Philly Cheesesteaks!« »Kandierter Ingwer!« »Bier! Aber dunkles!«) Und weil Nicholas der Generation angehörte, die das Haus nie ohne Handy verließ, auch nicht für einen kurzen Spaziergang, konnte er seinen Eltern stets neue Fotos vom Nachmittagsausflug zeigen. Benny und ein kleines rothaariges Mädchen, mit zwei Metern Abstand vor irgendeiner Haustür sitzend und Pfirsiche essend, Benny und der Hund durch einen Rasensprenger laufend. Greta bat Nicholas, sie ihr per E-Mail zu schicken, während David die Bilder betrachtete, ohne ein Wort zu sagen. Es verwunderte ihn, dass sie schon jetzt wie etwas aus ferner Vergangenheit wirkten, verblasst und nostalgisch. Und wie erstaunlich zu sehen, dass Benny ein richtiger Garrett war! Bisher hatte David ihn als einen schlechthin *anderen* gesehen – nicht blass und blond wie Davids Familie, sondern schwarzhaarig und dunkeläugig, mit hellbrauner Haut, klein für sein Alter und drahtig. Darüber hatte sich David gefreut. Benny stand in seinen Augen für einen Neubeginn. Jetzt fiel ihm auf, wie der Junge die Schultern hochzog, während er den Pfirsichsaft mit der hohlen Hand aufzufangen versuchte, und dass er das Kinn beim Laufen an die Brust drückte. So hatte Davids Vater immer die Schultern hochgezogen, wenn er sich auf eine Arbeit konzentrierte – ein Mann, den Benny nie getroffen hatte. Und Davids Schwestern hatten das Kinn beim Laufen genauso nach unten gedrückt, dabei war Benny ihnen, soweit David wusste, noch nie begegnet. Bennys verworrene Dialoge mit dem Bären (der ausgerechnet einen englischen Akzent hatte) erinnerten ihn unwillkürlich an seine eigenen Fantasiegespräche mit den Plastikveterinären.

In der Woche davor hatte Benny einmal husten müssen, und als er wieder sprechen konnte, sagte er

»Ich habe durch den falschen Hals geschluckt« – ein Garrett-Spruch. Wie David aß er keine Lutschbonbons, weil er das pelzige Gefühl an den Zähnen hasste. Genau wie Nicholas früher bezeichnete er Sprudelwasser als »Kribbelwasser«, Orangenschnitze als »Boote« und Taschenbücher als »Handtaschen«.

»Wie nennt man diese Zöpfe, die kleine Mädchen oft tragen? Die oben am Kopf beginnen?«, fragte David Greta eines Abends beim Zubettgehen.

»Oben am Kopf?«

»Ja. Emily hatte solche Zöpfe. Jeweils ein dünner, straff gezogener Strang oben über der Schläfe, nach unten hin mit zwei dickeren Strähnen verflochten.«

»Ach so, du meinst französische Zöpfe.«

»Genau. Und wenn sie die Zöpfe gelöst hat, waren ihre Haare noch stundenlang gewellt, sie hatten so kleine Kringel.«

»Ja …«

»Mit der Familie ist es genauso. Man denkt, man wäre frei von ihr, aber man ist *nie* wirklich frei davon. Die Wellen sind für immer eingeprägt.«

Greta lachte. »Und das wird dir erst jetzt klar?«

»Ich lerne eben langsam«, sagte er.

*

Eines Abends, sie saßen gerade beim Essen, rief seine Schwester Alice aus Florida an. Greta hob ab, reichte das Telefon jedoch schweigend an David weiter, nachdem sie den Anrufernamen gelesen hatte. David war überrascht, Alice' Namen zu sehen. (In seiner Familie war es nicht üblich, einfach so anzurufen.) »Alice? Ist alles in Ordnung?«, fragte er.

»Mehr oder weniger. Und bei euch?«

»Alles gut. Nicholas und Benny wohnen gerade bei uns.«

»Aha. Und wo ist, äh …«

»Juana arbeitet an vorderster Front.«

»Ach so. Aber keiner von euch ist krank geworden, oder?«

»Bisher nicht, dreimal auf Holz geklopft.«

»Von uns auch keiner, im Grunde ein Wunder – Kevin besteht nämlich noch immer auf seiner täglichen Runde Golf mit den Kumpels.«

»Hm«, murmelte David missbilligend. Dann wartete er.

»Warum ich eigentlich anrufe …, ich dachte, es würde dich interessieren, was deine *andere* Schwester so treibt.«

»Was denn?«

»Also, sie war ja in letzter Zeit allein, weil Serena und Jeff mit Petey in ihr Häuschen in den Bergen gefahren sind, und so blöd ist nicht mal Lily, dass sie glaubt, sie könnte mit Serena in einer winzigen Blockhütte wohnen, ohne dass sie sich gegenseitig erwürgen …« Alice holte Luft. »Und heute Morgen ruft Serena ihre Mutter an, weil sie ein wahnsinnig schlechtes Gewissen hat – schließlich hat sie Lily sich selbst überlassen –, und fragt, wie die Dinge in Asheville stehen, und Lily sagt ›Ach, eigentlich kann ich es dir auch einfach sagen: Ich weiß nicht, wie die Dinge in Asheville stehen, weil ich zufällig letztens geheiratet habe und nach Winston-Salem gezogen bin.«

»*Was?*«, rief David. Greta, die ihm gegenüber am Tisch saß, zog fragend die Augenbrauen hoch, und Nicholas, der gerade das Fleisch für Benny schnitt, hob den Blick.

»Sag ich doch«, erwiderte Alice.

»Wen hat sie geheiratet?«

»Einen gewissen Henry irgendwas, Geschichtsprofessor im Ruhestand. Bis dahin hat kein Mensch jemals etwas von ihm gehört. Serena behauptet, sie hätten den Mann bei ihrer Abreise überhaupt nicht auf dem Schirm gehabt, und die ist erst zwei Monate her.«

»Hm.«

»Ich dachte wirklich, Lily wäre ein bisschen zur Ruhe gekommen. Ich habe ernsthaft geglaubt, mit diesem Verhalten wäre es vorbei.«

»Sieh es so: Jetzt braucht Serena kein schlechtes Gewissen mehr zu haben, weil sie ihre Mutter sich selbst überlassen hat.«

»Stimmt«, erwiderte Alice seufzend. »Und eines

muss man Lily lassen: Sie hat es weit gebracht. Vom Motorradmechaniker über den Immobilienmakler zum Geschichtsprofessor. Bin gespannt, was als Nächstes kommt.«

»Den Motorradmechaniker hatte ich ganz vergessen. Der war Ehemann Nummer eins, oder nicht?«

»Eine Nanosekunde lang, wenn es hochkommt.«

»Aber Morris mochte ich.«

»Ja, Morris war ein Netter.« Alice seufzte ein weiteres Mal. »Jedenfalls dachte ich, es könnte dich interessieren.«

»Und sonst ist alles in Ordnung? Geht es deinen Kindern gut?«

»Ja. Robby muss von zu Hause aus arbeiten. Candle haben sie vor ein paar Monaten entlassen, aber Mac hat seinen Job noch, sie nagen also nicht am Hungertuch. Und Eddie und Claude haben sich in Hampden verschanzt.«

»Schöne Grüße an alle. Sag Lily herzlichen Glückwunsch, wenn du das nächste Mal mit ihr sprichst.«

»Ich weiß nicht, ob ich überhaupt mit ihr telefonieren will«, erwiderte Alice. »Was haben wir in dieser Familie eigentlich noch miteinander zu tun?«

David, dem das Gespräch allmählich zu lang dauerte, erwiderte: »Okay, danke also für den Anruf.«

Er gab Greta das Telefon zurück, und sie legte auf. »Lily hat geheiratet«, verkündete er.

»Dachte ich mir schon«, sagte Greta.

»Wen denn?«, fragte Nicholas.

»Irgendeinen Geschichtsprofessor, den keiner kennt. Sie lebt jetzt in Winston-Salem.«

»Einfach so?«, fragte Nicholas.

»Serena wusste nicht mal, dass der Mann existiert«, antwortete David.

»Aber … Serena ist Lilys Tochter, richtig?«

»Ja.«

Nicholas sah Greta an. »Lily hat ihrer eigenen Tochter verschwiegen, dass sie heiratet?«

»Tja, das ist Amerika«, sagte Greta.

»Was hat das damit zu tun?«

»Überleg mal, wie sich unser Genpool zusammensetzt. Dieses Land wurde von Andersdenkenden, Unzufriedenen und Abenteurern besiedelt. Von widerspenstigen Menschen, die sich nicht immer an die Etikette halten.«

»Hier geht es aber um mehr als nur um Etikette«, entgegnete Nicholas. »Ich finde das Ganze äußerst merkwürdig.«

In diesem Moment fragte Benny »Kriege ich Nachtisch, auch wenn ich die Erbsen nicht esse?«. Greta antwortete »Probier wenigstens einen Löffel voll«, und das Thema Lily war vom Tisch.

Ein paar Tage danach kam Nicholas mit einem der alten Fotoalben aus dem Arbeitszimmer, die, wie auch immer, in Davids Besitz gelangt waren. Er tippte auf ein an den Rändern leicht zerknittertes Schwarz-Weiß-Bild, das aus den Dreißigern stammen musste und einen auffallend attraktiven Mann mit Filzhut zeigte. »Wer ist das?«, fragte er David.

»Keine Ahnung.«

Als Nächstes deutete Nicholas auf das Foto einer kleinen Frau in einem Kleid mit dicken Schulterpolstern. »Und die hier?«

»Weiß ich nicht.«

Das Gleiche galt für die Fotos auf der gegenüberliegenden Seite: zwei kleine Mädchen, die man mit einem jungen Hund in einen Sessel gezwängt hatte, und ein Säugling, dessen riesiges gebauschtes Taufkleid *ihn* zu tragen schien statt umgekehrt. Bildbeschriftungen fehlten. Offenbar war die Identität der Dargestellten dem Gestalter des Albums so klar ersichtlich gewesen, dass er keinen Gedanken an eine Zeit verschwendete, in der sich niemand mehr an sie erinnern würde. »Ich weiß nur, dass diese Fotos aus der Familie deiner Großmutter stammen«, sagte David. »In der Familie meines Dads gab es kein Geld für so etwas wie eine Kamera.«

»Das hier kenne ich«, sagte Nicholas. Er hatte mehrere Seiten weitergeblättert und betrachtete ein Foto von David mit etwa sechs Jahren in einem kurzen weißen Bademantel. Eine gerahmte Kopie des Bildes hatte im Schlafzimmer von Davids Eltern gehangen. Als David nichts erwiderte, ließ sich Nicholas auf einen Küchenstuhl fallen und blätterte weiter. Ein, zwei Mal lachte er verwundert auf und sagte schließlich »Das muss Lilys Motorradmechaniker sein.« David war sich ziemlich sicher, dass er es nicht war (B.J. hatte sich immer aus dem Staub gemacht, wenn jemand eine Kamera zückte), blickte aber nicht hinüber, um nachzusehen. Ihn beschäftigte der weiße Bademantel.

Inzwischen hatte er große Teile seiner Vergangenheit vergessen, ganze Jahre. Doch hin und wieder blitzte von tief innen das Bruchstück einer Erinnerung auf. Ihm fiel ein, dass der weiße Bademantel eigentlich ein Strandkittel gewesen war, den man über der Badehose trug. Und er wusste noch genau, in welchem Sommer er ihn getragen hatte: Er war damals sieben gewesen, nicht sechs. Der Sommer vor der zweiten Klasse, eine Woche Familienurlaub am Deep Creek Lake. Er erinnerte sich an den groben Sand unter seinen bloßen Füßen und sah seinen Vater auf dem Steg stehen, daneben dessen neuer Freund Bentley, ein muskulöser Typ mit bulligem Gesicht, der Robin mickrig aussehen ließ. Er hörte, wie Bentleys Sohn Charlie das Wasser aufwühlte, wenn er vorbeischwamm und mit seinem australischen Kraulstil angab. In Davids Erinnerung spritzten die Tropfen bis auf sein Gesicht, obwohl er am Ufer stand. Und sein Vater sagte in einem Kommando-Ton, den er niemals angeschlagen hätte, wenn sie unter sich gewesen wären: »Na los, Junge. Worauf wartest du?« Da hatte David den Gürtel gelöst und den Kittel auf den Boden gleiten lassen. Er spürte die Luft an der nackten Brust, während er sich in den See vortastete. Der Boden fühlte sich wie eine Art Pudding an, der ihm bei jedem Schritt zwischen den Zehen hervorquoll. Trotzdem ging er weiter, weil er nicht wollte, dass sich sein Vater vor Bentley schämte. Tiefer und tiefer watete er, die Arme seitlich ausgestreckt, damit sie trocken blieben, und biss die Zähne zusammen, damit sie nicht klapperten. Schritt für Schritt, bis –

Plötzlich war da nichts mehr unter den Füßen. Wasser drang ihm in die Nase, er prustete, rang nach Luft. Um Hilfe konnte er nicht rufen, denn dazu hätte er den Mund öffnen müssen. Er hoffte, sein Vater würde *spüren*, dass er Hilfe brauchte. Doch es war Bentley, der es spürte. »Greif deinem Sohn mal unter die Arme«, hörte David ihn rufen, und Robin blickte mit einem seltsamen … mit einem sehr, sehr merkwürdigen Ausdruck vom Steg zu David hinunter.

Nicholas sagte: »Ist das daneben ein Foto von Onkel Kevin? Er sieht so jung aus!«

»Weiß ich nicht«, sagte David, drehte sich um und verließ das Zimmer.

*

Im August entspannte sich die Lage in New York. Juana kehrte in ihre eigentliche Abteilung zurück, die Nanny erschien wieder zur Arbeit, und Nicholas und Benny konnten nach Hause fahren. David freute sich natürlich für sie, war aber auch traurig, und Greta ging es genauso, das sah er ihr an.

Am Nachmittag vor der Abfahrt erledigte Nicholas einen extra großen Einkauf für seine Eltern, während David und Greta mit Benny und dem Hund zu einem letzten Spaziergang aufbrachen. Wie immer ging es zuerst durch die Kane Street, doch an der Noble Road, wo David sonst rechts abbog, trotteten Benny und John geradeaus weiter. Offenbar hatte die Nachmittagsroute einen ganz anderen Verlauf. Schließlich blieb Benny vor einem Haus stehen, das David noch nie aufgefallen war. Eine ältere Frau, die gerade Hortensien schnitt, rief »Hallo, Benny!«

»Hi«, sagte Benny. »Morgen fahren mein Dad und ich nach Hause zu meiner Mom.«

»Ach, wirklich? Das ist aber schön!« Zu David und Greta sagte sie: »Die beiden werden Ihnen sicherlich sehr fehlen.«

»Ganz bestimmt«, erwiderte Greta. Da hatte Benny schon über die Schulter hinweg »Wiedersehen!« gerufen und war weitergegangen. David und Greta winkten ihr entschuldigend zu und folgten ihm.

Kurz vor der nächsten Ecke blieb Benny abrupt stehen. Auch John stoppte und machte Sitz. Als David und Greta die beiden eingeholt hatten, sahen sie, dass Benny eine Hummel anstarrte, die vor seinem

Gesicht herumflog. »Geh einfach weiter«, sagte David. »Sie sticht dich nicht.«

»Ich glaube schon«, widersprach Benny.

»Nein, sie will dich nur vertreiben. Siehst du die anderen Hummeln dort auf dem Rosenstock? Die beschützt sie.«

Benny wirkte nicht überzeugt.

»Soll ich dir etwas Interessantes erzählen?«, sagte David. »Die Hummel fliegt genau vor deinen Augen. Überleg mal! Sie weiß, dass die Augen der Teil von dir sind, mit dem du sie siehst. Sie erkennt das wirklich Wichtige im Menschen, könnte man sagen.«

Benny rührte sich trotzdem nicht von der Stelle. John jaulte kurz und legte sich auf den Gehweg.

»Das wusste ich nicht«, sagte Greta zu David, eindeutig nur, um David Anlass zum Weiterreden zu geben.

»Ist aber so. Du würdest dich über das Verhalten vieler Insekten wundern.« Er kam in Schwung. »Wenn man zum Beispiel mitten auf dem Weg einen Käfer sieht, geht man um ihn herum, damit man ihn nicht zertritt. Du hast garantiert nicht gewusst, dass der Käfer daraufhin nach Hause krabbelt und seinen Freunden von seiner ersten Begegnung mit einem guten Menschen berichtet.«

Greta lachte auf und sagte: »Ach, du!«, doch Benny drehte sich um und fragte: »Echt?«

»Das war ein Witz«, erklärte ihm Greta.

Da lachte Benny auch. »Grappa, du bist *verrückt*.«

Er ging weiter, die Hummel war vergessen. Der Hund rappelte sich hoch und trottete hinterher.

Als Benny außer Hörweite war, sagte Greta zu David: »Und du hattest solche Angst, bevor er herkam, weißt du noch? Dabei ist es so gut gelaufen.«

»Hat Spaß gemacht«, gab David zu.

»Ich habs dir gesagt. Es war genau wie nach der Geburt von Nicholas.«

»Trotzdem. Man kann nie sicher sein, dass alle in einer Familie einander mögen.«

»Ach, David. In einer Familie liebt man sich doch!«

»›Lieben‹, na gut. Aber ich rede von ›mögen‹.«

Er zögerte kurz. Vor seinem inneren Auge stand wieder das alte Foto: der Siebenjährige im Strandkittel am Ufer des Deep Creek Lake.

»*Mich* mochte mein Vater beispielsweise nicht«, sagte er.

»Wie bitte?«

»Kinder wissen so was. Ihr Überleben hängt davon ab. Sie müssen noch die kleinsten Reaktionen der Eltern richtig einschätzen und die winzigsten Veränderungen ihrer Stimmen entschlüsseln können.«

»Dann wirst du sicherlich wissen, dass dein Vater sehr viel von dir gehalten hat.«

David gab auf. »Ja, ja, ich weiß.«

»Und du hast viel von *ihm* gehalten.« Sie nahm seine Hand und ging näher an ihn heran. »Du warst ein guter Sohn.«

»Wenn du meinst.«

»Und wie ich das meine! Nur als Beispiel: Deine Mutter und er wohnten nicht mehr zusammen, aber du hast nie durchblicken lassen, dass du das wusstest. Das war sehr nett von dir.«

»Natürlich habe ich das nie durchblicken lassen. Er hätte sich gedemütigt gefühlt«, sagte David. (Er verkniff es sich, Greta daran zu erinnern, dass er es *nicht* gewusst hatte, bis er von *ihr* darauf hingewiesen worden war.)

»Genau so funktioniert es in einer Familie«, sagte sie. »Man erweist sich gegenseitig kleine Gefälligkeiten – verbirgt die eine oder andere unangenehme Wahrheit, sieht über diese oder jene Selbsttäuschung hinweg. Kleine Freundlichkeiten.«

»Und kleine Grausamkeiten.«

»Und kleine Grausamkeiten«, bestätigte sie, verschränkte ihre Finger mit seinen und ließ ihre Hände auf und ab schwingen.

Er war froh, dass seine Worte sie nicht weiter beeindruckt hatten. Was, wenn sie ihn plötzlich mit anderen Augen gesehen hätte? Wenn sie gesagt hätte: »Jetzt, nachdem du mir das erzählt hast, erkenne ich plötzlich, dass man dich gar nicht mögen *kann*.«

Aber das hätte sie niemals gesagt, nicht seine Greta.

*

Um den Berufsverkehr zu umgehen, fuhr Nicholas erst am Vormittag los. Wie immer in solchen Situationen schwankte David zwischen der Angst vor dem Abschied und dem Wunsch, die Sache möglichst schnell hinter sich zu bringen. (»Ich sitze lieber am Flughafen herum als im Wohnzimmer«, sagte er immer zu Greta, wenn sie von einem Besuch bei Emily aufbrachen.) Deshalb war er fast erleichtert, als Nicholas endlich aufstand und »Na dann …« sagte. Sie gingen alle hinaus. Den Hund an der Leine, falls er sich weigern sollte, ins Auto zu steigen. David und Greta umarmten Benny. Nicholas schnallte ihn auf dem Kindersitz an, und John nahm leise vor sich hin ächzend neben ihm Platz. Nachdem Nicholas die hintere Tür geschlossen hatte, wandte er sich an seine Eltern. »Vielen Dank. Ihr seid bestimmt froh, dass wieder ein bisschen Ruhe einkehrt.«

»Ja, genau«, erwiderte David. Dann umarmten sie ihn, traten einen Schritt zurück und sahen zu, wie er wegfuhr.

»So, da wären wir wieder, Mrs G.«, sagte David. »Jetzt geht es weiter mit dem Altwerden in vertrauter Umgebung, ganz wie gehabt.« Greta hakte sich bei ihm unter, und sie schlenderten ins Haus.

Den restlichen Tag über räumten sie ein bisschen auf, brachten die beiden Gästezimmer in Ordnung und trugen Davids Sachen ins Arbeitszimmer zurück. Als David seinen Computer anschloss, drehte sich Greta vom Bücherregal zu ihm um und fragte

»Hast du das gesehen?« Sie hielt das Fotoalbum in der Hand, das Nicholas vor Kurzem durchgeblättert hatte. Es war an der Stelle aufgeschlagen, an der zwischen zwei Seiten ein Blatt Papier mit einem ausgedruckten Foto von David und Benny im Garten eingelegt war. David beugte sich auf dem Bild leicht hinunter, um die Kirschtomaten zu begutachten, die Benny ihm in beiden Händen entgegenhielt. »Benny mit seinem geliebten Grappa« stand mit blauer Tinte in Nicholas' Schreibschrift darunter.

»Oh Mann«, sagte David, denn der Anblick von Bennys verschmierten kleinen Fingern versetzte ihm einen Stoß, der beinahe körperlich schmerzte.

»Ich bitte Nicholas, mir das Foto per E-Mail zu schicken, damit ich einen Ausdruck machen lassen kann«, sagte Greta. »Das ist mein neues Lieblingsbild von dir.«

»Ach, du Schande: alter Knacker mit ausgemergeltem Hals«, erwiderte David. Aber er freute sich.

*

Noch Tage später fanden sie an allen möglichen Stellen herumliegende Sachen. Eine kleine Socke im Trockner, ein Gummispielzeug auf der Terrasse … Einmal sah David Greta reglos in der Küche stehen, die Nase in einem zerknüllten Stück Stoff vergraben.

Als sie es sinken ließ und den Blick zu David hob, glänzten ihre Augen verdächtig. Es war eine Kindermaske mit schiefem Saum und verhedderten Bändern. »Nein, nein, das lassen wir schön bleiben«, sagte er, einen Moment lang die Rolle des Vernünftigen in der Ehe übernehmend, und sie lachte verlegen und gab ihm die Maske. Doch kaum war er in seinem Arbeitszimmer, wo der Karton stand, in dem sie die vergessenen Sachen sammelten, um sie nach New York zu schicken, vergrub er selbst die Nase in dem Stoff. Er roch noch ein bisschen nach Benny, nach kleinem Jungen, salzig und süß zugleich, wie sauberer Schweiß. Er sah noch Bennys Knubbelohren vor sich und hörte seine quäkende Stimme:

Wer dieses kleine Lied nicht kennt und
singt es Zeil' für Zeil',
singt dieses Lied für alle Zeit, und das
kommt daher, weil …

Er schüttelte lächelnd den Kopf, legte die Maske in den Karton und ging zurück zu Greta.

ANNE TYLER BEI KEIN & ABER

Dinner im Restaurant Heimweh

Seitdem Pearl Tull von ihrem Mann verlassen wurde, schlägt sie sich mit ihren drei Kindern alleine durch. Doch ihr stetes Streben nach Perfektion führt dazu, dass sich ihre Kinder zusehends von ihr distanzieren. Nur noch selten finden sich die Tulls zum Familienessen im Restaurant Heimweh zusammen und jedes Mal ist das Desaster vorprogrammiert.

Roman
Broschiert, 400 Seiten
Aus dem Amerikanischen von Ulrike von Puttkamer
ISBN 978-3-0369-6164-4

Die Reisen des Mr Leary

Der etwas seltsame, aber durchaus charmante Mr Leary schreibt Reiseführer für Leute, die geschäftlich unterwegs sein müssen, das Reisen aber hassen – ganz wie er selbst! Sein höchstes Ziel ist es, Tipps zu geben, dank derer man sich möglichst wie zu Hause fühlt. Als seine Frau Sarah beschließt, ihn nach zwanzig Jahren Ehe zu verlassen, gerät sein höchst organisiertes Leben ins Wanken, und er wird gezwungen, die gewohnten Wege zu verlassen.

Roman
Broschiert, 416 Seiten
Aus dem Amerikanischen von Andrea Baumrucker
ISBN 978-3-0369-6146-0